U0831404

·编辑学人丛书·

鲁迅书里书外事

房向东 著

山西出版传媒集团
山西教育出版社

图书在版编目（CIP）数据

鲁迅书里书外事 / 房向东著. —太原：山西教育出版社，2018.9
（编辑学人丛书 / 康宏主编）
ISBN 978-7-5440-9934-9

Ⅰ. ①鲁… Ⅱ. ①房… Ⅲ. ①杂文集—中国—当代
Ⅳ. ①I267.1

中国版本图书馆CIP数据核字（2018）第147471号

鲁迅书里书外事
LUXUN SHU LI SHU WAI SHI

责任编辑 许亚星 刘 超
复 审 李梦燕
终 审 杨 文
装帧设计 薛 菲
印装监制 蔡 洁

出版发行 山西出版传媒集团·山西教育出版社
（太原市水西门街馒头巷7号 电话：0351-4729801 邮编：030002）
印 装 山西臣功印刷包装有限公司
开 本 890×1240 1/32
印 张 10.5
字 数 261千字
版 次 2018年9月第1版 2018年9月山西第1次印刷
书 号 ISBN 978-7-5440-9934-9
定 价 38.00元

如发现印、装质量问题，影响阅读，请与出版社联系调换。电话：0351-4729718。

总　序

编辑是个关于文字的职业。然编辑写作，如同歌者舞蹈，画家书写，相亲相近，却属客串，票友性质。昔时，编辑职业流动性大，或作家兼任，或教授代办，编辑写作实乃常态。当下，此业相对固定，更为专业化，作为独立的写作，反倒少了。然就编辑工作而论，写作无疑有益于提高职业素养。

《编辑之友》杂志创刊于1981年，为国内最早的出版学刊，当代编辑出版学借此发展，并直接推动了相关学科的研究。在此基础上，1986年11月设立书海出版社，作为山西人民出版社的副牌，出版了大量编辑出版学研究成果。此次“编辑学人丛书”的出版，实为文脉承续。

丛书取材，无外编辑从业者、教学者两类，或编辑论编务，或编辑谈杂学。论编务者，难免有些工作总结意味，然内行看门道，字里行间捕捉信息，价值不可限量。出版改革的蜿蜒进程，此处可见；市场变化的左右摇摆，此处可闻。作为一个区间的记录仪，经验积累也罢，史料价值也罢，其意义不唯当下，也在以后。入编此丛书者，以职业定调，内容不囿。故在丛书名号下，各具形态，此不为过，在各自领域上乘即是。

时下，出版形态日新月异，编辑的能力与修养与之应对相关。新业态产生新需求，新需求促成新形制，但总有一些千变万化中之不变，成为众人为之固守的精神内核。丛书仍固执地以纸质形式出版，其着重者，即其中之一。编辑学产生之前，编辑已然存在；编辑学成熟之时，编辑依旧从业。编辑学之确立，为的是于纷乱繁杂中理析出规律，使编辑能更快入手，出版能更好发展。如今电子网络无限延展，编辑队伍日趋庞大，自媒体时代，人人皆写手，人人可编辑，但业余与专业毕竟不同。编辑人数越多，编辑学问当越精，此间越发显得专业素养的可贵与可靠。

作为编辑学说最早的倡导与刊发者，《编辑之友》在贡献学术论文的同时，汇集相关内容出版图书，此非业务之延伸，乃业态之深化。丛书秉承者，刊物一贯之质量品格也。

编辑是个不衰的行当，也是在传承中不断顺应变化的事业。编辑之于实操的任何思考，规整为文字，则为文章；规制为理论，则为学问。时间上的滞后，无碍理论上的超前。所谓学术眼力，既为理解能力，判断定力，更是《编辑之友》持之不懈的努力。

丛书于不急不躁、不紧不慢中陆续开印。其间或有这样那样问题，对于编者，唯有克服困难，坚持不懈，编下去，走下去。起初，读者的期待不及编者的期许，待书出版，得以认可，读者的企望便会超过编者的祈望。但愿如此。

是为序。

康　宏

（康宏，《编辑之友》主编）

目 录

被精神病

鲁迅在《写于深夜里》的第三部分，讲了“一个童话”：

有一天的早晨，许多军警围住了一个美术学校。校里有几个中装和西装的人在跳着，翻着，寻找着，跟随他们的也是警察，一律拿着手枪。不多久，一位西装朋友就在寄宿舍里抓住了一个十八岁的学生的肩头。

“现在政府派我们到你们这里来检查，请你……”

“你查罢!”那青年立刻从床底下拖出自己的柳条箱来。

这里的青年是积多年的经验，已颇聪明了的，什么也不敢有。但那学生究竟只有十八岁，终于被在抽屉里，搜出几封信来了，也许是因为那些信里面说到他的母亲的困苦而死，一时不忍烧掉罢。西装朋友便子子细细的一字一字的读着，当读到“……世界是一台吃人的筵席，你的母亲被吃去了，天下无数无数的母亲也会被吃去的……”的时候，就把眉头一扬，摸出一枝铅笔来，在那些字上打着曲线，问道：

“这是怎么讲的?”

“…………”

“谁吃你的母亲？世上有人吃人的事情吗？我们吃你的母亲？好!”他凸出眼珠，好像要化为枪弹，打了过去的样子。

“那里！……这……那里！……这……”青年发急了。

但他并不把眼珠射出去，只将信一折，塞在衣袋里；又把那学生的木版，木刻刀和拓片，《铁流》，《静静的顿河》，剪贴的报，都放在一处，对一个警察说：

“我把这些交给你!”

“这些东西里有什么呢，你拿去?”青年知道这并不是好事情。

但西装朋友只向他瞥了一眼，立刻顺手一指，对别一个警察命令道：

“我把这个交给你!”

警察的一跳好像老虎，一把抓住了这青年的背脊上的衣服，提出寄宿舍的大门口去了。门外还有两个年纪相仿的学生，背脊上都有一只勇壮巨大的手在抓着。旁边围着一大层教员和学生。

据考证，这是现实生活中的真实的故事。所谓“美术学校”，指杭州国立艺术专门学校；“一个十八岁的学生”即美术家曹白。那么，为什么称之为“童话”呢？只能说在这个“权力者压服了人民，但觉得他们倒都是强敌了，拼音字好像机关枪，木刻好像坦克车”的时代，一切都具有“童话”一样的荒诞性。

“吃人”，谁吃人了？你母亲被吃了吗？没有。如此，这不是精神病的呓语吗？秀才遇上兵，有理说不清。如此，被警察带走的这样的年轻人，自然是“被精神病”了，他的归宿，自然是精神病院了。

以警察为代表的统治者，看文字如同机关枪，看版画仿佛坦克车，他们虽然搞不懂“吃人”到底是怎么回事，但他们最害怕狂人们唤起铁屋子中昏睡的人们，他们生活在深刻的恐惧中，所以，哪怕文字，哪怕绘画，都让他们产生了幻觉，如临大敌，祖宗千秋万代的基业似乎就会被文字和版画颠覆了一样。他们生病了，“……抵抗力也衰弱起来，一有要紧的事情，就伤风，同时还传染给大臣们，一齐生病”，他们一样的疯了。

一群号称母亲被“吃”，在抨击“吃人”的国度的人们，遇上了一群视文字与版画如同机关枪与坦克车的人们，一群这样的“狂人”，遇上了一群这样的“疯子”！“疯子”把“狂人”送进了“精神病院”，而“狂人”却视“疯子”治下的国度如“酱缸”，如“铁屋子”，如“大坟墓”。

疯了，不是“狂人”就是“疯子”，这就是鲁迅关于中国的“童话”！

这不是人之国，这是鬼之国。鲁迅说，“我将深味这非人间”，是的，这是“非人间”，是精神病院，是“狂人”与“疯子”反反复复碰撞的闪着鬼火的世界。

“有运动而无文学”

一九三〇年六月，国民党的中宣部策划了“民族主义文学运动”，鲁迅在一九三一年一月二十三日致李小峰的信中说：“此辈有运动而无文学，则亦殊令出版者为难，盖官样文章，究不能令人自动购读也。”有官办商业、官办医院等等，自然亦有官办文学。官办文学的表现形式通常是请一些作家住进宾馆，用重金请他们写文章。秉承官的旨意，自然只能是官样文章，官样文章还得官方出钱购买，然后赠阅。赠送面包，老百姓或许要的，赠送官样文章，老百姓要不要呢？也要，铢积寸累，集腋成裘，多了，可以卖废品，一斤可值八毛左右哩。老百姓为什么不能“自动购读”，因为官样文章充满了谎言，与其花钱购买谎言，不如去买冰棒来得痛快，道理就是这么简单。

社会的与灵魂的

如果说中国也有列夫·托尔斯泰和陀思妥耶夫斯基的话，那么胡适有点像托尔斯泰，鲁迅则有点像陀思妥耶夫斯基——注意，只是说“有点”。

胡适与托尔斯泰一样行走于上层社会，却对下层的农奴与人力车夫们有着居高临下的关爱；托尔斯泰是社会的革命家与改革者，胡适则是西方民主政治的科普作者，同时也是切实的社会改革的推动者。

鲁迅与陀思妥耶夫斯基一样，至少少年时代生活在社会下层，一生“运交华盖”，从际遇到内心的体验都充满了苦难感。陀思妥耶夫斯基虽然描述了社会众生，但他更多关注的不是造成众生苦难的社会根由，他关注的是人的灵魂和灵魂的抽搐与痉挛，他是人类灵魂的伟大的审问者；鲁迅关注的也是人与人的灵魂的问题，鲁迅描绘的人物带有文化遗传的“历史之罪”，人物的灵魂因痛苦而扭曲而变形，他向我们展示的都是病态人生、病态灵魂，他是中国国民精神的伟大的审视者。

列夫·托尔斯泰与胡适是社会的、外在的；陀思妥耶夫斯基与鲁迅是人与人的灵魂的，是内在的。前者，由改革社会的激情而通往人道主义；后者，由人道主义的悲悯，则已经或可能通往宗教。

晴雯是否也爱林妹妹

鲁迅在谈到文学的阶级性时，曾有一段名文："……穷人决无开交易所折本的懊恼，煤油大王那会知道北京检煤渣老婆子身受的酸辛，饥区的灾民，大约总不去种兰花，像阔人的老太爷一样，贾府上的焦大，也不爱林妹妹的。"（《二心集·"硬译"与"文学的阶级性"》）鲁迅的意思是，生活在不同阶层的人，懊恼和喜好是不一样的。

焦大爱不爱林妹妹，无从考证，因为他们是不会坐到一起说话的，向无往来。依我的猜想，倘若坐到一起彼此大约是无话可说的吧。如果林妹妹对焦大说诗，焦大对林妹妹说爬灰，全是对牛弹琴，不懂。林妹妹是见过刘姥姥，但她们没有对上话，也无从说起爱不爱的。

不同阶层的人似乎不相爱，那么相同阶层的人呢？林妹妹与宝姐姐虽然都是主子，是处在同一等级上的，但她们彼此肯定是不相爱的。可以说"贾府上的宝姐姐，是不爱林妹妹的"，反之，也一样。宝姐姐不爱林妹妹，而和林妹妹有主奴之别的晴雯，在我看来，与林妹妹却有不少臭味相投之处。一主一奴，性格中都没有什么矫饰与遮掩，一个是“孤高自许”，一个是“心比天高”。黛玉甚至竟当着老祖宗的面，公开表示对宝玉的责备和一定程度上对其他女子的嫉妒。她看见宝玉从宝钗处来，立即冷笑着说：“我说呢！亏了绊住，不然，早就飞了来了。”甚至会站了起来，赌着气回房去了。晴雯身为奴才，却不低声下气去仰人鼻息，看人的眉高眼低。即使对贾宝玉，她也敢当面顶撞：“二爷近来气大的很，行动就给脸子瞧……若嫌我们就打发我们，再挑好的使。好离好散的，倒不好?”袭人上来劝解，说了句：“你出去逛逛，原是我们的不是。”她立即酸的辣的往上端：“我倒不知道你们是谁，别教我替你们害臊了！便是你们鬼鬼祟祟干的那事儿，也瞒不过我去，那里就称起‘我们’来了。明公正道，连个姑娘还没挣上去呢，也不过我似的，那里就称上‘我们’了!”晴雯没遮没拦，比黛玉自然多了几分野气，但在不矫饰上是一致的。我想，晴雯若是上了大学，和黛玉在一个班什么的；或者，晴雯仍在乡下，黛玉到她村里插队什么的，她们会是好朋友的，尽管她们所处的社会阶层不同。

“晴有林风，袭乃钗副。”袭人和宝钗，也是一奴一主，她们并不对立，在为人处世方面却有许多惊人的相似之处。我看《红楼梦》，觉得她俩面上都极乖巧的，随和，为人热情，内里却极是冷漠。宝玉挨打，袭人却到王夫人那里告阴状。她小心翼翼地道：“论理，我们二爷也须得老爷教训两顿。”不是一顿，而是两顿。为什么要教训呢？是为了防男女之大防于万一。“况且林姑娘宝姑娘又是两姨姑表姐妹，虽说是姐妹们，到底是男女之分，日夜一处起坐不方便，由不得叫人悬心，便是外人看着也不像。”这时，她早已和宝玉干过“警幻所训云雨之事”。至于薛宝钗，金钏儿投井死后，为讨好王夫人，竟然丧失了最起码的同情心和是非心，她认为金钏儿并不是赌气投井，多半是在井边玩，失足落水的，而且说：“纵然有这样大气，也不过是个糊涂人，也不为可惜。”王夫人因为金钏儿的死，愧悔交加，她是吃斋念佛，相信阴司报应的。宝钗一番话，为她开脱，使她心安理得。袭人和宝钗，都有虚伪和冷漠的秉性，她们也一样不爱林妹妹的。

虽然富人和穷人的懊恼不一样，却都有懊恼；至于喜好，同一阶层的人不一定有同一的喜好，反之，不同阶层的人却有可能有一样的倾向。同一阶层的人不一定是彼此相爱的，不同阶层的人也未必彼此相恨；敌人不一定是坏人，同一阵营中的也不见得都是好人。生活比观念要复杂得多。人与人，除了阶层不同、经济实力不同以外，毕竟还有许多属于人格、气质等精神上的东西。以经济而论，恩格斯是相当数量资产的拥有者，马克思则是穷光蛋，但这并不影响他们成为至交。鲁迅与梁实秋，同是文学家，也都当过教授，似乎可以说是同属于知识阶层，他们虽然也无“开交易所折本的懊恼”，大约总会有当文人的共同感受吧？然而，他们的许多见解都是大不相同的。鲁迅认为：“……世界却正由愚人造成，聪明人决不能支持世界，尤其是中国的聪明人。”（《坟·写在〈坟〉后面》）因而，他感到，“惟新兴的无产者才有将来……”（《二心集·序言》）梁实秋则认为，“大多数永远是蠢的，永远和文学无缘”的，劳苦阶级是“只会生孩子的阶级”。（《文学是有阶级性的吗?》）

知识与道德

在我印象中，没有知识的工人农民，总是比较尊崇有知识的人的。但当他们与有知识的人相处久一些日子后，除了对他们特定的知识技能还留下印象外，对知识分子往往不以为然了。为什么呢，大多的原因是，知识分子做人不怎么样。于是，产生失落，读书人，也就是这么回事嘛。工人农民总是简单地以为，掌握了知识的人，自然就是有道德的人了。他们犯的错误在于，把知识等同于道德，因此，当然是知识越多越道德了。

鲁迅在小说《肥皂》中刻画了一个“知识分子”四铭的形象，这个人一般看来是很有教养的，礼貌也很周全，客人来了，也会“失迎失迎”，等等。他在街上看见一个六七十岁的瞎眼老人和一个十八九岁的女孩在“求乞”，也会动了恻隐之心，称赞那女孩“她只要讨得一点什么，便都献给祖母吃，自己情愿饿肚皮”，是一个“孝女”。四铭“从旁考察了好半天，竟不见有人给一个钱”，因而感叹，“这岂不是全无心肝”；他骂起社会来，认为“学生也没有道德，社会上也没有道德，再不想点法子来挽救，中国这才真个要亡了”。可是，四铭太太问他：“你给钱了么?”四铭答：“我么？——没有。一两个钱，是不好意思拿出去的。她不是平常的讨饭，总得……”他终于一文钱也没有施舍，没有施舍，也还要硬抠出堂皇的理由——这就是中国的某些知识分子。

四铭是一个典型，他有“道德感”，有道德判断，有与道德有关的知识。然而，道德在他身上，也仅仅是一些“知识”而已，他骂起别人、骂起社会来道理一筐又一筐，他的知识使他知道，通过“骂”别人的没有道德，可以掩盖自己的道德缺陷，同时自己也就有了道德形象。可是，他没有把道德当作行动，他一毛不拔，终于还是没有道德。鲁迅毕竟是伟大的，他把很有道德知识的四铭这样的“知识分子”的皮给剥下来了，在这个“孝女”面前，四铭心里想的是什么呢？他想的是，去买两块肥皂来，把“孝女”“咯支咯支遍身洗一洗，好得很哩”。

从以上举例和分析可知，知识和道德是两个概念。知识丰富的人有可能道德完善，但这不等于知识越多越道德。反过来，知识少的人可能道德不很完善，但这也不能理解为知识越少越没道德。某甲知识丰富又很有道德，很多的情况下是这样的，就是在他还没有知识的时候，哪怕他都没有知识了，他还是有道德的。某乙在没有知识的时候是没有道德的，后来他上了大学，有了知识，一般说来，也不会因为他有了知识，便从此变得道德高尚起来。道德是独立于知识之外的一种特有的长期的修炼，道德很大程度上还是一种与生俱来的秉性。

我的生活经验告诉我，一些没有什么文化的工人农民，他们往往很有道德感。一些被称为“坏仔”的人，他们倒是非常孝顺父母的。他们嘴上说不出什么，也没看什么书，但他们把道德要求变成一种自然而然的行动，而不是嘴上的甜言蜜语。看来，道德首先不是什么理论问题，而是一种行为，是一种实践。道德的本质具有实践性。如此，也更可以理解为什么读书人不一定有道德这个问题了。不少读书人像四铭那样，可能很有道德知识，但没有道德实践，或者说不愿意实践道德理论的要求，所以，终于还是没有道德。

以上当然都是个人感受，所说的“读书人”或是“知识分子”，也是我所见识的，属于极少数。我写这篇文章，一是想告诉人们，不要被所谓知识蒙住了双眼，以为有了知识，就无所不有了。我还想告诉那些读书人，不要以为有了高学历就必然有了高道德。道德的修炼是终生的实践。有学问而无道德，高学问而低道德，往往会造成事业的挫折，使自己的聪明才智白白地浪费了，有的时候，还会不同程度地伤害他人和社会。

文章不宜太像文章

我们看文章，读文学作品，常常可以看到有这么一类的东西：天衣无缝，四平八稳，绝对正确，然而寡味无聊，有说等于没说，看完之后，不免喟叹：这是文章！这是小说！这是演戏！总之，这是手写的文章，这是太像文章的文章，它们不是发自心灵的歌，喷出的胸中的火，字里行间见到的只是文字，而无生命。

文章写到太像文章的无可挑剔的程度，这是作文者的不幸了。

我读有气派、有灵性的文章，有这样一个奇特的感觉：忘了是在读文章，仿佛是在和作者对话，和历史对话，这类不太像纸上印的文章，倘若戴上文章作法之类的有色眼镜，挑剔起来，会剔出一大堆毛病。观点是否正确，内容是否繁杂，结构是否严谨，等等。

鲁迅文章的一些观点，倘若细细推敲起来，是不正确的。他的《伪自由书》中的名文《电的利弊》，是诅咒酷刑的激愤之作。他讨伐了当年上海的电刑："上海有电刑，一上，即遍身痛楚欲裂，遂昏去，少顷又醒，则又受刑。曾闻连受七八次者，即幸而免死，亦从此牙齿皆摇动，神经亦变钝，不能复原。"接着，他感叹："许多人赞颂电报电话之有利于人，却没想到同是一电，而有人得到这样的大害，福人用电气疗病，美容，而被压迫者却以此受苦，丧命也。”鲁迅不愧是杂感的大家，要是常人，也就到此收笔了，而他常常由现实而及历史，从而使文章显得格外厚重。文章的结尾，鲁迅留下了一段醒世的名言：

> 外国用火药制造子弹御敌，中国却用它做爆竹敬神；外国用罗盘针航海，中国却用它看风水；外国用鸦片医病，中国却拿来当饭吃。同是一种东西，而中外用法之不同有如此，盖不但电气而已。

鲁迅所抨击的采用电刑的事实，已经成为历史，而他对中国人历史积习的描述，因了这一积习的未被根绝，而被人们所引用，所牢记。

不过，若从苛求“正确”的观点看，鲁迅以上的激愤之词，几乎全是错的了。

先说火药。我查了有关资料，事实是，火药发明以后，不久就被人们应用到武器上，唐末宋初发明的火药箭，是火药应用于武器的早期形式。公元一〇〇〇年，有个叫唐福的，还制造出火箭、火球、火蒺藜等献给宋朝廷。……北宋末年，人们制造出“霹雳炮”“震天雷”等爆炸力比较强的武器。一一二六年，宋朝李纲就是用“霹雳炮”击退金兵对开封的围攻的。

再看罗盘针。史书记载，指南针发明以后，被广泛地应用于军事、生产、日常生活、地形测量和航海事业等方面，而在航海事业中作用最大、应用最广。宋代以后，我国海上交通得到迅速发展，常常派出庞大的船队往返于南太平洋和印度洋上，这和罗盘针的使用有关。北宋朱彧在《萍洲可谈》一书中记述道：“舟师认地理，夜则观星，昼则观日，阴晦观指南针。”平时主要靠辨认日月来导航，特殊气候下使用指南针。到了元代，人们已经不论阴晴，都用指南针来导航了。正是靠了指南针的科学保证，才有了明代郑和七下西洋的远航壮举。

至于鸦片，《辞海》的“鸦片贸易”词条中说：“唐已有少量鸦片输入，供药用。”可见，虽然与有的外国人吸毒一样，有中国人把鸦片“当饭吃”，但也有中国人用鸦片来“医病”的。

从以上资料看，鲁迅先生的偏颇是显而易见的。这是因激愤而偏颇。恨之切，故言之也苛。试想，一篇总是那么周全的杂感，除了看到天衣无缝的“正确”以外，还有思想的闪烁吗？此外，鲁迅关于“四大发明”的观点具体地说也许是站不住脚的，然而，针对中国的国民劣根性，它不是有着巨大的批判力量吗？鲁迅自己，对具体文章在观点上的错误与偏见，也是持客观和理解的态度。他在一九三五年七月二十七日致李长之的信中说：“文章，是总不免有错误或偏见的，即使叫我自己做起对自己的批评来，大约也不免有错误，何况经历全不相同的别人。但我以为这其实还比小心翼翼，再三改得稳当了的好。”

鲁迅有的文章的内容，似乎彼此相去甚远，有的甚至游离“中心”，给人太散了的感觉。比较典型的，似乎可算是《朝花夕拾》中的《琐记》。虽然题目规定了写的是“琐事”，然而，按照所谓“形散神不散”的原则，显然是两篇文章的内容硬凑成了一篇了。《琐记》的前半部分是写衍太太——若以作文专家的眼光看，把《父亲的病》中关于衍太太的内容也抽过来，另组合一文，取名《衍太太》，那才是最无懈可击的文章——后半部分写作者南京求学的经历，前后亦无照应，两者是无论如何也糅不到一起去的。倘不是鲁迅的作品，而是一般作者的文章，我们的编辑和作文专家，肯定要建议作者“一分为二”的了。然而，当《朝花夕拾》成为现代文学的经典之作以后，我们看《琐记》，谁又会计较它的所谓前后内容不一致的破绽呢？我们琢磨的不是这篇文章的组合问题，而是其中的衍太太的作为，以及在淹死学生的池子上面盖起的关帝庙等等。鲁迅对散文中的破绽也是持不以为意的态度，他说：“散文的体裁，其实是大可以随便的，有破绽也不妨。”（《三闲集·怎么写》）

再说结构。曹禺的《雷雨》的结构，据说是戏剧结构的一个典范，《雷雨》被认为是标准的戏剧。然而，正因为它太标准了，太戏剧化了，给我感觉便是演戏而已。正是由于过分地像戏剧，它不仅冲淡了《雷雨》的真实性，甚至影响了它的认识价值——仅仅是演戏，这就动摇了它的可信性。一部不可信的东西，它的艺术魅力和认识价值都会受到怀疑的。所以，曹禺在写作《日出》时，就放弃了过于刻意的戏剧结构，就像文章不宜太像文章一样，他的戏剧不太像戏剧，而更像生活本身，显得更加自然。曹禺在《日出·跋》中说：“写完《雷雨》，渐渐生出一种对于《雷雨》的厌倦。我很讨厌它的结构，我觉出有些‘太像戏’了。技巧上，我用得过分。仿佛我只顾贪婪地使用着简陋的‘招数’，不想胃里有点装不下，过后我每读一遍《雷雨》便有点要作呕的感觉。”我相信这不是曹禺的自谦之词，而是他发自内心的感受。

文贵自然。文章最忌弄假。艺术的最高境界是无艺术，好的文章读起来不宜太像文章。

两株枣树……

鲁迅的散文诗《秋夜》有这样奇特的开头："在我的后园，可以看见墙外有两株树，一株是枣树，还有一株也是枣树。"我多次与朋友议论，这几句若改成："在我的后园，有两株枣树……"那似乎简洁了，然而味道却淡了很多，也可以说全无了韵味，全无了可咀嚼之处。为什么"烦琐"反而平添了许多韵味呢？这里，作者是用了重复的修辞手法，制造了一种氛围，突出了它在暮秋严霜的摧残下，"默默地铁似的直刺着奇怪而高的天空……"的孤冷傲岸的姿态。我想，倘若不是鲁迅，倘若在今天，这样的开头是极可能被我们某些编辑简洁成"有两株枣树"的。

时下，我们某些文章太"简洁"了，"简洁"到一本正经的程度。先是主题，主题以外的情节和细节以及幽默、渲染等等，一律剔去。散文写一个好人，好的细节三两个，不够好但能表现个性的，也只好对不起了。杂文提出一个观点，正反论据各一条，然后得出所谓结论，如此这般。我们的文章太像文章，缺乏一种亲切、一种真诚，不是与读者贴得很近并走进读者的心中，而是高高在上，这样好那样不好，应该这样不该那样，一副让人生厌的牧师或政工师的嘴脸。此类文章给我的感觉是：仅仅是文章而已。

匠人的文章是写出来的，杰出的作品不仅是写出来的，而且是作者心中情不自禁地流出来的情感和智慧。因为是流出来的，自然难免有那样一些与所谓主题思想之类不相干、不切题的内容，然而，它为我们增添了许多亲切感。鲁迅的《范爱农》，照文章作法之类，应将与范爱农无关的内容一律删除，但鲁迅却写了王金发赞助鲁迅他们办报，后来又骂了王金发，以及报馆被一群兵们捣毁，这类事很难说与范爱农有直接相干。依我看，这只是为鲁迅离开绍兴到南京供职作自然而然的过渡吧。倘若把这一段抽去了，那文章确实是更集中地写了范爱农，但我想，这种增多了“一本正经”的文章，是绝对少了色彩、真诚和亲切的了。再有，鲁迅的那篇《琐记》，前一部分以白描的手法，刻画了衍太太的市民相，她的虚伪；后一部分则写了到南京读书的一些经历，写了赫胥黎与《天演论》。若是作一本正经的文章，是可以“腰斩”的。但我却以为，有了前后不同的内容，因为都是作者的经历，虽然未必扣住主题，却有如小溪汩汩流水一样自然。

文章需要氛围，需要自然，为了达到自然的氛围和意境，应该不惜“重复”与“多余”。艺术的最高境界是无技巧。无技巧的也就是自然的。

唯有自然的，才是不朽的。

迫于时势

喜欢鲁迅杂文的人，认为鲁迅的后期成就超过了前期；偏爱鲁迅小说和散文的人，认为鲁迅后期倾心于杂文是一大损失——在这些人的眼里，杂文是入不了艺术的圣殿的。

鲁迅的小说、散文及学术研究较之于杂文，其成就孰高孰低？杂文是否登不了大雅之堂？写杂文而不写小说是不是一大损失？这些不是本文所要探讨的问题。我感兴趣的是，晚年鲁迅本该与许多老人一样，心境渐趋平静，而他老夫子为什么愈老愈愤怒，因而有了许多愤怒的结晶——杂文呢？

只能说是迫于时势。

我们知道，鲁迅一生中有很多未完成的宏愿，似乎也可以引为他终生的憾事。据冯雪峰、许寿裳、许广平等人回忆，鲁迅曾想创作一部类似绥拉菲摩维支的《铁流》这样的作品，想写关于唐明皇与杨贵妃的历史小说，想写反映中国四代知识分子命运的长篇小说，还想著《中国字体发达史》《中国文学史》，以及翻译法布尔的《昆虫记》……然而，所有这一切，似乎都被他的愤怒、他的后期杂文排挤掉了。不论左派还是右派，具体言之，不论周扬、冯雪峰，还是胡适、梁实秋（梁认为鲁迅是现代五大散文家之一），都认为鲁迅是中国第一流的作家和学者，倘若先生致力于以上计划的实施，那么文化史肯定要增色许多。从这个意义上说，我们不得不为鲁迅感到遗憾。

潜心创作与为时势所扰，这是长期让鲁迅感到两难的一对矛盾。身为作家和学者，却不搞创作和研究，能不苦恼吗？早在一九二五年，鲁迅在《华盖集·题记》中就说："也有人劝我不要做这样的短评。那好意，我是很感激的，而且也并非不知道创作之可贵。然而要做这样的东西的时候，恐怕也还要做这样的东西，我以为如果艺术之宫里有这么麻烦的禁令，倒不如不进去；还是站在沙漠上，看看飞沙走石，乐则大笑，悲则大叫，愤则大骂，即使被沙砾打得遍身粗糙，头破血流，而时时抚摩自己的凝血，觉得若有花纹，也未必不及跟着中国的文士们去陪莎士比亚吃黄油面包之有趣。"这里，我们可以看出，鲁迅虽然没有说"短评"不是创作，然而认为"短评"与"可贵"的"创作"不是一回事。鲁迅认为劝他不写或者少写"短评"的人是出于"好意"，并且，"我是很感激的"。尽管鲁迅骨子里也看重"创作"，然而，他还是要"乐则大笑，悲则大叫，愤则大骂"。鲁迅曾说文学是战斗的，鲁迅要战斗，认为这"也未必不及跟着中国的文士们去陪莎士比亚吃黄油面包之有趣"。到了一九三三年，鲁迅在致增田涉的信中感叹道："我虽也想写些创作，但像中国今天这个样子，总觉得不行。最近适应社会的需要，写了些短评，因此更不自由了，但时势所迫，也无可如何。"写短评不仅与搞创作有区别，而且还要付出"更不自由"的代价，然而"也无可如何"。鲁迅毕竟是鲁迅，无可如何，仍要战斗。鲁迅死于一九三六年，一九三五年他在《徐懋庸作〈打杂集〉序》中依然坚持自己的观点，不过，这时他已不是一般地感激某些人的好意了，他不仅不领受“好意”，而且对“好意”之类举起了他所特有的“匕首和投枪”。他说——

> 近一两年，作短文的较多了，就又有人来削“杂文”，说这是作者的堕落的表现，因为既非诗歌小说，又非戏剧，所以不入文艺之林，他还一片婆心，劝人学学托尔斯泰，做《战争与和平》似的伟大的创作去。……
>
> ……托尔斯泰将要动笔时，是否查了美国的“文学概论”或中国什么大学的讲义之后，明白了小说是文学的正宗，这才决心来做《战争与和平》似的伟大的创作的呢？我不知道。但我知道中国的这几年的杂文作者，他的作文，却没有一个想到“文学概论”的规定，或者希图文学史上的位置的，他以为非这样写不可，他就这样写，因为他只知道这样的写起来，于大家有益。农夫耕田，泥匠打墙，他只为了米麦可吃，房屋可住，自己也因此有益之事，得一点不亏心的糊口之资，历史上有没有“乡下人列传”或“泥水匠列传”，他向来就并没有想到。
>
> （《且介亭杂文二集》）

鲁迅的责任感就在于他首先考虑的不是怎样成为托尔斯泰，怎样不朽，而是对“时势”、对当时中国命运倾注了自己的满腔热忱。当年中国，“万家墨面没蒿莱”；当年鲁迅，“心事浩茫连广宇”。如此大海一样广阔的胸怀，如此深远的忧患意识，是那些躲在象牙之塔的雅士们和绅士们所不可理解的——比如梁实秋，他可以在炮火连天的岁月里，在他的雅舍里不动声色地谈女人，谈喝茶。

鲁迅说：“在风沙扑面，狼虎成群的时候，谁还有这许多闲工夫，来赏玩琥珀扇坠，翡翠戒指呢。他们即使要悦目，所要的也是耸立于风沙中的大建筑，要坚固而伟大，不必怎样精；即使要满意，所要的也是匕首和投枪，要锋利而切实，用不着什么雅。”（《南腔北调集·小品文的危机》）鲁迅又说：“作者的任务，是在对于有害的事物，立刻给以反响或抗争，是感应的神经，是攻守的手足。潜心于他的鸿篇巨制，为未来的文化设想，固然是很好的，但为现在抗争，却也正是为现在和未来的战斗的作者，因为失掉了现在，也就没有了未来。”（《且介亭杂文·序言》）在社会责任与自我才华的发挥发生了矛盾的时候，鲁迅选择了前者。如此选择是一切杰出的人和平凡的人的共同的自然选择。祖国蒙难，有如母亲病危，在这特定的历史时刻，有什么比关心祖国的命运还要重要的事情？而祖国挣脱了封建专制，就有了孕育一切天才的土壤。鲁迅牺牲了自己宝贵的才华，用自己的愤怒鞭挞旧中国，用自己的心血浇灌着血红的黎明。

如此选择的，绝不仅仅是鲁迅。一切伟大的心灵，就像一切平凡的心灵一样，总是相通的。美国电影《一曲难忘》表现了波兰音乐家肖邦的生平。肖邦作为一个音乐天才在巴黎立足并名震欧洲，著名女作家乔治·桑起了很大的作用。她给了他最初的掌声和热烈的恋情。她还把他安顿在自己的岛上别墅中，让他静心创作，发挥稀世之才。但就在这时，肖邦的祖国波兰因外族侵略掀起了爱国运动。他的乡亲、老师、早年的恋人都要拉他投入爱国斗争，借他的名望来产生积极的影响。乔治·桑反对肖邦这样做，因为她确认他是世界音乐史上最珍贵的天才之一，为人类提供最优美的乐曲才是他崇高的人生职责。几经矛盾，肖邦离开了乔治·桑，投入了爱国斗争。他不停地到各大城市演奏，以所得钱款支援爱国者，结果很快积劳成疾，离开了人世。爱国者把肖邦的死讯告诉乔治·桑，要她参加追悼会，但遭拒绝。她流着眼泪说：“这下你们该满意了吧！

世界永远失去了一个天才!”当然，以个人而言，乔治·桑是无可非议的。我一点也不怀疑她对艺术的真诚。然而，她毕竟不是波兰人，波兰不是她的祖国。祖国在苦难中，肖邦的乐曲可以流淌着欢乐吗?

胡适是主张“多研究一些问题，少谈一些主义”，主张整理国故、踱进研究室的。然而，就是这样一个胡适，在抗日战争爆发后，终于走出了研究室，出使西方，为国难奔走呼号，赢得国内外一片喝彩。胡适尚且也有“迫于时势”的时候，更遑论青年时代就心存“我以我血荐轩辕”的鲁迅?

事实上，鲁迅不仅小说散文等是杰出的，鲁迅的杂文也是不朽的。可是，鲁迅的原意，是希望他这一类“迫于时势”的文字“速朽”，鲁迅说：

> ……我的应时的浅薄的文字，也应该置之不顾，一任其消灭的；但几个朋友却以为现状和那时并没有大两样，也还可以存留，给我编辑起来了。这正是我所悲哀的。我以为凡对于时弊的攻击，文字须与时弊同时灭亡，因为这正如白血轮之酿成疮疖一般，倘非自身也被排除，则当它的生命的存留中，也即证明着病菌尚在。(《热风·题记》)

鲁迅的“浅薄”之作还有人阅读，说明鲁迅所抨击的时弊尚在。

杂文与政治

朱健国反对杂文与政治有所联系，换言之，他反对以杂文为形式，表述政治观点。在朱健国看来，杂文应该与政治无缘，应该离政治远远的，否则，就是杂文的“悲剧”。他说：

> 一九三七年至一九四九年，是中国政治剧变动荡的时期。从一九三七年的卢沟桥事变开始，日本人的侵略就把全中国人民都推向了政治生活、战争生活。这种形势对于杂文的影响，便是杂文的极端政治化、党派化。这时候，无论是上海孤岛的“鲁迅风”杂文流派，还是桂林重庆昆明的杂文作家群，都和在延安的杂文家一样，自觉不自觉地听命于党派的政治要求来写杂文。在“抗日”这面所向无敌的旗帜下，杂文家都向政治意识形态缴了械，除了梁实秋、林语堂那么几个边外人例外。
>
> （《不与水合作》）

日本侵略中国，最大的政治就是抗日，那么，杂文要不要“政治化”呢？杂文要不要为宣传抗日战争服务？这应该在任何时候都不成问题的。“鲁迅风”杂文“听命于党派的政治要求”，当年的各党各派，不是至少表面上都要宣传抗日吗？中国当年的杂文家都站在了抗日的旗帜下，这不是什么“缴了械”，而是勇敢地担起了自己应尽的责任。

杂文与政治意识形态往往有着天然的关系。杂文离得开政治？鼓吹杂文远离政治的朱健国，他的文章就离不开政治。朱健国说：“波普曾说马克思的一些论述不可证伪。而现代科学认为，凡不可证伪的东西，皆非科学。那么，马克思之‘科学共产主义’是否还算科学？”朱健国发出的是当代的“天问”了。自有人类以来，人类就有许许多多的理想，共产主义也是人类的一种理想。如果一切理想都可以在“不可证伪”的名义下予以否认，在漫漫的黑夜中，人类不是失去了引路的灯塔了吗？在鲁迅的评价问题上，朱健国认为鲁迅也有局限，鲁迅后期的变化不是进步而是后退，不是好事而是憾事。以此看来，朱健国写的杂文离政治并不远，而是太近太近了。他为某种“隐形”的政治服务，简直到了赤膊上阵的程度。他对共产主义理想的质疑，在政治上否认鲁迅的后期杂文，就是证明。

朱健国好像对梁实秋、林语堂比较推崇，称之为他的“党派政治”的“边外人”。梁实秋、林语堂当年基本上与当局保持一致，若是说反对政府的“政治”，梁实秋是可以不讲的；要是说不讲反对日本人的“政治”，大约便是梁实秋、林语堂都会不高兴，也不会接受的。事实上，梁实秋、林语堂也讲抗日的政治的，他们既有抗日的文章在，也有抗日的行动在。朱健国对他们的生平应不陌生。自然，我明白朱健国的意思，虽然梁实秋、林语堂是当局的“体制内”人物，却是共产党的“体制外”人物，他的“边外”是共产党的“边外”。

自己大谈政治，却要别人远离政治，这其中有什么奥妙呢？还是让我用朱健国似的“赤裸裸”把话点白了吧：他反对的是听命于共产党政治要求的“党派政治”，他大谈特谈的是反对共产党“党派政治”的“隐形”政治。至于“隐形”所包含的内容，就用不着我来点破了。

“吃饭”问题

现在，写文章的人凑到一起，一开口便是稿费问题，仿佛写文章和理发一样，只是为了赚那么几块钱。有一个颇有“知名度”的写手甚至自作聪明地说：“鲁迅为什么天天写杂文？只是为了吃饭，当年，许广平没工作，要养家活口，不写杂文行吗？”

我觉得，这个见解似曾相识，仿佛在哪里读到过。于是，我在脑中搜索，终于回想起来了，二十世纪八十年代有一个叫邢孔荣的，他在他的“名文”《论鲁迅的创作生涯》一文中，在分析鲁迅后期杂文“如此浩繁”的原因时，赫然占据首位的，竟是“为了吃饭”，就是说，鲁迅是为了稿费而写作的。

人是要吃饭的。倘若为了吃饭，这也不是什么不光彩的事。我们首先要分析的是文章的内容，要看文章对于中国是有益的还是有害的，而不仅仅是“为了什么”。

问题的根本在于，是不是“只是为了吃饭”？问题还在于，具体到鲁迅，他是不是“为了吃饭”？

鲁迅的文章固然有“为了吃饭”的因素，但绝非仅仅是为了“吃饭”。鲁迅为《新青年》所作的《狂人日记》《祝福》等小说，都是没有一分一厘的稿费的；二十世纪三十年代，鲁迅为扶持青年的创作，常常自己掏钱印行他们的作品；为了介绍优秀文化，鲁迅印了《梅斐尔德木刻士敏土之图》，“至今为中国青年所买者，还不到二十本”，但鲁迅仍认为值得这么干。他在一九三一年五月四日致孙用的信中说：“书坊专为牟利，是不好的，这能使中国没有好书。”鲁迅若只是为了“吃饭”，他可以有很好的饭吃，在厦门大学，他的月收入是三五百元，据说，在当时，每月二十元就可以养活五口之家。在上海，蔡元培曾礼聘鲁迅为中央研究院特别撰述员，收入也是三百余元。鲁迅若只是为了“吃饭”，完全可以为当局做一些“研究”，可鲁迅却因“绝无成绩”，而被解聘了。如此看来，一些人说鲁迅“为了吃饭”才写作，就像一些无聊文人攻击马克思为稿费而写作《资本论》，都是一样的无知、可笑。

鲁迅为什么写作呢？探究起来，也许颇为复杂，但有一点是可以肯定的，他不是为了“吃饭”而写作。我以为，从直观上看，鲁迅常常出于激愤，激愤中国社会的黑暗，激愤士大夫的虚伪，激愤劳苦大众的不争，他心中有一团激愤的火，喷到了稿纸上，所以，我们翻开《鲁迅全集》，可以看到有一颗心在燃烧。

鲁迅的终极关怀是中国的命运，鲁迅是为了激愤而写作的。那么，我们为什么而写作呢？今天，这又重新成为一个问题。

文学出口问题

中国文学界有一种“走向世界”的情结，也就是文学出口问题。某作家的作品被翻译成某国的文字了，那么，他和他的作品的身价都会倍增。本来，他的作品在国内只是平平，经过出口转内销，往往也成了畅销书。

反过来，如果谁要否认一个人的文学成就，最常用的办法之一就是他的作品出不了口，尤其是不被西方所接受。几年前，邢孔荣写了一篇《论鲁迅的创作生涯》，就是从鲁迅作品“走向世界”方面入手来否定鲁迅作品的价值的。他说：“鲁迅先生终生希望中国文学跨出国界。不无遗憾的是鲁迅先生的作品虽然有一定的世界影响（主要在东方），但离进军似乎还相当遥远。主观上这是由于鲁迅先生的‘夫子面孔’，难以吸引读者；客观上由于鲁迅先生的作品‘太中国化’。……难免与世界存在隔膜。”

邢孔荣对鲁迅作品在世界范围内的影响是缺乏了解的，在美国，因研究鲁迅而成为博士的大有人在；罗曼·罗兰认为，《阿Q正传》催人泪下，他永远忘不了阿Q那愁苦的形象……这里，我们不是研究鲁迅作品的世界性影响问题，因此用不着我再浪费笔墨与邢孔荣一类的人费口舌。我要说的是，“走向世界”可能是好的，不走向世界也不见得就不好，一切要看作品的实际。外国很多的作品来到中国，站在他们的立场，他们也是“走向世界”了。来到中国的东西是不是篇篇都好呢？也不见得，甚至可以说大多是一般化的。“走向世界”的作品就是最好的吗？也不见得。按照邢孔荣的说法，没有鲁迅那样“夫子面孔”的，是容易“走向世界”的。那么，那是什么面孔呢？我理解，大约是“小姐面孔”了，所谓有“人性”的东西容易“走向世界”。而在一些人的眼里，人性，也无非是情呀爱呀，诸如此类。这几年，中国走到美国的作品，据说最多的是张洁的。张洁的作品我也很喜欢，八十年代她发表的小说，我是每篇必读。但是，若是把她的作品摆在“五四”一代大家的作品面前，就只能算是二三流的了。张洁的成就甚至还在张爱玲之下。

鲁迅的作品“太中国化”吗？一般的文学常识告诉我们，越是民族的才越是世界的，鲁迅的作品有中国风格和中国气派，这怎么成了向世界“进军”的障碍呢？鲁迅的作品虽然被翻译成世界各国十来种文字，但是，我们从另外一个角度看问题，为什么一定要以外国人的认可而确定作品的价值呢？我们为什么不能从作品本身看问题呢？假如鲁迅的作品没有被翻译成任何文字，那么，他的作品是不是就不好了呢？我们应该看到，中国作品走向世界有其自身的文化背景和语言方面的障碍，伟大如《红楼梦》，也难以走向世界。《红楼梦》虽然也有英译本，但那是中国人翻译过去的。从我接触到的材料看，西方人是看不懂《红楼梦》的，不被西方认可，但这并不影响《红楼梦》的客观存在，并不影响《红楼梦》的伟大。

衡量文学作品的价值，只能立足于文学作品本身，而不是本身之外的出口不出口问题。

鲁迅的“造像”

据说，周作人追求的是一种平淡的境界，他愿意以平常之心看人生，所以一切都是平常的。他总是以他的“冲淡”看鲁迅。

周作人在二十世纪六十年代初期给香港的鲍耀明的信中，对鲁迅坟墓上的坐像，谈了他的看法：“现在人人捧鲁迅，在上海墓上新立造像，——我只在照相上看见，是在高高的台上，一人坐椅上，虽是尊崇他，其实也是在挖苦他的一个讽刺画……”周作人在致曹聚仁的信中，也谈到此事：“……死后随人摆布，说是纪念其实有些实是戏弄。我从照片看见上海的坟头所设塑像，那实在可以算作最大的侮辱。”

上海的鲁迅坐像也不怎么高，从美学的角度看，正好。周作人的意思是太高了，有点儿神化鲁迅。一座雕塑，不抬到一定的高度，行吗？我们假设一座雕塑坐像摆在地上，感觉会是怎样？那是不可思议的。

鲁迅是现代中国最伟大的文学家。这样一个伟大的人物，在他的坟上竖立一座雕塑，有什么可值得非议的？早在一九四五年，郭沫若就发表了一篇叫《我建议》的文章，建议在“北平，上海，广州，杭州，厦门”这些鲁迅工作、生活过的地方，“应该多多塑造鲁迅像”，而且，“……自然以铜像为最好”。郁达夫说：“没有伟大的人物出现的民族，是世界上最可怜的生物之群；有了伟大的人物，而不知拥护，爱戴，崇仰的国家，是没有希望的奴隶之邦。因鲁迅一死，使人们自觉出了民族的尚可以有为，也因鲁迅之一死，使人家看出了中国还是奴隶性很浓厚的半绝望的国家。”一个国家，一个民族，都有自己的伟人，为自己的伟人树碑立传，世界皆然。伟人雕塑既是对伟人一生成就的肯定，也是一个民族的精神物化；伟人雕塑还是现代城市的一种装饰、一道景观。世界各国都有自己的伟人雕塑。丹麦有安徒生的；英国有莎士比亚的；俄国就更多了，有普希金的，托尔斯泰的，还有高尔基的，等等。中国人为鲁迅竖立了雕像，怎么注定就是神化鲁迅呢？死后的鲁迅是有“随人摆布”和“戏弄”的时候，也有“最大的侮辱”，但这与鲁迅的雕塑有什么关系呢？周作人说：“世无圣人，所以人总难免有缺点。”有缺点的伟人也终究是伟人，我们总不能以任何人都有“缺点”为名，从而否认了伟人的存在吧！

我觉得，周作人与其是在否认鲁迅的高大，不如说是在自我表现，表现他的平淡之心。他淡化鲁迅的伟大正可以凸现他的平淡。不过，如果所谓平淡要靠刻意地表现，这平淡的外表，不是裹着不平淡的心吗？很不平淡，却又要表现得十分平淡，这是对自我的一种折磨。

我是不很相信周作人的平淡的，至少他在某些方面是不平淡的。他若真是平淡，真是满足于过书斋生活，胡适等人催促他南下，他应该是可以成行的。他拒绝的理由是为家所累。当年，他已经是新文化运动的名人，哪里安不下他的一张书桌呢？哪里安不下他只求平淡度日的家？他倘若真是平淡，既可以不当国民政府的官，更可以不当日本占领者的官。基于以上理解，我觉得，他的戴着平淡眼镜看鲁迅，虽然是他自我表现的一种，但客观上不也是对鲁迅的诋毁吗？

拂袖而去与曲意逢迎

鲁迅是喝狼奶的有野性的狂人，胡适实在是一个温文尔雅、温柔敦厚的绅士。鲁迅脾气大，看不顺眼了，怒目圆睁，不开心了，便拂袖而去，活得本色；胡适是公认的好脾气，经常委曲求全，曲意逢迎，脸上总是带着亲切的微笑，但他的亲切与他内心的感受并不一致，胡适相对要有城府许多，活得也比较累。

鲁迅不喜欢田汉由来已久。田汉与创造社诸人一样，颇有才子气。才子好冲动，多少有点飘。这与深沉、冷峻的鲁迅反差很大。对田汉放达张扬的表现，鲁迅自然难以接受。据夏衍说，一次，内山完造在一家闽菜馆设宴欢迎日本左翼作家、日本无产者艺术联盟委员长藤森成吉，鲁迅、茅盾、田汉、夏衍等应邀作陪。酒过三巡，田汉酒酣耳热，便开始了高谈阔论。因为席间客人是日本朋友，便引出了他大谈日本唯美主义和恶魔主义作者谷崎的话题。田汉很带感情地讲起与谷崎的交游，以及对谷崎作品的分析，并且介绍自己刚刚译完的谷崎的小说《人与神之间》等。田汉有些情不自禁，口若悬河，手舞足蹈。藤森成吉虽对谷崎没有田汉那样的兴趣，但出于礼貌，只有频频点头。而一旁鲁迅的脸色却早已不好看了。夏衍察言观色，有些为田汉着急，但在兴头上的田汉依然谈兴不减。“看来又要唱戏了。”鲁迅低声对夏衍说。夏衍明显意识到了鲁迅对田汉的这种反感。鲁迅说完此话即起身告辞。在座宾主的难堪可想而知。

我想，如果当时在场的是胡适，那自然又是另一番情景了。胡适或许会委婉地劝阻或暗示田汉？或许会岔开话题？或许也像日本客人一样洗耳恭听？总之有一点，他绝对不会像鲁迅这样，话不投机，便拂袖而去。

鲁迅拂袖而去的例子还可以举出一些，比如二十世纪三十年代，在李小峰邀请的宴席上，他和林语堂起了冲突，就要拂袖而去，还好郁达夫在场，强留了鲁迅。那是一场愉快不起来的宴饮。

也不只有鲁迅才这样。还可以说一说鲁迅与钱玄同的一件小事。一九二九年五月，鲁迅第一次北上省亲，曾与钱玄同相遇。据沈尹默说：“鲁迅从上海回北京，一次曾在他们的老师章太炎那里会见，为了一句话，两意不投，引起争论，直到面红耳赤，不欢而散。”后来，钱玄同偶然去孔德学校，碰见鲁迅。据沈尹默讲：“这事情（按：指上次的争论）虽已过去，彼此心中总有些耿耿然，但一想到老朋友终归是老朋友，不可能从此不见面，就跨进门去，打了个招呼，坐下来，正想寻个话题，恰巧看见桌上放着一张周树人三个字的名片，他马上回过头朝着鲁迅问道：‘你现在又用三个字的名片了？’鲁迅不假思索地冲口而出道：‘我从来不用四个字的名字。’玄同主张废姓，曾经常用‘疑古玄同’署名，这是众所周知的事。鲁迅出口真快，玄同的感应也不慢，登时神色仓皇，一言不发，溜之大吉。”这里的“溜之大吉”，也就是拂袖而去了。

不就是三个字四个字的问题吗？有什么大不了的！鲁迅和钱玄同，都是书生意气，在可恼的同时透着几分可亲。我可以想象，当年鲁迅说“我从来不用四个字的名字”时，脸上的表情是生硬的，没有笑容，所以这句话有了某种讽刺的意味。倘非如此，鲁迅笑曰：“我从来不用四个字的名字。”那至多是揶揄，还多了几分幽默。至于钱玄同，若非书生，脸皮也厚，这么一句话，何难应酬？来一句今天天气哈哈哈之类，又何必动气，溜之大吉呢？所以，这个细节，以我而言，看不出他们的可恶，倒是看出了书生本色，硬是透着几分可爱。

胡适则不一样了，他可以溜之大吉的，却不溜之大吉，还曲意逢迎，打起哈哈来也天衣无缝。有一阵子，何炳棣住在胡适南港的家中。某日上午九时左右，何炳棣刚要进城时，见厨子向胡适递上一张名片。胡适相当生气地流露出对此人品格及动机的不满，但想了一想，还是决定接见。当何炳棣走出门时，正听见胡适大声地招呼他：“这好几个月都没有听到你的动静，你是不是又在搞什么新把戏?”紧随着就是双方连说带笑的声音。

自己讨厌或不喜欢的人，胡适也能应付得有声有色，一点不怕委屈自己。何炳棣极为敬服胡适，对这一细节也多有玩味，说：“可以想见，这才是胡先生不可及之处之一：对人怀疑要留余步；尽量不给人看一张生气的脸。这正是我所做不到的。”鲁迅见了自己不喜欢的人，比如在厦门大学时，见那个一会儿刁难鲁迅，一会儿又笑嘻嘻地自称是鲁迅的学生的黄坚，只会直斥之，绝对不会像胡适这样心里厌恶，脸上哈哈，面子上还维持得过去。

我读胡适少矣，一时还找不到他拂袖而去的细节，也许，他一生中就不曾有过这样的事，也未可知。然而，胡适一生委屈自己，经常是左不买账，右不讨好，唐德刚说：“胡适是‘传统中国’向‘现代中国’发展过程中，继往开来的一位启蒙大师。他在我国近代的学术思想界里（这儿笔者着重的是“学术”二字），可以说是初无二人。正因为他既‘开来’又‘继往’，在思想流于偏激的国人看来，他的一言一行就不够刺激；有人甚至把他看成连折中派也不如的‘反动学者’。同时在思想倾于过度保守的人士的眼里，胡适却又变成了背圣绝贤，为异端铺路的罪魁祸首。因而胡氏多彩多姿的一生，便在他自己常说的‘左右为难’中度过。”（《回忆胡适之先生与口述历史》）与“荷戟独彷徨”的鲁迅一样，胡适是左右皆为难的人物。这样两不讨好有时腹背受敌的人物，怎么可能是天天面带微笑的呢？李敖说过：“别看他笑得那样好，我总觉得胡适之是一个寂寞的人。”胡虚一也说：“这几年来，别以为有那么多人围在他的身旁搅什么献花祝寿的热闹事，也别以为有那么多的男女记者把他当作‘花边新闻’的采访对象，而我却体会到胡先生的心之深处，一直是孤寂的！一直是忧愤的！”是的，胡适的亲切微笑的背后，蕴含着难以与人言的巨大的痛苦。否则，无法解释他的死。

我们从有关胡适的传记资料中引述胡适去世前的活动：

一九六二年六月二十四日，刚出院不久的胡适在蔡元培馆主持了“中央研究院”第五次院士会议。下午五时，酒会开始。胡适兴致勃勃地走到麦克风前，致开幕词。他幽默而风趣地说，自己对物理学一窍不通，但却有几位世界闻名的物理学家是他的学生，至于杨振宁、李政道等人，则是他学生的学生了，真是桃李满天下啊，这是他平生最得意、最自豪的事。

过了一会儿，胡适想起临行前太太反复叮嘱他少讲话，忙说：“今天因为太太没有来，我多说了几句话，下面，请李济讲话。”李济是位考古学家，在胡适来台湾前曾主持过“中央研究院”工作。他的讲话有些悲观，他说台湾的科学设备都是进口的，有成绩的学生最后都要出国，我们自己有什么拿得出手的东西呢？他还提到了此前胡适因为演讲而遭受围攻的事，感慨台湾缺乏科学研究的环境。

旧事重提，勾起了胡适的痛楚。刚才还谈笑风生的他，脸色一下子阴郁下来，一时似乎喘不过气来。秘书见状不妙，忙示意他不必介意。胡适摆摆手，冲着话筒生气地说：“我去年讲了二十五分钟的话，引起‘围剿’，不要去管它，那是小事体，小事体。我挨了四十年的骂，从来不生气，并且欢迎之至……”胡适讲到这里，声调很激动，他忽然感到心脏不适，急忙煞住话头：“好了，好了，今天我们就说到这里，大家再喝点酒，再吃点点心吧，谢谢大家。”

这时正是六点半，宾客们陆续开始散去。胡适还站在刚才讲话的地方，含着笑容和客人们握手告别。只见他正要转身和谁说话，突然面色苍白，身体晃了一晃，仰面向后倒下，旁边的人赶紧伸手搀扶，已经晚了。他先是脑袋磕到桌沿上，又重重地摔在水磨石地上。人们赶忙就地急救，给他做人工呼吸，打强心针，可他的心脏已经停止了跳动。一代哲人就这样溘然长逝了，在场者无不悲恸落泪。

有一种说法，经常生病的人一般不容易生大病；一向不生病的人，一生病就将是大病，甚至会要了性命。生病这样，其实生气何尝不是这样！一向“不生气”的胡适这回却真的生气了，似乎从来没有“拂袖而去”的胡适，这回竟这样毅然决然地拂袖而去，而且是一去而不复返！

“鲁有林风，胡乃钗副”

这里的“鲁”，是指鲁迅；“胡”是胡适。就像韩石山从“男不读《水浒》，女不读《红楼》”套出“少不读鲁迅，老不读胡适”一样，这句话是从“晴有林风，袭乃钗副”套出来的——说的是晴雯的言行有一点儿林黛玉的风姿或风骨，袭人的举止有时简直像薛宝钗的翻版，或者说是身为奴婢的薛宝钗、薛宝钗第二。

“鲁有林风”，我至少可以举出以下几点：

第一，他们一样是家道中落，早年失亲，寄人篱下。

第二，他们一样的多病，甚至患一样的病。林黛玉患的是肺病，整天老是咳嗽；鲁迅是因肺病而死的，晚年鲁迅也常咳嗽。凌叔华一九八七年在台湾曾说到鲁迅与林黛玉：“鲁迅有肺病，常咳嗽，脾气大得很，是很难对付的人。他的太太许广平……在天津女师时小我一班，那个时候我们俩的作文常被贴壁报上，两人常去看壁报就谈上话，后来熟了，虽离开天津还与我通信，通常向我吐苦水，说鲁迅像林黛玉的身体可真弄惨她了……”（台湾《联合报》一九八七年五月六日专访《如梦如歌——英伦八访文坛耆宿凌叔华》）

第三，他们一样敏感多疑，尖酸刻薄。俗语说，斯人而有斯疾。不好说得肺病的人都比较“尖酸刻薄”，但仅就林黛玉和鲁迅而言，他们确实要比薛宝钗、花袭人之流“尖酸刻薄”。

第四，他们面对的生存环境是一样的。林黛玉在贾府虽然受到与贾宝玉一样的“待遇”，当她一跨进荣国府的大门，立刻就被“脉脉温情”包裹住了。贾母把她“搂入怀中，心肝儿肉的叫着哭起来”；王夫人吩咐人拿出缎子来为她裁衣裳；凤姐也携着她的手说：“要什么吃的，什么顽的，只管告诉我。丫头老婆不好，也只管告诉我。”并且又立即差人赶紧去为她收拾住房……这个远道而来的外孙女，不仅一登门槛就受到了盛情接待，而且此后贾母对她的“万般怜爱”，把迎春、探春、惜春三个孙女“倒且靠后”了，“饮食起居，一如宝玉”。然而，这个有着高度自尊心的少女，由于敏感以及由敏感而生的多疑，没有给人多少好感，她很快就给荣国府的人们留下了“孤高自许、目无下尘”的印象。她生存的荣国府，人与人之间互相仇视、倾轧、争夺、欺诈等等，这些每天都在林黛玉的身边发生着，连那个还不十分懂事的丫环佳蕙都发出这样的慨叹：“这地方本也难站！”在那许多势利的眼光下，一身之外无长物的林黛玉如何安下心来？不仅如此，即使是这个家庭里的正式成员，又何尝能够安下心来呢？小姐探春说得好：“咱们倒是一家子亲骨肉呢，一个个都像乌眼鸡似的，恨不得你吃了我，我吃了你。”这种感受，在林黛玉这个外来人的身上自然就更要加深一层了。可以说，寄居者的林黛玉在精神上是“贾府公敌”。这一点，她和她的知己贾宝玉是一致的，贾宝玉只能逃到寺庙，而更为孤苦无靠的她，只能“质本洁来还洁去”，进了坟墓方是了结。

至于鲁迅，虽然被捧为“旗手”“主将”“领袖”“思想界的先驱”等等，像林黛玉在贾府一样，仿佛受尽优宠。可是，这一切都是表面的现象。在我看来，鲁迅是这边也不欢迎、那边也不接受，

“荷戟独彷徨”、四面楚歌的“国民公敌”。周扬们把他当作旗帜飞来舞去是不错的，蒋介石也不是不想利用他，只不过没有利用成而已。周扬们什么时候把鲁迅真当回事了？鲁迅对“奴隶总管”们的痛恨和蔑视，甚至超过了他一生中最为讨厌的陈西滢和梁实秋。我最认同的鲁迅意向是“孤岛过客”“荒原野狼”等。鲁迅是一个绝对的孤独者，是一个近于绝望的孤岛过客，这种情结贯穿于他的一生。鲁迅想逃脱，但无从逃脱，他是“荷戟独彷徨”的独行者，是在无物之阵中为千夫所指的“国民公敌”。

总之，林黛玉和鲁迅一样大家多不接受，几近孤家寡人。此外，还可以归纳出几点，比如，林黛玉与鲁迅有共同的精神资源——庄子与魏晋，他们一样不愿阿世媚俗，一样绝望、虚无，而又倾力反抗绝望，一样属于早死一类，同是忧愤而死等等。

与林黛玉对比，薛宝钗是圆通的，八面逢源的。宝钗刚到荣国府时，留给人的印象是：“品格端方，容貌丰美”，“行为豁达，随分从时，不比黛玉孤高自许，目无下尘，故比黛玉大得人心。便是那些小丫头们，亦多喜与宝钗开玩笑。”薛宝钗可谓温柔大方，和蔼可亲，大有人缘，在贾府有口皆碑。

宝钗人见人爱，人人喜欢。胡适也差不多，也是人缘极好之人，“我的朋友胡适之”是当年场面上的人物不时挂在嘴上的话。有人说，胡适生前真可说是交游遍及海内外，上至总统、主席，下至司厨、贩夫、走卒、担菜、卖浆……行列之中都有胡适之的“朋友”！胡适与伙夫和小贩都能成为朋友，所以，“我的朋友胡适之”遍布天下，也就不足为奇了。

薛宝钗是不喜欢林妹妹的，林妹妹是她傍上贾宝玉这个大款的竞争对手。为了击败林黛玉，据马瑞芳归纳，她颇费心机，组织了一个“神圣同盟”，第一步是讨好贾母、王夫人，第二步是关怀宝玉，第三步是拉拢袭人。此外，薛宝钗扑蝶，陷害林黛玉又是一例。薛宝钗在“危急”关头，如马瑞芳所言，她如果想找一个替罪羊清洗自己，完全可以喊“宝玉”，喊“二丫头”“探丫头”“四丫头”，可她连想都没想，就选择了林黛玉。这也可谓潜意识使然。

可是，薛宝钗的造诣之高就在于，她对自己不喜欢的人、合不来的人也可以表现得十分喜欢的样子。薛宝钗先是在精神上“关爱”林妹妹，指出她一个贵族女孩，看《牡丹亭》《西厢记》这样的禁书是不好的。她怎么知道林黛玉看了？因为林黛玉在酒席上随口说出了“良辰美景奈何天”这样的句子。可是，她薛宝钗不看，又怎么知道这句子出自“淫书”呢？

在生活上，薛对林也是极尽关爱，黛玉经常生病，薛专门来看她，给她分析病情，还从自己家里拿来上等燕窝叫人给黛玉熬粥喝。如此，搞得一无城府的林妹妹满含深情地说了一大段话：“你素日待人，固然是极好的，然我最是个多心的人，只当你心里藏奸。从前日你说看杂书不好，又劝我那些好话，竟大感激你。往日竟是我错了，实在误到如今。细细算来，我母亲去世得早，又无姊妹兄弟，我长了今年十五岁，竟没一个人像你前日的话教导我。怨不得云丫头说你好。我往日见她赞你，我还不受用，昨日我亲自经过，才知道了。比如若是你说了那个，我再不轻放过你的，你竟不介意，反劝我那些话，可知我竟自误了。”心门洞开，有感激，有至情，有悔过。宝钗连自己不喜欢的人都能如此摆平，可见她圆通到几近成精的程度。

胡适呼朋唤友，在有的时候有的地方是比较世故圆通的。说两条吧，前一条来自中国友谊出版公司一九九三年九月出版的胡颂平编写的《胡适之先生晚年谈话录》，后一条来自广西师范大学出版社二〇〇九年三月出版的何炳棣著的《读史阅世六十年》。

胡颂平是胡适“使用”起来很顺手的一个秘书。胡适晚年一些无关大碍的信，比如，不能替某某人证婚之类，是由胡颂平代笔的，胡适只管签名。有一回，胡适在胡颂平拟的信的最后一句“谢谢你们的好意”之下添了“并预致贺意”五个字。胡颂平说：“如果收信人认得出这五个字是先生的亲笔，这封信也有被人家保存起来的可能。”胡适说：“你近来的字渐渐跟我的相像起来，我以后可以赖掉了。”江青在延安时当毛泽东的秘书，模仿毛书，几可乱真。胡颂平之于胡适，大约也是如此吧。另有一回，胡适在中央研究院的邻居某君送来一张立轴，他要迁居，请胡适题字。胡适叫秘书胡颂平代写。胡颂平说：“我的字写得不好。”胡适说：“你的字比我高明得多。你是练过字的，写了一生的毛笔字，还是你代我写吧。他们又认不得我的字，写了盖一个我的图章就是了，他们只看图章的。”于是胡颂平代写了“邻居之光”四个字。胡适这里是不是特别像一个领导了，一切由秘书代理？他应付起这些人情世故来，颇有一点薛宝钗式的圆通和得心应手吧？是不是可以从他来者不拒的热情中透出了丝丝带着“冷香丸”的冷意？

胡适在为人处世的方式上是不是与薛宝钗有些相通之处呢？在精神气质上是不是相对的远林而近钗呢？

薛宝钗的“冷”是有名的。她吃的是“冷香丸”。王夫人因为金钏儿的死，愧悔交加，这个吃斋念佛的人是相信阴司报应的。金钏儿投井死后，薛宝钗为了给王夫人开脱，认为金钏儿并不是赌气投井，多半是在井边玩，失足落水的，而且说：“纵然有这样大气，也不过是个糊涂人，也不为可惜。”一个奴才岂有这样大的气？这好像冷飕飕扑面而来的风，吹得人毛骨悚然。当此之际，任何话都比不上宝钗的话更能使王夫人心安理得。果然，王夫人的犯罪感大大减少。薛宝钗为了讨好王夫人，竟丧失了最起码的同情心，为迫人致死的凶手开脱辩护！

薛宝钗的作为，让我想起了胡适的两件事。一是“四一二政变”，国民党用武力解决曾经是“同一战壕里的战友”的共产党问题，还惨杀许多无辜民众。是时，胡适正在返国途中。他听从了学生的劝告，暂待日本避祸。本来，受过美式教育的胡适，对于暴力解决党争问题，应该不难得出自己的结论。可是，为了自保，也为了给“王夫人”开脱等，他很薛宝钗式地说了大意这样的话：蔡元培、吴稚晖等人支持的事，应该是站得住脚的。“宁可错杀三千，绝不放走一个”，这与他的美式价值观是一致的吗？胡适只字不提，不予谴责，只端出了蔡元培和吴稚晖为蒋介石开脱，为国民党一党专政粉饰。不久，他果然很安全地回到了国内。

再一件事是杨杏佛之死。杨杏佛是胡适在中国新公学时代的学生，两人的私谊曾是不错的。杨因为参加“中国民权保障同盟”的活动，被特务在上海暗杀。杨杏佛可以说是政治上的反对派。对国内反对派采取暗杀行动，一般说来，也不符合美式规范。受过美式教育的自由主义者胡适，本应该对当局提出抗议。事有凑巧，正是在杨杏佛遇刺的那一天，胡适受国民党当局的指派，由上海登轮赴美洲出席将在加拿大召开的第五次泛太平洋学术会议。胡适对昔日的学生和朋友的遇害始终未置一词。

杨杏佛之死是一个信号，也是对同盟其他成员的警告，特务的黑名单上有了包括鲁迅在内的一大串人名。当时，有些同盟成员离沪躲避了，但鲁迅却表现了大无畏的革命精神。他不听友人劝阻，冒着生命危险毅然出席杨杏佛的入殓仪式，且在离家时不带房门钥匙，以示牺牲的决心。归来后，鲁迅心情沉痛地写下了《悼杨铨》：

岂有豪情似旧时，

花开花落两由之。
何期泪洒江南雨，
又为斯民哭健儿。

几天后，也就是一九三三年六月二十五日，鲁迅在致外国友人山本初枝的信中，再次表明了自己同国民党一党独裁做不妥协的斗争的决心：“只要我还活着就要拿起笔，去回敬他们的手枪。”

要顺便提一下的是，晚年，胡适对秘书胡颂平谈起此事，叹息道：“杏佛是我的学生啊！”这句话多少流露了一点感情，也道出了他的无奈，似乎还有一点师生的情谊在。

这两件事上，胡适是不是也有一点薛宝钗式的“冷”呢？

读胡适的书以及其他有关胡适的书，如果以鲁迅为参照，我的印象是，胡适有的时候有的地方像薛宝钗，鲁迅有的时候有的地方像林黛玉。所以，我有了也许不无牵强的“鲁有林风，胡乃钗副”这一说法，聊供看客一哂。

《三借庐笔谈》中曾说过一个例子，作者邹弢和友人许伯谦讨论《红楼梦》，许尊薛而抑林，邹尊林而抑薛：“己卯春，余与伯谦论此书，一言不合，遂相龃龉，几挥老拳，而毓仙排解之，于是两人誓不共谈《红楼》。”我想，大几十年来，大陆从尊鲁抑胡，到尊胡抑鲁，也许就像红学界尊林与尊薛的纠缠一样，还要继续纠缠、纷争下去。

“褒贬”自有春秋

鲁迅也曾错怪梁实秋。

一九二九年十月，梁实秋在《新月》第二卷第八期上发表《“不满现状”，便怎样呢?》一文，说鲁迅“把所有的药方都褒贬得一文也不值，都挖苦得不留余地……这可是什么心理呢?”对此，鲁迅写了《“好政府主义”》一文，予以批驳。鲁迅在驳斥了梁实秋的主要观点后，也捎带一枪，挖苦了梁实秋：“‘褒’是‘称赞’之意，用在这里，不但‘不通’，也证明了不识‘褒’字……”（《二心集》）鲁迅把“褒贬”一词分作“褒”和“贬”了。若是拆开来理解，梁实秋的话当然不通。这里，鲁迅的情绪化是显而易见的，无论如何，梁实秋不会弱智到这等程度；即使真碰上一二硬伤吧（梁实秋文章可删可改之处不是没有，甚至可说是不在少数，我随手翻《梁实秋读书札记》一书中《莎士比亚与性》一文，其中有“朱生豪先生译《莎士比亚全集》把这些部分几乎完全删去”这样的句子，所谓“这些部分”，是指性描写，这是重叠，或是“这些”，或是“这部分”就可以了。这样的例子不好多举，多举就无聊了），似也应以平常心视之。不过，事情虽小，我倒也看出了事情之外——鲁迅对梁实秋是充满蔑视的。

过了半个世纪，台湾学者陈之藩在《褒贬与恩仇》一文中，为梁实秋的“褒贬”辩护，他说：

> 五十年前吧，文化界有一很著名的官司。就是现在还在台湾已八十岁的梁实秋先生与左派自封自命的大宗师鲁迅打笔仗。在笔仗中，梁先生说了一句：“把某一件事褒贬得一文也不值。”
>
> 鲁迅抓住辫子不放，用像匕首一样锋利的词句闪电式的向梁先生劈过来：“你梁实秋，究竟是在说‘褒’，还是说‘贬’？褒是褒，贬是贬，什么叫作褒贬得一文也不值？”
>
> 梁先生竟然无词以对，只解释说，北京城里大家所说的褒贬，都是贬的意思，并没有褒的意味。

陈之藩之所以要写这篇文章，翻出半个世纪前的旧案，是因为陈氏偶然看到了鲁迅的诗句中有“相逢一笑泯恩仇”一句。梁实秋说他所说的“褒贬”只有“贬”而无“褒”义，但没作出合理的解释，结果被鲁迅搞得很尴尬。而今陈之藩见到鲁迅自己也有这种写法，所谓“泯恩仇”，说的是“泯仇”，没有“泯恩”之义。犯的正是与梁实秋同样的“错误”。所以，陈之藩看到这句诗后不禁“哈哈大笑，特别申明是替梁先生笑的”。说法有点夸张，有细节上的“小说作法”，感情色彩也显而易见。考虑到梁实秋当时被捧为台湾学界的“大师”，而鲁迅的作品则成了禁书，对陈之藩抓了一根稻草“褒”梁“贬”鲁，似亦可理解。在此，洒家也学着陈之藩“哈哈大笑”一下。

应该说，陈之藩是从现象到现象，沈谦先生在《修辞学》（台湾空中大学一九九六年印行）一书中，引用鲁梁“褒贬”为例，进行了学理上的分析。沈谦认为，陈之藩“真正的问题症结并未彻底解开：为何‘褒贬’只有‘贬’的意思，‘恩仇’就没有‘恩’的意味呢?”有不甚明了之处。究其原因，是他们缺少必要的词汇学常识和修辞学常识。吴礼权先生在《鲁迅与梁实秋的尴尬》一文中，从词汇学的层面对问题进行了探讨，“褒贬”只有“贬”义而无“褒”义，“恩仇”只有“仇”义而无“恩”义，与“国家”只取“国”义而无“家”义，“窗户”只指“窗”不指“户”（门），情况是一样的。这是汉语词汇中的特殊一类，叫作“偏义复词”。顾炎武在《日知录》卷二十七“通鉴注”条曾明确说过：“愚谓爱憎，憎也。言憎而并及爱。古人之辞，宽缓不迫故也。”俞樾《古书疑义举例》卷二“因此以及彼例”条也说：“此皆因此及彼之辞，古书往往有之。《礼记·文王世子篇》：‘养老幼于东序’，因老而及幼，非谓养老兼养幼也。《玉藻篇》：‘大夫不得造车马’，因车而及马，非谓造车兼造马也。”虽然顾氏和俞氏都未能讲出学理，而只是以“古人之辞，宽缓不迫故也”“古书往往有之”之类的含混之辞一笔带过，但他们已经确切地指出了古代汉语客观存在的这种“偏义复词”事实。从修辞学的层面上看，这是一种“配字”修辞手法，它的作用是可以使音节和谐。如果不配一个不取义的字，就不能使音节偶化，单字只语不能企及音韵和谐的表达效果。

毕竟是修辞学家，让人知其然，亦知其所以然。

其实，陈之藩对“褒贬”公案，也是知其然不知其所以然。梁实秋并非像他说的那样“竟然无词以对”。对于鲁迅的“褒贬”，梁实秋是不服气的。鲁迅死后，他终于报了一箭之仇。一九四一年十一月二十七日他在重庆《中央日报》第四卷第十六期上发表《鲁迅与我》一文，他说：“我指陈鲁迅先生的硬译之不通，他虽然没有回答，但是他在另一场合报复了。我说：‘你把别人的主张都褒贬得一文不值，你自己主张什么呢?’他说：‘褒是褒，贬是贬，连着当作一动词，而做贬解，便是不通。’我不再分辩……”为了说明自己的不错，梁实秋举了《红楼梦》第三十八回中的句子“分辩”道：“黛玉笑道，‘这样的诗一时要一百首也有！’宝玉笑道，‘你这会子才力已尽，不说不能做了，还褒贬人！’”之后，梁实秋也挖苦鲁迅“大概是忘记了《红楼梦》”云云，并说，“曹雪芹先生正是和我一样的不通”。

鲁迅的“褒贬”是报复梁实秋的“硬译”？用今天的话说，这是哪儿对哪儿啊，完全是不着调，瞎褒贬。关于“硬译”问题，我将有另文说明，此不多言。

像梁实秋这一派文人，都是声称比较绅士、比较宽容、比较不计前嫌的。我要声明的是，不只是受了鲁迅的影响，主要是读他们的文章多了，我是比较不相信梁实秋们的绅士，比较不相信梁实秋们的宽容，比较不相信梁实秋们的不计前嫌。我不相信。他们是这样一派人物，比较在乎自己的绅士招牌，整天拿捏着自己，时时刻刻都在提醒自己，他们是在公众面前的正人君子，所以，自己的言论应该正人君子一点。如果说，梁实秋二十世纪四十年代还“褒贬”鲁迅一番，是因为鲁迅才死五年，梁也还年轻气盛的话，到了二十世纪七十年代，梁实秋仍然对鲁迅耿耿于怀，那么，他的绅士之类的招牌，恐怕也就只是招牌了。在《梁实秋读书笔记》一书中有一篇写于二十世纪七十年代的文章叫《复词偏义》，通篇讲的是与沈谦等人一样的见解，梁罗列的例子与沈等稍有不同，但梁也用了《日知录》的例子。当然，梁实秋还是有所发现的，沈谦及语文学界的一般提法是“偏义复词”，梁实秋却是“复词偏义”。事实是，《复词偏义》只是一篇阐述“偏义复词”的说明文。如果说这篇文章有什么特别的话，那就是蕴含着历史信息与梁实秋憋闷胸中数十年的“气”。他再次引用了一九四一年他举过的《红楼梦》中“褒贬”的例子，文章的结尾，他写道：“复词偏义实在是不合理，斥之为‘不通’也未尝不可；不过语言文字的形成时常有不合逻辑的地方，约定俗成，大家都这样沿用，我们也只好承认其为一格。析理过细，反倒像是吹毛求疵。”文字酸不溜丢，对熟知鲁梁恩怨的人来说，剑锋所指，不言自明。

我怀疑梁实秋是在看了沈谦的文字以后，才写了这篇《复词偏义》的，但沈书却是出版在梁实秋去世之后。不过，这也不难解，沈书中的文章会不会单篇或局部先在报刊刊发？也难说。如果梁实秋一九四一年就知道“偏义复词”，那么，看他的秉性，一九四一年的文章中肯定会有所表现，却没有；如果他知道了“偏义复词”，四十年代抨击鲁迅时没有言明，又何必在七十年代写这样一篇除了泄怨以外没有任何价值的文章呢——关于“偏义复词”的说明文已经太多太多了。不过，这无关宏旨，属想到写来而已。

鲁迅不是省油的灯，抓住“褒贬”二字加以褒贬，如果梁实秋暗自窃笑，不加褒贬，倒有了正人君子的风范，你一枪我一剑，褒来贬去，四十年代来一下，七十年代再来一下，梁实秋这灯也不省油。文人终究是文人。

今天，我们当然可以撇开他们当年的意气之争了。我查了《现代汉语词典》，它对“褒贬”也有两条释义。一条是“评论好坏”，比如“褒贬人物”“不加褒贬”“一字褒贬”等。这一条与鲁迅所理解的“不识褒贬”之类意思相近。另一条是批评缺点，指责。比如，“他在背地里褒贬人”等。梁实秋用的就是这个“褒贬”。一词两义，鲁迅只取其一，如此而已。

名人错怪名人的事并不鲜见，我试举一例：

施蛰存在谈到“中国人的语文水平某些方面实在是每况愈下”时，先是批评了大街上的招牌、出版的书报刊错别字比比皆是。接着，“逮”着了张中行，他说：“就连大教授、大作家张中行先生，其书中竟然也将‘片段’的‘段’字误写成‘断’字，张中行先生尚且‘断段’不分，遑论后生青年们！”（朱健国：《施蛰存的长寿之道》）

我觉得施蛰存的“片段”非“片断”说似乎未必确切，于是，先在电脑上敲了一下，说来巧了，用五笔敲词组，居然既有“片段”也有“片断”。我又查了《现代汉语词典》，“片段”是这么注释的：“整体当中的一段（多指文章、小说、戏剧、生活、经历等）。也作‘片断’。”“片断”的释义是：“同‘片段’。零碎的；不完整的。”词典举了两个例，如“片断经验”“片断的社会现象”。从两条注释看，一是，它们相“同”，都可以用；一是，若求精确，在涉及文章之类的时候，用“片段”比用“片断”要好。如此看来，施蛰存是错怪了张中行了。当然，施蛰存是世纪老人，也许在白话文运动的早期，只用“片段”而不用“片断”？是他用习惯了？也未可知。

诸如此类的事甚多，过去有，将来还会有，似不必大惊小怪，更不必过了几十年还要耿耿于怀——耿耿于怀了，还要声称“我不再分辩”“我不生气”……何必呢。

萧伯纳身边的鲁迅

梁实秋在《关于鲁迅》一文中，说鲁迅和萧伯纳照了一张滑稽照："一边站着的是一个身材高大须发银白的萧伯纳，一边站着的是身材弱小头发蓬乱的鲁迅。两相对比，实在不相称，身量不称，作品的数量分量也不称。"

说这话时的梁实秋，已经是一个老人了，老人自有老人的忠厚处，加上他固有的"雅人"趣味，与一贯的绅士做派，似乎不应该在"身材弱小"与"头发蓬乱"上做文章。萧伯纳固然个儿高，但并没有规定不和"身材弱小"的人合影；萧伯纳的头发次序井然，但也没有要求与他合影的人需要一样的标致；萧伯纳"须发银白"，是不是鲁迅也要把胡子头发都染白了，以显德高望重？梁实秋与他"新月社"的小兄弟徐志摩都是每一根头发都有固定位置的人，身材似乎既不弱，也不小，且都是到过英国的，可以自告奋勇去和萧伯纳合影啊，也不见得有什么动作。徐志摩的诗，应该与泰戈尔有一些距离吧，"作品的数量分量也不称"。泰戈尔来了中国，徐大诗人随侍左右，实秋兄怎么就不发一语呢？看来，作品相称不相称倒在其次，重要的是头发"蓬乱"不"蓬乱"。

大几十年后，韩石山因为鲁迅“个头矮小”，得出了所以“心地阴狠”的结论；韩石山倒不是把鲁迅与萧伯纳作对比，而是与“英美派”的帅哥们作对比，说是怎么看怎么不顺眼。初时，洒家大为惊诧，现在看来，这还是有师承关系的，“英美派”下了蛋，还孵出了小鸡。

好在有鲁迅与萧伯纳等的合影在，只要瞧了，也未必“蓬乱”。除了青年时期，鲁迅的头发每一根都是直挺挺的，像欧洲的教堂，直刺云天。鲁迅是不懂生活的，换了梁实秋，要见萧伯纳这样的大人物了——又是英国来的——肯定要到发廊焗焗油，每一根都按照“文学的纪律”，理性地而不是浪漫地安排到固定的位置。

身材不相称，头发不油亮，作品的数量分量可能不相称，但却也未必完全如此哩。至于鲁迅与萧伯纳的作品是不是对称，各自在文学史上的地位如何，因为有很多不可比的地方，是仁者见仁的事，比如，梁实秋“大”萧伯纳而“小”鲁迅，也是一个见解。

不过，在我看来，在鲁迅之于中国的意义与萧伯纳之于英国的意义这一点上，鲁迅肯定要“大”过萧伯纳。何满子是这样表述的：就如英国有莎士比亚、德国有歌德一样，中国有鲁迅。我完全认同何满子的见解。在英国，萧伯纳与莎士比亚是什么样的关系？梁实秋写过《英国文学史》，他肯定比我更了解，也比广大的读者更了解。

梁实秋“小”鲁迅这是不足为奇的，看他关于鲁迅吐一口血，让丫头扶着看海棠之类的奇谈怪论，可以肯定，他基本上是不读鲁迅的（由此可以断言，他捧鲁迅为现代中国“五大散文名家”之类，也是一种惺惺作态，无非是表现正人君子的公正），让一个不读鲁迅、不懂鲁迅，且气质上与鲁迅格外冲突的人，来评论鲁迅与萧伯纳的“大”与“小”，是有一点为难他了。

要补充的是，鲁迅并不附庸风雅，更不会通过见大名人来抬高自己。他甚至不会有徐志摩陪同泰戈尔那样的兴奋。你看鲁迅与萧伯纳们的合影，萧伯纳还保持微笑，宋庆龄不失妩媚，唯有鲁迅，一如既往地苦着脸，素素的，淡淡的。鲁迅说，萧伯纳是世界大家，自己是中国的大家，两者的差距从地域上就可以看出来了。鲁迅自己是不愿去的，总觉得自己还“不够格”，他在《我和萧伯纳》一文中已经叙述了当时的无奈。中国有四亿人口，不找个人去，便显得寒碜，也怕人笑话。这个人确实不怎么好找，不仅要是搞文学的，而且还得要有成就，于是他们就找到了鲁迅。可这下就坏事了，引起了某些人的不满，指责的文章是屡见报端，直到鲁迅死，他们还“耿耿于怀”。我就不明白，既然他们这么不满，当初何不毛遂自荐，告诉主办方：“鲁迅没有资格站在萧伯纳的旁边，我们才够格!”可他们没有那种勇气，有的只是满腹牢骚。否则的话，他们也不至于像现在这样愤懑了，鲁迅也不会平白无故地多受指责了。

狗的阶级性

专以写类如当今“小女子散文”名世的“一代文学大师梁实秋”，一生不曾养狗，但却写了好几篇关于狗的文字。我手头有一套四卷本的《梁实秋散文集》，就有多篇是写狗的。第一卷《雅舍小品》中有 篇《狗》；第二卷《雅舍小品续集》中也有一篇《狗》；第三卷《雅舍小品三集》中还有一篇《狗肉》，第四卷《雅舍小品四集》中则有 篇《 条野狗》。此外，他在别的文章中，也不时会说上狗几句，比如那篇《白猫王子》。大师就是有大手笔，一切繁华归于平淡，一无雕琢，从文章的标题就可以看出，除了“狗”，还是“狗”。

梁实秋是不吃狗肉的，他说：“我没吃过狗肉，也从来不想吃。”如果只看这篇《狗肉》，结合他留学美国的经历，你或以为他这是接受了“西方文明”，他也说，“西方人以为狗乃人类最好的朋友，一听说中国人吃狗肉，便立刻汗毛倒竖，斥中国人为野蛮”。然而，梁实秋虽然留学美国，他与美国人的观点并不一样。他不吃狗肉，不是认为狗不能吃，只是因为狗脏。他早年写的那篇《狗》中，记载了他对狗的印象：“主人从来没有扫过地，每餐的残羹剩饭，骨屑稀粥，以及小儿便溺，全都在地上星罗棋布着，由那只大狗来舐得一干二净。……在这一家里，狗完全担负了‘洒扫应对’的责任。”到了晚年写的《狗》，他看到的狗总是“在垃圾箱里从事发掘”。在《狗肉》中，“桌下还有一条不大不小的癞皮狗，名叫‘汪子’，大概是它爱汪汪叫的缘故。房东一家吃东西很洒脱，嚼不碎的骨头之类全都随口喷吐，汪子忙得不可开交。几乎没有例外，小孩子一面吃一面就在洋灰地面上遗矢（此“矢”同彼“屎”；雅舍小品，谈屎不雅，故用此“矢”？洒家直截了当称“屎”为“屎”，这正是正人君子与野老村夫的区别？房注），汪子会把东一摊西一摊像‘溜黄菜’似的东西舐得一干二净！主人无须打扫，狗已代劳，像这样的狗，其肉岂足食乎？人称狗肉为香肉，不知香从何来？”梁实秋又说：“许多人不吃香肉，想想狗所吃的东西便很难欣赏狗肉之甘脆。”狗改不了吃屎，因为狗吃屎了，雅舍中的雅士如何去吃狗肉？然而，梁实秋在雅舍的时代，估计还没有化肥，或是化肥尚未普及，梁雅人吃的大米和青菜却也是人屎浇出来的哩。

“屠狗不是体面的事，吃狗肉当然也就不是高雅的事”，尽管这样，梁实秋是不反对吃狗肉的。他说：“有人说吃狗肉是虐待动物，是野蛮行为，这种说法就很令人惊异。”为什么会令人惊异呢？他从传统文化上找根据：“三字经是近来有人提倡读的，里面就说‘马牛羊，鸡犬豕，此六畜，人所饲’，人饲了它是为什么？历来许多小地方小规模的祭祀，不用太牢，便用狗。何以单单杀狗便是野蛮？……我看见过广州菜市上的菜狗，胖胖嘟嘟的，一笼一笼的……”又说，“杀肥狗与宰肥猪、宰肥羊无异”，在梁实秋看来，吃狗肉是古时候就有的事，“有人不吃猪肉，有人不吃羊肉，有人不吃狗肉，各随其便，犯不着横眉怒目”，“我看不出其间有什么文明与野蛮之区别”。

尽管梁实秋不反对别人吃狗肉并且为吃狗肉者找到了历史根据，但因为狗吃屎，我上面说了，他自己是不吃狗肉的，在他眼里，吃狗肉仿佛吃屎一样。不过，他对狗肉吃法却与杨绛一样，深有研究，并取得了学术成果。杨绛说："煮狗肉要用硬柴火，煮个半烂，蘸葱泥吃……我们厨房里依阿香的主张，用浓油赤酱，多加葱姜红烧。"梁实秋呢，他知道金华火腿有异香，缘于有狗腿一只腌于缸内。金华火腿他是吃的。

梁实秋也不是没有狗缘。他的小娘子韩菁清是爱狗之人。有一天夜晚在台北，韩菁清在一家豆浆店宵夜后步行归家，瞥见一条很小的跛脚的野狗，一瘸一拐地在她身后亦步亦趋，跟了好几条街。看它瘦骨嶙峋的样子大概是久矣不知肉味，她买了两个包子喂它，狼吞虎咽如风卷残云，索性又喂了它两个。从此它就跟定了她，一直跟到家门口。她打开街门进来，狗在门外用爪子挠门，大声哭叫，它也想进来……梁实秋"无可奈何托一位朋友把它抱走，以后下落就不明了"。遗憾，雅舍中的雅人与狗失之交臂。

梁实秋痛恨的主要是土狗、野狗，换言之，是中国狗和饥寒交迫的狗。衣食足而知礼仪。梁实秋知道，"经过训练和喂得饱饱的那种狗，大概不至于有那种饥不择食的恶习"，因为它们是有产阶级了，过上了小康以上的生活，有肉吃了，狗自然改了吃屎。当然，"普通的狗就难说"，"普通的野犬都是些不修边幅的夹尾巴的可怜的东西，就是汪汪地叫起来也是有气无力的，不像人家豢养的狗那样振振有词自成系统"。梁实秋分出了饱狗与饿狗，吃肉的狗与吃屎的狗，也可以说是根据狗的生存状态划分了狗的阶级成分吧。此外，他还区分了狗的类型，将其分成供食用的菜狗、狩猎的狗与看门的狗等。总之，狗与人一样，分三六九等。"土狗在街心乱窜，是相扑为戏，还是争风动武，我也无从知道"，"如果是捕杀野犬，应该是有益社会之事，杀而食之也未尝不可”。“没有背景的野犬”——土狗、野狗人皆可食。然而，那些高贵的狗却在梁实秋笔下享有特殊的待遇，他写到，“我清晨散步时所遇见的狗，大部分都是系出名门，而且所受的都是新式的自由的教育”，这类狗是不能随便捕杀的，“如果被捕之犬系出名门，则犬主人该负一大部分责任，不该纵犬留连户外”，“屠宰名犬进补，实在煞风景。可这责任不该由香肉店负”，而梁实秋在《白猫王子》中所赞赏的“在外国，猫狗也有美容院。我在街上隔着窗子望进去，设备堂皇，清洁而雅致，服务项目包括梳毛、洗澡、剪指甲……之类”，我想，如此像雅舍一样的去处，大约在垃圾中讨生活的中国土狗和野狗是不配享用的。

土狗、野狗们配与上层的绅士狗抗争吗？不配。它们只配供国人当作香肉吃了，而梁实秋这样的高等华人还不吃狗肉，因为狗是吃屎的。什么样的狗才能成为上等的不吃屎的狗呢？当然是洋狗，还有那被鲁迅称之为“乏走狗”之类。

以上对比，用阶级的眼光看，梁实秋不喜欢的狗，也只是中国的土狗和野狗，我想，他如果在美国继续待下去，应该也会牵着美国狗上狗的美容院。无论弗洛伊德多么伟大，我总以为，尽管梁实秋认为中国的土狗、野狗之类是“不修边幅的夹尾巴的可怜的东西，就是汪汪地叫起来也是有气无力的”，很“乏”，但梁实秋的不喜欢狗，与鲁迅骂他是“资本家的乏走狗”没有关系，鲁迅早早死了，“秋公八十看不老，窗前喜伴青青草”，谁还会记得什么“乏”不“乏”的，谁还会记得那又瘦又矮的糟老头？不喜欢某种狗与不喜欢某种人是一样的，不喜欢就是不喜欢，哪里需要那么多的理由呢？

梁实秋与杨绛的志趣还比较相近，在狗的问题上都有着深刻的理性。杨绛一边吃着狗肉一边诉说着她与狗“小趋”的深情。小趋不知所终。她在《“小趋”记情》的结尾这样写道：

> 默存和我想起小趋，常说：“小趋不知怎样了？”
>
> 默存说：“也许已经给人吃掉，早变成一堆大粪了。”
>
> 我说：“给人吃了也罢。也许变成一只老母狗，拣些粪吃过日子，还要养活一窝又一窝的小狗……”

不知怎么搞的，读这段文字，我没有注意“早变成一堆大粪了”几个字，我觉得“拣些粪吃过日子，还要养活一窝又一窝的小狗……”这行字应是双关，它是不是也暗示着中国农民的命运？这样想来，杨绛还是一个大有人文关怀的人了。梁实秋曾以嘲讽的口吻讽刺劳苦大众，满是优越感地说：“一个属于‘普罗列塔利亚’的人就是‘国家里最下阶级的国民，他是没有资产的，他向国家服务只是靠了生孩子’。普罗列塔利亚是国家里只会生孩子的阶级！”

“只会生孩子的阶级！”与杨绛描述的那只狗的可能际遇是多么相像，那些中国的土狗和野狗！

梁实秋反对文学的阶级性，强调人性。鲁迅曾针对梁实秋的观点说过这样的话：“文学不借人，也无以表示‘性’，一用人，而且还在阶级社会里，即断不能免掉所属的阶级性，无需加以‘束缚’，实乃出于必然。自然，‘喜怒哀乐，人之情也’，然而穷人决无开交易所折本的懊恼，煤油大王那会知道北京检煤渣老婆子身受的酸辛，饥区的灾民，大约总不去种兰花，像阔人的老太爷一样，贾府上的焦大，也不爱林妹妹的。”人在社会中有没有阶级属性？比如当今的房奴与房地产商和银行家是什么关系？山西黑洞洞的煤矿下的黑工与黑矿主是什么关系？这不是这里要探讨的。说起狗，梁实秋倒是侧重狗的阶级性而淡化了狗性，中国土狗、野狗是吃屎的，应该待在垃圾堆中；西洋狗因为喂得饱饱的了，不要说是屎，就是牛奶，也未必要喝，应该猫在美容院里。中国的土狗、野狗，是只配当菜狗吃的，而梁实秋这样的高等华人因为考虑到狗吃屎问题还不吃狗肉，而那些在美容院享受他家“白猫王子”一样待遇的上等阶级的狗是不能吃的，因为吃了“煞风景”。

梁实秋和杨绛都到过西洋，学回来的就是区分狗的阶级性这样的大学问。

我是养狗的，家里既有法国狗，也有德国狗，更有土生土长的中国狗，但狗就是狗，在我家享受了平等的待遇。土狗小黑，还最是有情有义，他的法国朋友巴吉渡努比在外“泡妞”，七天不归，小黑七天不曾进食。我看不出中国狗怎么就只配任人屠宰！此外，现在中国的洋狗也多了，我实在不知道它们在中国是不是有被人宰了吃的？

猫的阶级性

梁实秋的女儿梁文蔷著有《梁实秋与程季淑——我的父亲母亲》(百花文艺出版社二〇〇五年版)，其中有一篇《爸爸和猫》，谈了梁实秋与猫的关系。

读过梁实秋散文的人都知道，梁实秋爱猫，一九八〇年台湾九歌出版社还出版过他的散文集《白猫王子及其他》，就是以“白猫王子”的玉照为封面的。

可是，梁实秋并不是生来就爱猫的，他曾经极为讨厌猫。梁文蔷写道：

> 爸爸不是个天性爱猫的人。记得我在北平时，厨房里常有野猫光顾，把晚餐的鱼偷去吃掉，惹得佣人大呼小叫。爸爸主张“见头打头，见尾打尾”，以除猫祸。一日严寒，野猫走入厨房，企图取暖，见我们并未驱逐，竟得寸进尺，一直走到炉下蜷曲而卧，享受片刻安逸。爸爸轻轻地将一只脚伸至猫腹下，猛然一踢，将猫掼出一丈多远，摔落墙根，狼狈而逃。我见情心痛不已，但不敢批评爸爸之残忍，独自回房，卧在床上哭

泣，半晌才出来吃晚饭。那时爸爸四十三岁，我只有十三岁。

在我印象中，梁实秋一向温文尔雅，文质彬彬，怎么也会有这么粗暴的时候？如此动粗，仿佛有了《水浒》人物的豪气了，倘真如此，少了“梁实秋是一朵花”（冰心语）的妩媚，从另一个角度看，倒真让我敬服。不过，梁实秋还是粗中有细的，你看他，“轻轻地将一只脚伸至猫腹下”，有一点鬼子悄悄进村的心计，当猫一无知觉之时，被狠踢一脚，“掼出一丈多远，摔落墙根”！这有点像前些日子网络上的虐猫事件了，好在此猫“狼狈而逃”，否则，还真不知道会不会发生网络上说的那些个事。见了此番景象，无怪乎梁文蔷要在心里责怪父亲的残忍。无奈，十三岁的她还不敢责怪父亲，只能“卧在床上哭泣”。

野猫毕竟不是家猫。你想啊，偷吃主人家的鱼，像不像乞丐偷拿小贩的食物？前些日子报纸上登了，有一个乞丐偷面包之类，被商家打断了腿，这是不是正符合“见头打头，见尾打尾”的战略思想？至于猫要到炉下取暖，被狠踢一脚，对我来说，仿佛似曾相识，忘了是高玉宝还是潘冬子，或是《红旗谱》还是《金光大道》中的什么人物，大雪天，在财主的屋檐下取暖，财主叫人用乱棍驱之，还让恶狗追赶……当然了，野猫不是家猫，更不是人，我也只是“意识流”一下而已，而已而已。

据梁文蔷说，“爸爸到了台湾之后，大概是年纪渐长，也许是生活日趋安定，脾气愈来愈温和了”。这话很有道理，年轻气盛，年老平和，用一个很流行的词说，就是“淡定”。此外，梁实秋踢猫，也许与一时的脾气有关，比如，这几天他吃了肯德基或麦当劳，正好上火了，所以出脚特别狠？也未可知。我又想，那几天，会不会他正和鲁迅斗嘴，被骂为资本家的“乏走狗”，气没地方出，出到了野猫身上？梁文蔷说，梁实秋那年四十三岁，他是一九〇三年生，此时应是一九四六年，鲁迅已经死了十年，看来，此事还真与鲁迅无涉。

没来由，踢就踢了，就像爱情，爱就爱了，还要什么来由？

但是，研究多了“人性”和“阶级性”问题，对鲁迅，我是更多地用梁实秋的“人性论”看问题；对梁实秋，我则只能用鲁迅的“阶级论”看问题——这野猫，属流浪猫，与乞丐属同一阶级，换言之，就是“只会生孩子的阶级”。

那么，我们再来看看梁实秋的“白猫王子”的待遇吧。

其实，梁实秋踢猫，到老了，也未对猫产生多少好感。只是后来他有了韩菁清，韩菁清爱小动物，比如，路上捡了小鸟，碰上了流浪狗，她都要为之找到好的归宿。梁实秋家的“白猫王子”，也是韩菁清给捡回来的，梁实秋爱屋及乌，后来也爱上了韩菁清捡的猫——当然，这猫已经出落成“王子”了。梁实秋在《白猫王子》一文中有记载：“缘当日夜晚，风狂雨骤，菁清自外归来，发现一只很小很小的小猫局局缩缩的蹲在门外屋檐下，身上湿漉漉的，叫的声细如游丝，她问左邻右舍这是谁家的猫，都说不知道。于是因缘凑合，这只小猫就成了我们家中的一员。”不过，一九七三年三月三十日的日记中，梁实秋有这样一句话：“菁清抱回一只小猫，家中将从此多事矣。”可证要不是韩菁清，梁实秋未必能接受阿猫阿狗之类——多事！

这“白猫王子”据说“乖得出奇，从不上桌。斯文之极”。一律是绅士做派，在气质上与梁实秋相近。之所以能如此斯文，因为它已经脱离了“只会生孩子的阶级”。鲁迅与梁实秋有一超越了“阶级性”的共同“人性”，即，都讨厌猫叫春。猫叫春时，鲁迅是拿了装香烟的铁罐，向其掷出。而梁实秋，不是掷铁罐了，他希望他的

“白猫王子”从此成为上等猫，再也不要成为“只会生孩子的阶级”，于是，他行使了一回皇上的权力，对他家的猫采用了腐刑——这一计划生育措施，从根本上保证了“白猫王子”不会沦为“只会生孩子的阶级”。

“白猫王子”成了“有产阶级”，成了上等猫了，从它的伙食标准就可以看出它优雅的生活状态。“它每日享尽猫福，吃的是除去刺的鲜鱼丸子，有时辅以牛肉和熏鸡腿”，梁文蔷写到，它“吃的鱼不是猫鱼，是人吃的鱼。鱼资自每日二十元涨到每日六十元以至八十元。使人咋舌!”“每天早上的一顿鱼由爸爸喂。先煮好鱼，除刺，放在盘中”，有这种标准的伙食，它有必要像那只被踢的猫那样去偷吃鱼吗？衣食足而知礼仪，吃饱了自然就文明。好吃好喝，“白猫王子”还真像资本家了，梁实秋在给梁文蔷的信中写道：“我们的小猫……吃鱼过多而缺运动，腿细而肚大”，这是外表像；“他自己不肯上楼，等人来抱”，“有一次，爸爸家中请了一位按摩师，顺便请她为‘王子’按摩一番”，“六年下来，猫长得肥肥胖胖，大腹便便，走路摇摇晃晃，蹲坐的时候昂然不动，有客见之叹曰：‘简直像是一位董事长!’”这是生活状态像。

“白猫王子”是什么血统，是波斯猫呢，还是别的什么猫，我不得而知。据梁文蔷说，这是一只“白色微有黄斑的野猫”。但是，从以上介绍看，一个被猛踢，一个被娇宠，此“野猫”非彼“野猫”，这只有几种可能：第一，“白猫王子”可能天生是贵族，后来发生变故，流落民间，虽然成了“野猫”，但每一根毛发都有贵族风韵，梁实秋慧眼识绅士，于是收留，不费周章，立即复原为“王子”。第二，此猫虽野，就像当年梁实秋踢猫，可能后来留学西洋，年纪也长了几岁，海归后虽然也摆地摊，但无论如何，已经有绅士派头，穿上燕尾服，自然就成了正人君子。第三，猫命有十五六岁，此野猫被梁实秋收养时，已经五六岁，相当于人类的不惑之年。马克思说，从乞丐到暴发户只要一夜之间，从暴发户到贵族却要一百年，“白猫王子”因为痴长若干岁，似乎离贵族比较近了，不像那被梁实秋踢的猫，动辄叫春，属于“只会生孩子的阶级”，所以，梁实秋觉得改造成王子的可能性要大?

搞不懂，老汉只能瞎猜。

梁实秋与“白猫王子”还真是产生了相依相恋的感情。他没事闲坐时，和“王子”玩乒乓球游戏，他抛过去，“王子”衔回来，略通人意。梁实秋写稿时，它就跳上书桌，趴在稿纸上，他拍拍它，它睡着了，梁实秋只好停工，由它在稿纸上睡。梁文蔷写道：

> “王子”在爸爸的情感生活中比重愈来愈大。我开始担忧。猫最长可活十五六岁。如果猫先去，爸爸是否受得住这一击?爸爸于一九八二年夏回台后的第一封信中说：“白猫还认识我，对我很亲热。有一个人说过：‘我见过的人愈多，我越爱我的狗。’吾于猫亦云然。”第三十六封信中说：“……白猫王子非常可爱，对我特别好，也许是因为我喂他之故，有时候很令人感动。将来总有一天要和猫永别，我不知怎么办好。”第四十五封信中说：“……我想说话的时候，除了自言自语之外，就是对着我的白猫王子说话。猫不回答我，我也满意了。我拍拍他，摸摸他，彼此都得到满足。我现在不敢想，如果有一天，我不在了，猫怎么办，如果有一天，猫不在了，我怎么办?不敢想，不敢想。”爸爸和“王子”就这样相依为命的又度过了五年。

从脚踢野猫到与猫相依为命，彼一个梁实秋，此一个梁实秋，今非昔比。

韩菁清怕“白猫王子”孤单，在它四岁那年又抱回一只小黑猫，起名“黑猫公主”，正好和“白猫王子”对称。“黑猫公主”活泼可爱、体态轻盈、白须黄眼。本想促成美满姻缘，不料却成了欢喜冤家。两只猫凑在一起就要争斗，你来我往，毫不相让。不得已，主人把黑猫关在笼子里，或是关在一间屋里，实行黑白隔离政策。可是黑猫隔着笼子还要伸出爪子撩惹白猫，白猫也常从门缝去逗黑猫。二者相见真如不见，无情还似有情。时间长了，两猫大概觉得这样下去没有胜者，不如睁一眼，闭一眼。终于并排而卧，相安无事。

“小花”则是一只乞丐猫，浑身肮脏，寄居于梁实秋家门口。韩菁清想把它抱回家，梁实秋认为家里已养了两只，饮食起居以及医药卫生，已经使主人忙得团团转，如果善门大开，猫子猫孙势将喧宾夺主。韩菁清没有争辩，只是拿起一钵鱼一盂水送到门口外，以帮乞丐猫解决饥渴煎熬。

“白猫王子”偶尔听得门外有同类呼声，起初很兴奋，偷偷跑到门口观察，良久，发出呼呼噜噜的吼声，吓得乞丐猫连连倒退。如是者三。梁实秋感叹：“一门之隔，幸与不幸，判如霄壤。一个是食鲜眠锦，一个是踵门乞食。世间没有平等可言！”至此，梁实秋似乎已经超越了“人性论”而有了“阶级性”，思想觉悟有了极大提高。

终于有一天，梁实秋回家看见韩菁清抱着乞丐猫在房间里踱来踱去，惊问：“它怎么登堂入室了？”韩菁清回答：“外面风大，冷，你不是说过猫怕冷吗？”从此以后，乞丐猫凭着“辛辛苦苦诚诚实实的工作一生，多少必定可以得到相当的资产”，而挤进了上层社会，小花子名正言顺地成了“小花”。好在，“白猫王子”和“黑猫公主”已经见怪不怪，欣然接受了它。

据宋益乔的《梁实秋评传》记载，梁实秋在生命垂危之际，想起家中的猫，嘱咐韩菁清赶紧回家照料一下，再三地强调："要善待我们的三只猫，犹如善待我们的子女一样。"

梁实秋死后，"白猫王子"还活着，梁文蔷文章的结尾是这么写的：

> 我最后见到"王子"殿下是在爸爸去世后，一九八八年三月。在幽暗的客厅里，我弯下身来，轻轻地摸它的头，它没躲我。它的骄气荡然无存，它抬头望了我一眼，眼神是温存的，无奈的，凄凉的。我索性坐在地上陪它。我和"王子"之间无需言语，我们都是失去爸爸的孤儿，一瞬间，我和"王子"感到无比的接近。
>
> 我感激"白猫王子"，它做到了我没做到的。

"白猫王子"凄凉、无奈的眼神，让人揪心！梁实秋肯定知道它对他的牵挂，他早有预感，"如果有一天，我不在了，猫怎么办？"不知道梁实秋是否知道，不仅"白猫王子"有此眼神，即便是那只被他狠踢的野猫，也一样会有如此眼神；不知道他将死之时，有没有超越猫的阶级性而有了普遍的永恒的猫性？

梁实秋有了三只猫，其他两只猫的情况我不了解。有了猫，曾经踢猫的他生命有了升华，他翻译过英国诗人斯玛特的诗《大卫之歌》，其中有这么一句："没有猫，每个家庭不完备，幸福有缺憾。"梁实秋的幸福应该没有缺憾了。

梁实秋爱猫，由"白猫王子"而有了三只猫，这是梁实秋的"人性论"的胜利。但是，我不知道，他有了"白猫王子"以后，是不是由此及彼，也爱当年被他踢过的野猫？爱一切的猫？我翻遍梁实秋的传记，历史没有记载，所以我也不得而知。但是，他对一切属于“只会生孩子的阶级”的野狗并无好感，却是确定无疑的，这一点，我在《狗的阶级性》一文中已有介绍，在此不一一赘述。

“只会生孩子的阶级”

梁实秋在嘲讽“无产阶级文学”时，捎带挖苦（甚至可以说是诬蔑）无产阶级本身，换言之，他诬蔑了广大的劳苦大众。他故作惊异地说：“‘普罗列塔利亚的文学’！多么崭新的一个名词。”旋即他又否定道：“‘普罗列塔利亚’这个名词并不新。”他故作优越地说：“其实翻翻字典（按：指《韦白斯特大字典》），这个字的涵义并不见得体面。”“一个属于‘普罗列塔利亚’的人就是‘国家里最下阶级的国民，他是没有资产的，他向国家服务只是靠了生孩子’。普罗列塔利亚是国家里只会生孩子的阶级！”（《文学是有阶级性的吗?》，《文学运动史料选》第三册，上海教育出版社一九七九年六月版）梁实秋虽然反对文学的阶级性，但他眼里有“国家里最下阶级的国民”，既然有“最下阶级”，自然就有不是最下的和最上的阶级，还是有阶级的区别。文学是生活的反映，既然生活是这样的，文学又如何变成“那样”呢?

“只会生孩子的阶级!”一句话道尽了梁实秋的自以为是，他对劳苦大众的蔑视已经达到了极致。

事实上，这是“阶级论”，而不是“人性论”。用他的观点推论，无产阶级是“只会生孩子的阶级”，那资产阶级似乎是不会生孩子的阶级？显然，没有哪一个阶级是只会生孩子的。我不好说梁实秋是资产阶级，但从他开口闭口对劳苦大众的蔑视看，是所谓高贵的上等人却是无疑，但是，梁实秋却也像他所说的“只会生孩子的阶级”一样，生了不多不少的孩子。不仅是无产阶级会生孩子，一切阶级都会生孩子。如果孩子都是无产阶级生的，那还会有梁实秋这样的非无产阶级的存在吗？

可能有人要拿出“只会”二字来为梁实秋辩白，梁实秋的意思是，无产阶级只会生孩子，他并没有说资产阶级或别的什么阶级不会生孩子，他们与无产阶级的区别是，在生孩子之外还会翻译《莎士比亚全集》，而无产阶级除了生孩子以外，别的什么都不会了。好吧，就当作会翻译《莎士比亚全集》吧，可是，无产阶级在生孩子之外还会砌砖头啊！梁实秋那山坡上的雅舍，应该不是他自己砌的吧？如果不是，那大约是无产阶级在生孩子之余工作的结果。便是《莎士比亚全集》吧，没有无产阶级在生孩子之余的排字并印刷，大约也不会摆到梁雅人的雅舍中了。梁实秋的无知——历史观的无知，因政治偏见而带来的无知。这里，我实在没有必要进一步阐释一番人民创造历史的原理，这不是常识吗？我不禁要问的是，以钱生钱的不人道的资产者，倘若离开了大众的劳动，所谓钱，不就是几张臭纸吗？没有“只会生孩子的阶级”的点点滴滴的创造，安有人类的进步与文明？

这里，我不想用所谓无产阶级的观点来评价梁实秋，因为梁实秋被时人称为是资产阶级知识分子，还是所谓独立知识分子，那么，我就用美国的观点来看问题吧。在维系美国国本的基本价值观中，天赋人权，人人生而平等，等等，这些梁实秋应该不陌生吧？如果一个美国的政治家敢于声称“无产阶级是只会生孩子的阶级”，那他是绝对得不到占人口多数的中下阶层的选票的，这结果是不言而喻的。我不知道梁实秋在美国折腾了一些什么，到美国留学，他学到了些什么？我也理解了梁实秋为什么一味地反对卢梭的深层次原因了，这不会与卢梭写了《论人类不平等的起源》等伟大著作一无关系吧？梁实秋有一点“资产阶级”或独立知识分子的气味吗？说他是资产阶级知识分子，那是高看了他。我倒觉得他只是穿洋服（与他相反，鲁迅从来不穿西装）的封建贵族的余孽。郭沫若骂鲁迅的话，送给他倒是非常合适的：

> 他是资本主义以前的一个封建余孽。
>
> 资本主义对于社会主义是反革命，封建余孽对于社会主义是二重的反革命。

韩石山有伟大理论，认为留学美国的比留学日本的进步，留美必美。梁实秋蔑视大众的根源在哪里呢？我以为在于他的天生的贵族化的思想。他表面上一身洋服，实际上一肚子的孔孟之道。他虽然到美国逛了一阵子，但他的价值观完全是中国的，甚至是中国封建士大夫的。所以，我认为梁实秋在思想意义上、价值观上是二重性的反动的人物——这里的“反动”，绝对不是一顶政治帽子，反动就是反动，比如，反对“动一动”一党独裁的国民党政府，使之变成选票里出政权的现代民选政府，于是，他与反动的一党独裁的国民党政府一样“反动”了。

细瓷与地火

梁实秋也许是天才，但他这一生做了很多匠人的工作，比如编教材、编字典、翻译《莎士比亚全集》等。

所有这些，不能说不重要，但这都是他人——聪明人——可以替代的工作。

编教材，在我看来，他不一定比资深教师编得好，这些教师可能更会统筹考虑，让学生吸收的“营养”更加均衡、全面，而绝不会以自己的喜好定取舍。从“与抗战无关论”可以看出，梁实秋至少是一个跟着自己的感觉走的人，自己喜欢“雅舍小品”之类的东西，他主持的副刊就往这方面去强调，也不论抗日战争这一中华民族所处的特殊时期和特殊环境，换言之，他基本上不考虑客观的社会效果和公众感受，他只做自以为是的事。如此从自己喜好出发的人，充其量，就是一个同仁刊物主编的料，召集冰心、徐志摩之类的同道中人，在自家的杂志上大谈人类的大爱和自家与陆小曼的小爱，还有“梁实秋是一朵花”（冰心语），雄性的“花”，与塑料的花及自然的花……此外，一切视而不见，视而不见的东西也就不存在了。哪怕在美国时形影不离、一生友谊甚笃的闻一多，他的那一摊

“死水”，梁实秋也是自然而然地看不见。倒是他和徐志摩的耳朵，能听到国人听不到的“音”，他们的耳朵是经过西洋的点化，能过滤隆隆的炮火声和人世间的叹息声，留下的一律是如我一样“愚蠢的大众”听不到的绝妙之“音”了。编教材，需要兼顾方方面面，各种写作门类，各种写作风格，梁实秋编的教材，如果真是体现了他的意志的话，充满阴柔之气是肯定的，他会把李逵也变成“一朵花”的。那会好到哪里去呢？我持十分怀疑的态度。

至于字典，那是知识含量和技术含量很大的事，也需要各个学科的通力合作，才能臻于科学。我有听说写作应该具有个人风格，没有听说哪一部辞典或字典是需要个人风格的。我要说的是，如果带有梁氏标记的辞典或字典，不会是好的货色。我要进一步表达的是，梁实秋去折腾这些需要各学科一群人通力合作才能做得相对好的事，是对他个人才华的一种极大浪费——如果他在写那些风格类如小女子散文的“雅舍小品”之外，真有什么才华的话。

至于梁实秋翻译了《莎士比亚全集》，折腾了三四十年，完工以后又是祝贺，又是庆祝，在我看来，有点太过煞有介事。后人也翻译过莎士比亚，朱生豪翻译的《莎士比亚全集》，方平翻译的《莎士比亚悲剧五种》和《莎士比亚喜剧五种》，与梁实秋的译本对比，也不见得就相差十万八千里。据译界方家称，方平的译本甚至要比梁实秋的好。我把梁译与方译对比着读，方译肯定要比梁译顺畅。可是，我也不见朱生豪和方平用了三四十年的时间，也不见又是祝贺又是酒会，也没听说是什么伟大的工程。我要说的是，梁实秋做的这些事，是有一定意义的，但没有什么大不了的。换一句话说，这是梁实秋能做别人也能做的事。人不能太势利，仿佛他的名气大了，他翻译的什么东西，便就格外的有成就，有意义，甚而至于是什么“伟大”了。之所以三四十年才做完，这只能证明这个被冰心称为是“一朵花”的男人，太有士大夫的慢条斯理，用大白话说，就是此人效率太低，太会享受生活。

梁实秋、徐志摩这类“英美派”，从整体上看，他们一生相对比较追求完美生活和诗化生活，喝茶啊，听戏啊，还要组织如胡适说的像老鼠和狐狸一样成群结队泡在一起你吹捧我我恭维你的什么沙龙，有的甚至还要泡妞，生活的品位仿佛很高。比如梁实秋，每天晚上八九点就得上床，早上起来就要散步。如此高品位的健康生活，一部莎士比亚，不折腾三四十年，那也奇了怪了。他们，尤其梁实秋，和鲁迅完全不是一派人物，鲁迅是吃草挤奶，把别人喝咖啡的时间都用到了工作上；鲁迅是“惯于长夜过春时”，在子夜，在最黑暗的时刻，他在聆听人类的心跳，当梁实秋们在晨曦中优雅地散步时，鲁迅才带着夜的黑暗，沉沉入睡。梁实秋的文字，是他对外在生活把玩的精致记录。你想知道什么是所谓的梁实秋散文吗？你就看那景德镇出产的细瓷，你就看细瓷上面艺人（注意，我这里说的是艺人，不是艺术家）画的工笔画，这些作品是有看头的，或许还耐品味，在有钱人那里也可以卖一个大价钱，也相当于所谓淑女闺房的小摆设，和法国香水摆在一起是一种小点染。但是，它们绝无生的灵气，更不要说灵魂了，好像当代高科技生产的塑料花，上面甚至含着露水，真到了和伪币一样真的程度，终于还不是真的。这就是梁实秋的散文。我的话还算客气的了，有的人说，梁实秋的笔实在是相当的秃，擅长描写些苍蝇在老婆鼻子上飞舞的情趣。鲁迅呢，鲁迅所有的文字是血写的文字，是用他的寿命折成的墨迹，是青翠的活的野草，如果有花，也是旷野中带刺的野玫瑰。鲁迅死了，但他的血脉在他的字里行间搏动，这种搏动被无限地扩大着，让每一个藏书者的书柜震动，破裂，倾倒……这种搏动连接着大地，引发了王蒙大师说的地震，于是，“吃人”的世界变成了一片废墟，鲁迅在废墟上狂笑，鲁迅的笑又聚成了一股呼啸的风，就像《呼啸山庄》中那蔑视一切的风，旧世界的一切污浊都被席卷而去了，于是，胡适带了一班人马，在这片鲁迅造成的白茫茫的大地上，计划着新中国的未来。啊，鲁迅，当他醒来时，他怎么可能为了一点寿数，像梁实秋一样优雅地散步呢？他说："赶快做！"也如胡适所说，狮子和老虎都是独来独往的，这个独自来到人间又独自辞别这个可憎恶的世界的瘦小的老头——他是奔向荒冢的匆匆过客。"赶快做！"他点燃了一支烟，又开始了燃烧自己生命的过程。烟头上那鬼火在一闪一闪的，那是这个坟场一般的人世间对鲁迅唯有的温情的笑；那也是地狱的召唤，天天、时时在召唤着他：朋友，来吧，我们不要去他们的天堂，来我们自己的地狱吧，来与暗夜的鬼们一起过我们自己的日子吧！是的，鲁迅是不去他们的天堂的，所以，他蔑视着蔑视者的蔑视，连眼珠也不转过去，冷冷地，冷冷地说：一个也不宽恕！他像希刺克厉夫一样，咬牙切齿地咆哮着，恨恨地，恨恨地说：那是你们的天堂，我宁可下我的地狱。是的，那是士大夫和正人君子的天堂！鲁迅牵挂的是：已经捐了门槛的祥林嫂是不是还彷徨在地狱的门前；阿Q那画得不够圆的东西，能不能成为通往地狱的通行证？

朋友，这就是我们可以在鲁迅的墨迹中感受生命脉动的原因，这就是可以用《鲁迅全集》预测社会地震级数的原因——从这个意义上说，王蒙是有先见之明、真懂鲁迅的当代伟人啊！

是的，鲁迅可以引发地震，当然同时可以震碎梁实秋这样士大夫或正人君子的那冷冷的细白细白的像薛宝钗和袭人脖子上那一圈冷白的嫩肉一样的种种细瓷。

细瓷，还有那高大的冰山，上接冰天，天上冻云弥漫，片片如鱼鳞模样。山麓有冰树，枝叶都如松杉。一切冰冷，一切青白。

地火在地下运行，奔突，熔岩一旦喷出，将烧尽一切衰朽。

上下四旁无不冰冷，青白，一如梁实秋的脸。而一切青白冰上，却有红影无数，纠结如珊瑚，这是死火，这是地火，这是那在地狱中鲁迅的灵魂探出了冰谷，一缕鬼样的黑烟仿佛从那细瓷的魔瓶中，又仿佛从那山麓的冷白的冰面，升起，袅袅的，升起——

沉默啊沉默，不是在沉默中爆发，便是在沉默中死亡……

流氓的腔调

梅子这个名字是非常美丽的，它让我联想起了一个漂亮的日本姑娘。非常遗憾，敝人不仅无福一睹其“芳容”，甚至不知道梅子是男是女、何方神仙。梅子以骂鲁迅而留下大名，而鲁迅研究者们在遇到他（她？为了方便，以下行文皆用“他”，若梅子是女性，还请谅宥）时，总要补上这么一条注释：“梅子，作者不详。”

九四二年重庆胜利出版社出版的《关于鲁迅》　书，收录了梅子的文章《鲁迅的再评价》。应该说，此文无甚新意，就是骂鲁迅，也没有骂出与众不同来。如果说有什么价值的话，就在于它的流氓腔调，以此可见梅子们的卑劣。

读了以下这段话，我们就不难看出梅子的堕落程度了。他写道：

> 暴露黑暗面的题材到处有的，例如王实味最近在“歌蛴玉堂春，舞回金莲步”的延安，便写过暴露延安黑暗面的四篇杂文《野百合花》。那时的鲁迅，是住在日本鬼子内山完造开设的内山书店楼上，在北四川路上可以看到的是白俄舞女的裸体跳舞，也可以看到“老伧”“瘪三”们在低低叫唤“阿要买春

> 官”，在这样色情环境享受下的鲁迅，摇起笔杆，写几篇给黑暗的杂文，当然不是难事。如果说鲁迅的杂文好在泼辣俏皮，那么较之北四川路上“老伧”“瘪三”“娘姨”“大姐”们的当街大骂，打情骂俏，就要相形见绌，差得多而且远了！

梅子提出暴露延安黑暗的《野百合花》，实在有一点鲁迅捎带一枪的笔调。然而，除了说明他会做文章以外，也暴露了他对共产党的强烈不满。他的言外之意似乎是，延安也有黑暗，你为什么不暴露延安的黑暗而专门与当局过意不去呢？延安有没有黑暗是另外一个问题。推论起来，梅子的逻辑是这样的：甲地方也有黑暗，你不抨击甲地方的黑暗，就不能抨击乙地方、丙地方、丁地方。这又好比一个患了癌症的病人，为了拒绝治疗，找了这么一个理由：张三李四有肝炎病和脚气病，你不去治他们的病，为什么来治我的病呢？

接着，他说鲁迅住在内山完造的书店楼上。这是不确切的。内山完造也不是什么“日本鬼子”。内山完造一九二七年十月与鲁迅结识，以后常有来往，鲁迅曾借他的书店作通讯处。鲁迅并没有住在内山完造处。不仅梅子说内山完造是“日本鬼子”，后来甚至有人说他是日本特务，而且，总是在关于鲁迅的文章里这么说。他们的目的无非是证明鲁迅是汉奸。退一百步说，假设（注意，仅仅是假设）内山完造是日本特务，而鲁迅在他开设的书店里买买书，怎么就成了汉奸了呢？在内山书店买书的人多得是，如此，内山书店不是成了汉奸加工厂了吗？梅子当年没有证据证明内山完造是日本特务，现在《鲁迅全集》的注释也没有提到他是鬼子还是特务。内山完造是鲁迅的朋友，既是鲁迅的朋友，也应是中国人民的朋友。后来的许多事实证明，内山完造确实是中国人民的朋友。一九五九年秋，内山完造先生应邀到我国参加国庆十周年活动，不幸因脑出血在北京逝世，享年七十四岁。内山先生生前留有遗愿，愿将骨灰一半葬于上海万国公墓。后来实现了这个愿望。一九八一年，邓颖超、乌兰夫、廖承志等人到宋庆龄墓前默哀后，和日本友人西园寺公一、宫崎世民等，还瞻仰了位于万国公墓东侧的日本友好人士内山完造先生之墓。

更为下作的是，梅子认为，在北四川路上可以看到白俄舞女的裸体跳舞，还有卖春宫之类（他怎么观察得这么仔细，莫非他经常前去窥视白俄舞女的精彩表演?），从而断定鲁迅是这种色情环境的享受者。这委实是上海滩上小瘪三的流氓腔调！并且，他以行家的口气，认为鲁迅的杂文较之他熟悉的“老伧”“瘪三”“娘姨”“大姐”之类的当街大骂，打情骂俏，要相形见绌。这是自然的，欣赏惯了“娘姨”们的作态，鲁迅杂文与之对比，岂止是见绌不见绌的问题，简直是天上人间，有霄壤之别。

梅子的逻辑是标准的流氓逻辑：内山书店在北四川路，鲁迅常去北四川路上的内山书店，北四川路上有妓院，所以鲁迅便是在享受“色情”。如此看来，经过北四川路的人，不都成嫖客了？我想，梅子是经常出入北四川路的，但是，我在没有根据之前是不会说他是老色鬼的。

梅子何许人也？至今仍云里雾中。他是不是因为以上这些流氓腔调而羞于露脸呢？不得而知。自然，我这里也没有丝毫怪罪梅子的意思，翻开《恩怨录·鲁迅和他的论敌文选》和《一个也不宽恕——鲁迅和他的论敌》二书，其中陌生人是很多的，比如，男儿、管理、飞狼、甲辰生、弱水、虹儿、黑二、未名、可叹、潜源、尸一、黑木、敌天、红僧等等。这些化名攻击鲁迅的东西，过了半个多世纪，至今还没有人来认领。所以，梅子也不必寂寞，也不必感到羞愧。从梅子们的文章看，其中不乏文采斐然之徒，我深信，他们中难免也有名人。梅子们是聪明人，我十分理解他们的遁去。谁像鲁迅，傻蛋一个，骂错了丁玲等等，还自家出来招供、悔过！

李长之的假设

最近，读了李长之的《鲁迅批判》一书，书中有一段对鲁迅的假设：

> 我们可以这样说，倘若不是陈独秀在那里办《新青年》，鲁迅是否献身于新文化运动是很不一定的；倘若不是女师大有风潮，鲁迅是否加入和“正人君子”的“新月派”的敌斗，也很不一定的；一九二六年假若他不出走，老住在北平，恐怕他不会和周作人的思想以及倾向有什么相远，他和南方的革命势力相接触，恐怕也永久站在远处，取一个旁观冷嘲的态度，是不会太向往，也不会太愤恨的，一九二七年假若他不是逃到上海，而是到了武汉，那么，也许入于郭沫若一流，到政治的旋涡里去生活一下；一九二八年一直到一九三〇年，假若他久住于北平，则也敢说他必不受到左翼的围剿，那么，他也决不会吸取新的理论，他一定也是一个个人主义的不驯的战士而已，那不会有什么进步；——然而，这一切都不是的，事实乃是陈独秀办了《新青年》，女师大有了风潮，一九二六年他离开了北

> 平，一九二七年从广州到了上海，一九二八年到一九三〇年他没有打算再久住北平，所以，他成就了现在的鲁迅，环境的力量有多大。

李长之的这段话，给我的感觉是，鲁迅的一切都是来源于偶然，出自于偶然，鲁迅是被动的，根本就没有其必然的命运和必然的抉择。鲁迅有一点像他自己所论述的阿Q："中国倘不革命，阿Q便不做，既然革命，就会做的。"是的，时代可以造就人，大多数人的命运是由时代造就的。但是，任何时候都有这么一群独立不羁的人，他们绝不是阿Q，他们逆于大众潮流而动，正如李长之也提到的，他们是"个人主义的不驯的战士"。

陈独秀不办《新青年》，鲁迅就不写《狂人日记》等等的作品了吗？一棵会结果的树，它总是要结果的，虽然树上一粒两粒具体的果子可能因外在的风吹雨打而凋零了，但是，总体上说，它总要结果，结果……鲁迅是一个大器晚成的人，深沉的人生经验和痛苦的思想在他的心中酝酿得太久，倘若没有《新青年》，积蓄于鲁迅胸中的一切也要借助于别的什么青年喷薄而出。鲁迅说过，魔鬼的指缝间也可以透出一线光的。

倘若不是女师大有风潮，鲁迅是否加入和"正人君子"的"新月派"的敌斗，也是"很不一定"的吗？鲁迅是和"新月派"还是和"旧月派"战斗，这有可能是不确定的，但鲁迅和"正人君子"的战斗却是确定无疑的。鲁迅不和"新月派"战斗，也要和"旧月派"战斗，这不在乎是否有"女师大风潮"。总之，从鲁迅的秉性看，他是一个天生真诚的人，是一个天生反虚伪的人。蒋梦麟说鲁迅是一个"绍兴的土佬儿"，从某种意义上说这是不错的。鲁迅是一个"土佬儿"，他有着天生的中国气派。早在日本留学的时候，他就对留学生们整天泡在舞池里"嘭嚓嚓"之类颇无好感，他也挖苦过吴稚晖的夸夸其谈。后来，他甚至有了一条著名的定义："才子＋流氓"，在鲁迅看来，不少才子就难免是流氓。我的印象中，新月社中人，多有才子的做派，才子的性情，一流的聪明，也会"嘭嚓嚓"，也时不时夸夸其谈……我要表达的意思是，鲁迅要抨击某种人是一种必然，鲁迅必然抨击某种人，而不在于有没有"女师大风潮"。

一九二六年假若鲁迅不出走，老住在北平，李长之认为"恐怕他不会和周作人的思想以及倾向有什么相远，他和南方的革命势力相接触，恐怕也永久站在远处，取一个旁观冷嘲的态度，是不会太向往，也不会太愤恨的"。真会是这样的吗？这是否认了鲁迅与周作人的区别了。鲁迅的出走本身，不证明了他和周作人不是一种类型的人吗？后来，胡适等人请周作人南下，以免在北平沦陷后身陷麻烦，即便在这样的情况下，周作人都不愿离开北平，他和鲁迅怎么会是一样的！鲁迅的思想倾向怎么可能与周作人不"相远"！再有，鲁迅在北平的时候，因了"女师大风潮"，因了"三一八惨案"，不是已经"愤恨"了吗？怎么会"不会太愤恨"呢？如果鲁迅不离开北平就不会"和周作人的思想以及倾向有什么相远"，那么，周作人后来当了汉奸，鲁迅是不是也必定会当汉奸呢？

一九二七年假若鲁迅不是"逃到"上海，而是到了武汉，那么，鲁迅"也许入于郭沫若一流，到政治的旋涡里去生活一下"，换言之，鲁迅也会像郭沫若一样参加革命？这是对鲁迅缺乏了解的一种表现。鲁迅在《两地书》中就说过，他是不合适做具体的革命工作的。我理解，鲁迅对革命的贡献，主要是通过他的思想、他的作品，而不太可能参加革命的直接事务，不太可能像郭沫若那样，去做具体的工作。

至于鲁迅的被围攻，他可能不被某一个具体的人围攻，但他一生注定是要被围攻的。谁叫他是鲁迅呢？有鲁迅的思想在，有鲁迅的作品在，他是天生要被围攻的。也不在于“左翼”还是“右翼”，鲁迅是极超前的斗士，是千夫所指的“国民公敌”，他生来就是为了承受攻击的。

颓废·回忆·小己

——关于钱基博的鲁迅论

钱基博著有《现代中国文学史》，我没有拜读过。鲁迅《准风月谈》的《后记》中，收藏了《大晚报·火炬》上的一篇署名“戚施”写的文章，介绍了钱基博的“鲁迅论”，其中有这样一段话：

> 钱先生又曰，自胡适之创白话文学也，所持以号于天下者，曰平民文学也！非贵族文学也。一时景附以有大名者，周树人以小说著。树人颓废，不适于奋斗。树人所著，只有过去回忆，而不知建设将来，只见小己愤慨，而不图福利民众，若而人者，彼其心目，何尝有民众耶！钱先生因此而断之曰，周树人徐志摩为新文艺之右倾者。是则于鲁迅之创作亦加以訾謷，兼及其思想矣。

对此，鲁迅的评论是：“这篇大文，除用戚施先生的话，赞为‘独具只眼’之外，是不能有第二句的。真‘评’得连我自己也不想再说什么话，‘颓废’了。然而我觉得它很有趣，所以特别的保存起来，也是以备‘鲁迅论’之一格。”

说鲁迅的书，只有回忆，不知将来的建设。看上去，钱基博似乎是针对鲁迅的小说。小说写什么？当然是写自己熟悉的生活。《红楼梦》中有曹雪芹往日的影子，《复活》中有列夫·托尔斯泰旧时的印痕。这有什么奇怪呢？要文学作品“知建设将来”，那只有去写科幻小说了。这一点，也许鲁迅多少会接受？鲁迅虽然不写科幻小说，但年轻时翻译过凡尔纳的作品。

至于“只见小己愤慨，而不图福利民众”，如果说是针对鲁迅的杂文，那鲁迅是为了根治国民性，揭出病苦，以引起大家疗救的注意。在我看来，鲁迅的杂文没有一篇是为了“小己愤慨”的。如果针对小说，鲁迅对劳苦大众有着深广的同情，“哀其不幸，痛其不争”，刻画了一系列祥林嫂这样受损害受侮辱的下层人的形象，这怎么不是“福利民众”呢？玩赏“小己”的人是有，比如梁实秋，他虽然不“愤慨”，但雅舍中的一切，确实属于“小己”；还有今天所谓美女作家们的“自慰”，如果这也算“文学”的话，那真是“小己”文学。

说鲁迅颓废，不适于奋斗，根据是什么呢？似乎没有。这一点，是最不能让我信服的，有的人，比如钱玄同、刘半农，曾经是激愤的战士，后来成了故纸堆中的书虫，似乎与“颓废”还沾了一点边。鲁迅是这样一种人，他从一开始到生命的最后，始终是以战士的姿态出现，这样的人，何言“颓废”？

学者如钱基博，评论起别人来，如此不着调，不着边际，难怪鲁迅“是不能有第二句的”。

关于鲁迅与钱锺书及其他

老宋：

你的文章我看了两遍，回去后还将我家有的刘玉凯先生的《鲁迅钱锺书平行论》找出来翻了 遍，我有以下感想，供你参考。

虽然钱锺书说过鲁迅的好话——他曾经给陈渝漱写过 封信，《鲁迅研究月刊》有登，是肯定鲁迅的话，但我一时找不到；一九八六年十月十九日，在北京召开的“鲁迅与中外文化国际学术研讨会”上，钱锺书说：“鲁迅是个伟人，人物愈伟大，可供观察的方面就愈多……”——但钱锺书和鲁迅是不好的，钱处处要表现他的智慧的优越感，属于鲁迅讨厌的聪明人一类，他们不是一种类型的人。从本质上讲，钱锺书、杨绛具有贵族气质，也有贵族式的自私，属于韩石山所说的“英美派”。贾府上的薛宝钗怎么可能爱焦大呢？虽然这是一个蹩脚的类比，钱锺书怎么可能爱鲁迅呢？钱锺书自视甚高，他对二十世纪三十年代的作家几乎没有什么评论，他的书中所采用所堆砌的不是死人的就是洋人的，而活人的东西他不要，在他眼里，似乎评论了他同一时代的人，就降低了他的身份，这所谓的“傲骨”，也透着他的自以为是的精神贵族的清高。事实上，他也没有太多自己的东西，凭着好记性，堆砌了太多别人的东西，这些，在电脑时代是轻而易举就能解决的。我的《“素心人”记》，把他和杨绛贬得很低。此文先是在《中国现代文学研究》刊出，有五六家刊物转载，也说明有平民情怀的人们对钱锺书之类的高等华人的讨厌。

当下鲁迅与他生前一样，走华盖运，钱锺书则是场面上的红人。刘玉凯用钱解鲁，意在将钱鲁“打通”，似乎钱鲁还是知音一样，我是不以为然的，犯不着把鲁迅和钱锺书捆绑在一起。

我觉得，你的文章前半部分是精彩的。题目似乎可以叫“捆绑的艺术”或“捆绑的模糊艺术”，“鲁迅之于钱锺书”题目太大，可以考虑作为副题，主要起提示作用，告诉人们，这篇文章是与鲁迅和钱锺书有关的，以引起读者阅读的兴趣。

谢泳关于鲁迅有不少阴阳怪气的言论，他的关于鲁迅“被利用论”，也是大可商榷的。他与韩石山基本上是一路人，我迟早要清算他的，看来朋友又将做不成了。吾爱朋友，然更爱鲁迅，这是毫不含糊的。谢泳的弦外之音是，凡大学问家都是排斥鲁迅的，可见鲁迅也不是什么好东西。这种委婉的伤害，如果要伤害热闹中人，比如胡适之类的，还是可能让热闹中人感到痛的，谢泳、丁东他们成群结队，所以领会得了“我的朋友胡适之”，然而，他们没有孤独的情怀，没有用心灵解读鲁迅，是理解不了鲁迅的。一切生活好的人，都理解不了鲁迅。他们或已犬儒化？已经过上白领以上的生活，所以，他们只会喜欢胡适。鲁迅本来就是两间余一卒之荒原野狼、孤岛过客、国民公敌，谢泳津津乐道的钱锺书不屑谈鲁，所有的像钱锺书这样的人都不喜欢鲁，除了表现他和他的钱锺书的高雅之外，又能说明什么呢？鲁迅在精神上从来都是独来独往的，哪怕钱锺书骂鲁迅、钱锺书捧鲁迅，鲁迅都不会为此失色，也不会为此增光。

把钱锺书说成鲁迅的知音，会不会给那些不明事理的人一个错觉，似乎鲁迅还要靠钱锺书来肯定。事实上，钱锺书不可能是鲁迅的知音的。如果说，钱锺书某些观点与鲁迅是相通的话，钱锺书的这些观点只是一种知识，鲁迅是生命的感悟，前者是墨写的，后者是血写的。至多是，钱锺书读的书成了鲁迅感悟的旁注。胡适也有很多与鲁迅相似的观点，陈西滢有更多与鲁迅相似的观点，但如果把他们看成同一战壕的战友，局部看是可以找到论据的，从总体上看，我是不认同的，就像水和油，它们永远不会交融。你的文章中转引钱锺书传记中的那些钱鲁互通的东西，我觉得就有一点想让鲁迅钱锺书化，钱锺书鲁迅化，从而，想以钱鲁本也一致，来否定谢泳的观点。这不能说言之无理，读之，实感不是滋味，就像宋美龄和刘胡兰一起照相并互称姐妹一样不和谐——这又是一个蹩脚的类比。

对谢泳的观点太过温和，只讲事实，似乎应该有一些批判的锋芒。如你所指出的，把周氏兄弟捆绑和将钱家父子捆绑，这不是严肃的治学态度。其实，作为一个学者，作为一个什么生的导师之类，他应该知道这样做学问是不严谨的，是非理性的，他也不会看不出思辨的漏洞，但他还是这么做了。他之所以要这样一锅煮，要模糊化，目的是什么？

“周氏兄弟”有两个内涵，像冯雪峰，他认为中国现代文学，如果没有“周氏兄弟”就要降一个档次（大意），他肯定周作人在五四新文化运动中的成就，是善意的；在现在所谓自由主义知识分子那里的“周氏兄弟”，他们潜意识中，是让鲁迅陪绑在汉奸身上，目的是告诉人们，鲁迅也不是什么好东西，他们还借鲁迅与日本友人的往来，鲁迅对居沪日本人的亲善，暗示鲁迅也可能是或者将要是汉奸。他们采取的是模糊暗示法，目的还是贬损鲁迅。我以为，此文批谢泳的捆绑法、模糊法、一锅煮之类就可以了，既要指出其非理性的一面，更要指出他们借此诋毁鲁迅的一面，至于钱鲁互通之类，是不是可以另成一文？这还因为，你从钱传中引出的这些，在《鲁迅钱锺书平行论》中都有，也不知道是谁归纳的结果。

关于钱锺书周边人的问题，他们到底有没有影响钱锺书呢？我感觉这只是推论，不好认定。从吴宓日记看，吴是相当敬服鲁迅的，他不像顾颉刚，对往事耿耿于怀。至于叶公超，他是“英美派”中对鲁迅评价最高的人，认为“骂他的人和被他骂的人实在没有一个在任何方面是与他同等的”，还认为鲁迅在新文化运动中是成就最高的，以致胡适都对叶不满了。

我以为，杨绛是有影响钱锺书的，他们夫妇通常是穿一条裤子，经常互相吹捧。杨荫榆是杨绛的姑母，不论是不是杨绛的姑母，杨绛如果愿意为杨荫榆说几句“公道话”之类，有什么不可以呢？我们今天，只要持之有据，没有什么话是不能说的。关于鲁迅与杨荫榆的公案，也不是说不得的。假设鲁迅在对待她姑姑的问题上错了，鲁迅错在哪里，哪些话是不能接受的，杨绛可以指出来，用事实和公理来为杨荫榆讨回公道。然而，她不是这样，她只淡淡冷冷地对鲁迅说了一两句很“艺术”的话，这些话虽然让人不好多说什么，但其中的潜台词却是相当丰富的。杨绛在《回忆我的姑母》一文中是这么说的：“1924年，她做了北京师范大学的校长，从此打落下水，成了一条‘落水狗’。”这话既表明了她的倾向，又让人抓不着把柄，话能说到这种水平，一般是外交部的新闻发言人才办得到的。鲁迅从没有把杨荫榆当作“落水狗”，“落水狗”是针对梁实秋的。鲁迅只说在“女师大风潮”中，她的言行有“寡妇主义”的味道。如果鲁迅指明杨荫榆是“落水狗”，那鲁迅是错的了。

为了证明鲁迅的错，杨绛不惜让她的姑母成了“落水狗”。说来巧了，杨荫榆正是被日本人推入河中并枪击死去的。从钱杨夫妻的恩爱程度以及高度的臭味相投看，杨绛对鲁迅的恶感，不可能不影响钱锺书。

鉴于吴、叶、杨三人与鲁迅关系的复杂性，谢泳可以随意，你似乎需要再梳理一下。仿佛吴和叶也不排斥鲁迅。

有点文不对题，想到的就是这些，供你参考。欠妥之处，还请批评。

房向东

二〇一〇年一月二十九日

“佛理”与“原罪”

最近读书，遭遇了两个大学者。一个是刘文典，新中国成立前曾任北京大学、清华大学教授，安徽大学文学院院长兼预科主任等职。一个是夏志清博士，是华裔美籍的著名学者，现为美国哥伦比亚大学教授，著名的《中国现代小说史》的作者。刘文典信佛，夏志清是基督徒，无独有偶，他们从各自信奉的宗教出发，一个认为鲁迅的《中国小说史略》“肤浅”，因为不懂“佛理”；一个认为鲁迅等人的小说作品“肤浅”，因为不懂“原罪”。

一九四九年七月十一日晚，刘文典教授应云南大学文史系之约，在学校泽清堂作了两小时的讲演，讲题为“关于鲁迅”。在谈到鲁迅的《中国小说史略》时，刘文典说它也有“缺点”。他认为，“要研究小说是要懂得佛理……鲁迅不懂佛学，更不懂印度学术，所以他的中国的小说源流说得并不清楚”。

先说刘文典。不懂“佛理”就不能写出好的中国小说史，这真是奇谈怪论。鲁迅懂不懂佛学，这是另外一个问题。但从对儒道释的批判看，鲁迅对佛学的了解绝不在刘文典之下。照刘文典的观点看，只有懂“佛理”的人才能写好小说史，这样看来，中国小说史与佛教有着千丝万缕的联系了，中国小说史岂不成了“中国佛理小说史”了？如此，谁最有资格写中国的小说史？岂不是和尚？那么，《中国小说史》应该出在寺院之中了。自鲁迅、胡适而至今日，《中国小说史》一类的书，也有大几十本，“懂佛理”者不敢说全无，大约也是“多乎哉，不多也”。我们再从中国小说的本身看，别的不说，《三国演义》和《水浒传》，就岂是“佛理”二字可以了得！刘文典不是评论鲁迅的《中国小说史略》本身，而是先入为主，用什么“佛理”来衡量鲁迅著作的好坏，这如何站得住脚呢？

再说夏志清。在《中国现代小说史》中，他把千百万中国人民争取自由解放的斗争用轻飘飘的观念解释为“以暴抗暴”；他把鲁迅等人的小说作品的“肤浅”，说成是“实由于对‘原罪’之说，或者阐释罪恶的其他宗教论说，不感兴趣，无意认识……”夏志清仿佛鼓吹一下不以暴抗暴，他就要成为托尔斯泰第二了。日本人打到中国来，能不以暴抗暴吗？专制统治者不让中国人活，要让他们死，能不以暴抗暴吗？新中国成立前，在历次战争中死了几千万的中国人，他们能在“以暴抗暴”的结论下白白死去吗？为国捐躯者是不死的，他们活在中国的历史之中，活在有血性的中国人民的心中。他们流的血，足可以把一千条一万条夏志清一类的怪论湮没。此外，难道只有对“原罪”说进行阐释的小说，才不肤浅，才是好小说？中国人从来就没有西方人那样的宗教感情，若是照夏志清的观点推论起来，中国也便从来没有深刻的小说了。那么，《儒林外史》《红楼梦》等也肤浅吗？以此可见，当夏志清进入了某种思维的误区的时候，变得多么幼稚和肤浅！

懂佛教的要求鲁迅懂“佛理”，懂基督教的要求鲁迅懂“原罪”，否则，不论理论还是创作，都难免要陷入“肤浅”。由此推论，懂伊斯兰教的则可以要求鲁迅要会《古兰经》，懂气功的也可以要求鲁迅学八卦……否则，谁都可以对先生扣上一顶“肤浅”的帽子。自己所信奉的，便是真理，便是一切；自己信奉之外的，一律“肤浅”，一律不足道哉，这便是中国的某些学者所做的所谓学问！

容忍“缺憾”

大陆文坛对叶公超似乎是比较陌生的，我查了几本现代文学词典，比如，上海辞书出版社出版的《中国现代文学词典》等，都没有收“叶公超”这一词条。最近，学林出版社出版了叶公超的文艺杂谈集《新月怀旧》，对叶公超的身世有了介绍。

叶公超是“新月派”的重要人物，一度主持《新月》杂志编务。他是国内少数能写英文诗的作家之一。他与闻一多、余上沅、林徽因等“新月”同仁创办《学文》月刊，又与朱光潜、沈从文、杨振声等人创办过《文学杂志》。他后来在暨南大学、北京大学、清华大学和西南联大任教。钱锺书、李赋宁、杨周翰、卞之琳等都曾受教于他。

“新月派”中，叶公超是对鲁迅评价相对客观的一位。他在《鲁迅》一文中认为：“五四之后，国内最受欢迎的作者无疑地是鲁迅。青年人爱读他的杂感，读了感觉痛快，感觉兴奋……他不但能怒，能骂，能嘲笑，能感慨，而且还能忏悔、自责，当众无隐讳地暴露自己。像卢梭一样，你要批评他的话，他自己都先替你说了。……许多青年，一方面在批评他，一方面还是信仰他，恐怕也是被他的真诚打动了吧。”叶公超认同并还引用了茅盾对鲁迅的评价，茅盾说：“他的胸中燃着少年之火，精神上，他是一个‘老孩子’！……他的著作里，也没有‘人生无常’的叹息，也没有暮年的暂得宁静的歆羡与自慰（像许多作家常有的），反之，他的著作里却充满了反抗的呼声和无情的暴露。反抗一切的压迫，暴露一切的虚伪！”（茅盾《鲁迅论》）叶公超的这种认识和这种感情倾向，至少是看到了、肯定了鲁迅的某一方面。今天，我们若是以理性的态度看，应该承认，叶公超对鲁迅在一定程度上是持肯定的态度的，而且，这种肯定一定程度上也是真诚的。比起左派来，他没有肯定得那么热情似火，但在所谓右派的阵营之中，至少在“新月派”同仁中，他是对鲁迅的评价比较接近真实和真理的一位。

叶公超也谈到鲁迅的小说。他认为，鲁迅的作品也还有一点“缺憾”，那就是，“杂耍的成分太多”，他举了孔乙己的“不多不多，多乎哉？不多也”和阿Q的“夫不孝有三，无后为大……”等例，认为这些穿插虽然也含有讽刺的意味，“但只是为了满足著者自己一时的情趣而写出来的，于全篇的趋向并无多大关系，而对主人公性格的成立却大有妨碍”。我理解，叶公超认为，鲁迅的小说有时穿插进了属于作者情趣的言论，而这些内容由于不符合人物特定的性格特征，故而破坏了人物形象的完整性。叶公超举的两个例，一个有一定的道理，另一个则未必有理。孔乙己说“不多不多，多乎哉？不多也”，这与他落魄的读书人的身份是相吻合的，因此，这句话正是孔乙己性格特征的生动体现。至于阿Q同志，也说出了“夫不孝有三，无后为大……”这当然是惊人之语，不符合贫下中农或雇农的阶级身份，这也是显而易见的。

不过，我对苛求完美，一向是不以为然的，一篇作品有那么一两点小“缺憾”，无伤大雅，倒往往是作者特色的体现，是作者的徽章，是作者名牌产品的名牌商标。列夫·托尔斯泰的作品，有许多与人物性格无关的议论，有时我想，把它们通通剔去，倒显得整洁。可是，这些小“缺憾”，绝对不影响托尔斯泰的伟大。反之，一篇作品太完美了，完美到天衣无缝的程度，那倒显得刻意，多了匠气。

夏志清的矛盾

夏志清是华裔美籍的著名学者，在港台学界颇有影响，也受到新时期大陆文学界的注目。读了一些夏志清和有关夏志清的文章，我觉得夏志清先生在鲁迅的评价问题上是矛盾的。

孙绍振在《关于鲁迅和张爱玲的评价》一文中谈到了夏志清的《近代中国小说史》，他说："我想最不能令内地学者认同的可能就是对鲁迅和张爱玲的评价，夏先生对张爱玲可能有些偏爱，这一点光从篇幅安排就可以看出来，夏先生所写《鲁迅》一节只有二十七页，而张爱玲一节却占了四十三页，不管张爱玲的小说在艺术上有多少成就，但从实际发生的影响来说，张爱玲无论如何是比不上鲁迅的。因为鲁迅是结束了一个时代，开创了一个时代，又影响了一个时代的大师，他又有那么多追随者、赞扬者和批判者，这一切都是历史事实，是有其深刻的历史原因的。作为小说史的研究者，其任务是探索这历史表象下的深刻原因，而不能轻轻放过。至于张爱玲，毕竟她是在上海为日寇沦陷之后才开始创作的，撇开她当时与汪伪政权一些头面人物的关系不谈，她的作品的影响至多只限于上海'孤岛'范围之内，连'大后方'重庆都没有什么作家注意到她的存在。”［《孙绍振如是说》三联书店（香港）有限公司一九九四年版］说到夏志清对张爱玲的偏爱，我想，这在中国读书界并不陌生；说到鲁迅和张爱玲的评价问题，在广大的理性的读者心目中，这也不成其为问题。

最近，我偶尔看到了夏志清在台湾《联合文学》一九八八年第五期“五四文学专卷”上发表的《五四三巨人》一文，应该说在这篇文章中，他对鲁迅的评价还是比较客观的。他说：“……我在平日很少有时间重读五四时期的作家的。……只有三位是例外：胡适、鲁迅、周作人。此三人我在中学期间即开始读，到了今天，还不时重读。……假如四十年来我一直在专攻西洋文学，胡适、周氏兄弟我还是要翻阅的。我说五四时期的文学家，一般说来，成就不高，但有此三人，情形就不相同了。五四时期真是春秋战国以后中国文化史上最有精神、最有生气、最有勇气说真话的一个时代。三人白话文写得极好，古书读得极多，最主要的，他们攻读西洋文学、思想真有悟会之后，回过头来再看这个古老的中国，加以全盘的批评，不因为自己是中国人，而对那旧文化、旧社会、旧道德有所袒护。这点我觉得最了不起，也最令我心折。”他又说：“当时头脑较新的读者，读了胡适、周作人的文章，鲁迅的小说和杂感，才觉悟到在旧社会下生活的中国人竟如此愚昧、麻木，贪残、可怜。新文化运动不留情面地把两千多年来帝皇专制时代的旧中国作了一个全面性的总检讨，要算胡、鲁、周三人的功劳最大。”（《鲁迅研究动态》一九八九年第四期）

夏志清把鲁迅看作巨人，两相对比，这不是矛盾吗？我把这看法对一个朋友说了。朋友说，会不会前者从艺术上看问题，后者从思想上看问题呢？我以为，有这个因素在里面，但不是最主要的原因。难道鲁迅的艺术成就不如张爱玲？《狂人日记》《祝福》《阿Q正传》等等，都是浪得虚名？像夏志清这样颇有艺术鉴赏力的人，不可能糊涂到鱼目混珠的程度。那么，原因是什么呢？

孙绍振的另一篇文章给了我启发。他在《张洁笔下女主角的国籍》一文中，谈了他在美国讲中国文学课时的一件事，他说："……除了正常的理性分析以外，她们多少有一点美国女权主义的强烈倾向，所以一位教中国现代和当代小说的女副教授大概认为张洁是最重要的作家。一学期的课程，鲁迅、茅盾各占一节，而张洁却占三节。"（《孙绍振如是说》）很显然，张洁的艺术成就和影响是绝对不如鲁迅和茅盾的，她甚至也不如张爱玲。然而，为什么张洁的课要开三节呢？因为"她们多少有一点美国女权主义的强烈倾向"，她们"都是从美国女权主义者的立场上去理解的"。西方的一些所谓学问，只是从读者出发，从学生出发，从接受者出发，思想和艺术本身都退居次要的地位。总之，张洁在西方产生了共鸣，换言之，张洁在西方被需要。而鲁迅等，因为他们不理解，所以产生不了共鸣，所以不被需要，不被理解。西方高校的很多课程，是根据学生的需要而开设的，教授授课不被"需要"，则有丢饭碗的危险，而夏志清等的"文学史"，很大程度上是根据授课教案改写成的。因此，我可以推断，张爱玲在西方被需要的程度，肯定远远超过鲁迅，所以，在夏志清那里，张爱玲所占比重要比鲁迅大得多，这是夏志清屈服于西方需要的一种表现，也可以说是他屈服于饭碗的一种表现。如果不是这样，又怎么解释他把鲁迅尊为"巨人"呢？所以，夏志清的矛盾是理性精神和西方需要之间的矛盾。

让我感慨系之的是，西方人从来就坚持着自己的标准，并以自己的标准为尺子，以此衡量一切。他们只接受他们需要的，此外，他们闭了眼睛，甚至对客观真理也视而不见。可叹的是，中国人总是在放弃自己的观点，从而迁就西方人，不仅对张爱玲如此，对沈从文的过高评价，对张艺谋电影的过分吹捧，也属同样的问题。在美国的夏志清屈服于饭碗，实为可叹。那么，并不捧美国饭碗的中国学者也亦步亦趋，这不是让人觉得可怜又可笑吗?

语不惊人不罢休

写过《丑陋的中国人》的柏杨先生，行文汪洋恣肆，经常有惊世骇俗之语。最近，我偶尔看到了他关于鲁迅的高论，他说：

> 我讲过，我写杂文比鲁迅好。这话在大陆讲起来，是一种很大的冒犯。但是，我很诚恳地说，我并不是实质上比鲁迅好。我觉得，下一代应该比上一代好，你们应该比我好！我们是个很有尊严的民族，不是黑社会，不是武侠小说里的祖师爷……谁都没有祖师爷好，这是很危险的事。
>
> （《柏杨先生答记者问》，见《陕西政协报》一九八八年十一月二十二日）

我以为，这段短短的议论里主要有两层意思：一是柏杨的杂文写得比鲁迅好，理由是“下一代应该比上一代好”；二是谁都没有祖师爷好，这是很危险的事。

柏杨的杂文写得比鲁迅好吗？我以为，这在柏杨本人，在海峡两岸的读者心目中，以及在中国文学界，都是不成问题的。从杂文本身而言，柏杨的杂文较之鲁迅的相去何止霄壤！孙绍振在谈到《丑陋的中国人》时说："我很惊讶这样肤浅的感想，居然出自一位研究中国历史的学者之手。"［《孙绍振如是说·柏杨和林语堂》，三联书店（香港）有限公司］不过，应该说，柏杨的杂文抨击社会、剖析人生，行文明白晓畅，痛快淋漓，读时有人心大快之感。柏杨关注中国人的丑陋，鲁迅关注中国的国民性改造，虽然有肤浅与深刻、轻飘与厚重之别，但毕竟他们有共同的关怀。可是，说柏杨的杂文写得比鲁迅好，如此故作惊人之语，如果不是出于幽默的考虑，那只能理解为信口开河、胡说八道了。

自然，柏杨也不认为他的杂文"实质上"比鲁迅好。那么，到底"好"在哪里呢？"好"在他是鲁迅的下一代，就像柏杨的下一代自然要比柏杨好一样，柏杨因为是下一代，所以，自然要比鲁迅好。应该说，这一观点包含有某种善意，他和早年带着进化论思想的鲁迅一样，希望青年胜过老年。事实是，鲁迅后来已经抛弃了这一思想；问题是，这一思想不符合客观实际；问题还在于，他拿鲁迅作比很不妥当。

后来的一定胜过前者吗？我们现在许多写杂文的青年并没有胜过柏杨；柏杨是后来的，也没有胜过鲁迅。在我看来，作为后来者的目下新潮诗人的总和，还抵不上老早以前的一个李白。如果说后来的必定比以前的强，那么，刘心武就一定比吴敬梓强了，那《风过耳》可真成了"当代的《儒林外史》"了；《红楼梦》也要让位给"当代的《红楼梦》"——《废都》了。

柏杨毕竟是一个聪明的杂文作家，他在讲到"祖师爷"问题时，虽然在语境上可以让人明确感到就是讲鲁迅，但又不说，让你抓不到把柄。本来，有话就直说，痛快得很。曲里拐弯，如此战法，似乎与柏杨一贯的文风不同。

把鲁迅称为“祖师爷”之类，然后进行抨击，这很容易让人想起当年高长虹树了一个“权威”的靶子，接着就用乱弹射击鲁迅了。我要指出的是，就像鲁迅没有以“权威”自居一样，鲁迅也从来没有以“祖师爷”自居。这是有史可查的。至于别人把他看作这个那个，与鲁迅何干？至于有人别有用心地利用鲁迅，又与鲁迅何干？宋立民指出：“毛泽东曾把鲁迅比为孔夫子般的‘第一等圣人’。其实，鲁迅先生也真有点儿‘现代中国孔夫子’的命运：生前是‘破帽遮颜’东藏西躲的‘堕落文人’，死后又被捆在庸俗社会学的战车上南征北战，不得安宁。”（《鲁迅研究动态》一九八九年第四期）其实，另外的一个事实是，鲁迅不仅没有像“祖师爷”那样供在坛上，而是生前死后，常常遭侮辱，被亵渎，被曲解，被利用。冒犯鲁迅的人何止一个两个，简直就像夏日尸体上数也数不清的苍蝇！

当然，我认为，我们对柏杨的话不可当真，以上的话除了表现了他对鲁迅本身之外神化鲁迅现象的某种不满以外，也表明了柏杨一定程度上的自得与狂妄。才子多有狂言，此亦不足为奇。柏杨的言论让我想起了在台湾与其齐名的李敖。李敖也有一段名言，他说：“五十年来和五百年内，中国人写白话文的前三名是——李敖，李敖，李敖！”李敖对于众人认为给他思想影响较深的胡适和殷海光，他的评价是：“殷海光在表达思想方面很清楚很明白”，“但殷海光在考据古典书籍方面却不深入，他根本一本中国古书也没有看过，又怎能对中国文化作出展望？所以我说他‘有钢筋，没水泥’。胡适则相反，他在考证古籍方面的学问很深入，但在思想方面的全面性的探讨工作却不深入。”李敖甚至说：“想佩服人，我就照镜子。”可是，在我看来，李敖在表达思想方面不如殷海光，在考据方面又不如胡适。我相信，五十年来和五百年内，不会再出现李敖这样的信口胡说之才子了。

柏杨和李敖一样，我不好说他们是语不惊人死不休，至少是语不惊人不罢休，可笑却也可爱。

鲁迅的“撒试卷”

李敖在凤凰电视台他的名牌栏目“李敖有话说”（后编成同名图书，由中国友谊出版公司出版）中，说到鲁迅在北京大学上课时“撒试卷”的事。李敖说，他父亲曾经是北京大学的学生，听过鲁迅的课。他父亲告诉李敖，有一次，鲁迅上课时曾经将试卷撒到地上，然后让学生去捡。李敖认为，这证明了鲁迅的“横眉冷对很扩张的现象”和“过分的跟人不友好相处”的性格。

有人说，因为李敖的父亲受到鲁迅如此之轻忽或轻蔑，所以李敖破口大骂鲁迅。随后，李敖喋喋不休，反复声明，他不是轻贱之人，怎么会耿耿于如此小事?！我想，倘若鲁迅真有“撒试卷”的壮举，“撒”的也是一捆试卷，不会只是李敖他爹的一份。所以，我相信李敖的话。李敖当过台湾的民意代表，大闹过台湾地区立法机构，算是见过大世面、有过大作为的人；而且，年过七十，那脸皮经过世纪风雨的不断洗刷，应该是很厚很厚的了，如此一个大智大勇且有厚脸皮之人，怎么可能计较鲁迅这样的糟老头的这么点破事！李敖之所以将其“抖”出来，纯粹是为了吸引观众和读者，为了搞笑，为搞笑而搞笑而已！

我怀疑这一“逸闻趣事”的真实性。在北大，听过鲁迅讲课的学生，后来都有类似的回忆：鲁迅上课时，旁征博引，娓娓道来，创见迭出，妙趣横生，极受欢迎。诗人冯至说：“本是国文系的课程，而坐在课堂里听讲的，不只是国文系的学生，别系的学生、校外的青年也不少，甚至还有从外地特地来的。那门课名义上是‘中国小说史’，实际上讲的是对历史的观察，对社会的批判，对文艺理论的探索。”每当鲁迅讲课时，不仅课堂上座无虚席，连走道上也站满了人，有人甚至坐在窗台上。听鲁迅上课的学生不在少数。我想，这一大群人中，纯粹听课的是一部分，其中也不乏仰慕鲁迅要来瞻仰五四名家风采之人，总之，鲁迅的“粉丝”多多。在这样的大场面之下，鲁迅会有李敖在台湾地区立法机构那样吸引眼球的作秀之举吗？鲁迅文章凌厉，可为人一向是平实的，熟悉鲁迅生平事迹的人，一看就知道“撒试卷”之类不符合鲁迅的性格特征。听鲁迅讲课的人那么多，鲁迅的事迹多有记载，我翻遍关于鲁迅的回忆文章，就是不见李敖所说的壮举。那么多学生听鲁迅讲课，怎么就不见有回忆文字呢？看到这个场面的，大约不只是李敖父亲一个人吧？孤证，是不能证明什么的。

鲁迅一生，与青年学生最为亲近，帮助过许多学生，“俯首甘为孺子牛”，也包含着甘为学生的牛这一层意思。鲁迅为学生改稿，甚至把血吐到了稿纸上。这样的例子散见于各种回忆录中，俯拾即是。鲁迅怎么可能在学生面前如此发飙？联想李敖在台湾地区立法机构种种小丑化的表演，他是不是把自己的强项也安到了鲁迅头上？

如果是作业或试卷，上面有各个同学的名字，怎么可能如李敖所说，鲁迅随便乱“撒”呢？即便“撒”了，学生又如何找到自己的那一份试卷呢？我是这样猜测的，那天，或许鲁迅把类似作业或试卷之类的放在讲台上，北京风大，不时有沙尘暴，来了一阵风，给刮跑了，同学纷纷上前，帮助拾起——倘真有此事，八九不离十的事实只会也只可能是这样的。

鲁迅上的是中国小说史的课，从许多回忆文章看，属讲座性质。会有作业吗？会有试卷吗？我查看了鲁迅在北大上课的史料，不曾见到鲁迅有批改作业或审阅试卷的记载。鲁迅在北大上课时，已经是新文化运动的名人了，如果鲁迅有批改作业或试卷，他有那么多学生，应该会有学生把这些鲁迅批改过的东西保存下来。可是，在鲁迅遗留下来的物品中，并不见鲁迅批改过的学生作业或试卷之类。

此外，李敖的父亲会不会记忆有误？张冠李戴也是有可能的。比如，李敖说过，他父亲曾经去找胡适谋职，胡适拒见。后来，李敖成了胡适的小朋友，谈起此事，胡适说没有这个印象。可见，李敖父亲的记忆不一定绝对精确；李敖的转述也未必十分准确。北大狂人是有的，陈独秀或可做出这样的举动，刘文典、辜鸿铭似乎也有可能，唯有鲁迅是不会这么干的，我以为。

关于名人的逸闻趣事，有的确实是客观存在的；有的则是道听途说，加油添醋，加以放大；有的则是无中生有、哗众取宠的。王森然《近代名家评传》中说，鲁迅上课时像木工一样把铅笔夹在耳朵上，不时取下，在讲义中涂涂改改。对此，不少亲聆鲁迅上课的人说，从未见过。想来也是，面前就有一个讲台，莫非这讲台容不下一支铅笔？况且，鲁迅又不是木工出身。如果说一个木工出身的政治家，在高层会议上，把红铅笔夹在耳朵上，我或许会信的。再有，说陈景润因为营业员少找五角钱，花去两块钱的车费去追讨，陈景润特地出面证伪，如果当事人不出面，怕是要以讹传讹了，秦牧也只好承认是他的文学加工。我想，鲁迅的“撒试卷”会不会也是李敖的“加工”？综观李敖一生，他加工的事情不在少数。

鲁迅对诸如此类的趣闻，都是持怀疑的态度。在《难行和不信》一文中，他曾对古代“囊萤照读”“凿壁偷光”之类的故事提出异议。他说：“你想，每天要捉一袋照得见四号铅字的萤火虫，那岂是一件容易事？但这还只是不容易罢了，倘去凿壁，事情就更糟，无论在那里，至少是挨一顿骂之后，立刻由爸爸妈妈赔礼，雇人去修好。”这就提醒我们，要有分析地对待逸闻趣事，不可人云亦云，照搬照套，以讹传讹。总之，要保持自己的判断力。李敖分析问题一套一套的，为什么碰到这件“趣事”就失去了基本的判断呢？至于李敖据此得出的鲁迅“很扩张”，对人“不友好”之类的结论，他要表达的意思是显而易见的——有这样轻狂之举的鲁迅，不会是什么好东西。不过，从李敖广为宣传的鲁迅“撒试卷”这件事情的荒唐性，倒可见李敖这个人，实在也不是什么好东西！

陈独秀“提拔”鲁迅?

在李敖眼里，陈独秀似乎有恩于鲁迅，鲁迅是陈独秀一手“提拔”起来的。他说：“当时鲁迅这些人都是陈独秀提拔起来的，或者帮忙大家一起共事，一起窜起来的。”（《李敖有话说》中国友谊出版公司二○○五年版）

陈独秀办了《新青年》，先是通过钱玄同催促鲁迅写文章，后来陈独秀自己也催促鲁迅写文章，陈和鲁的关系，就是这么简单。编辑需要稿件，向认为合适的作者组稿，如果作者答应了，应该说是作者对刊物和编辑的支持，哪里有什么提拔不提拔的问题？当年，鲁迅们给《新青年》写稿，甚至没有一分钱的稿费，无论从哪一方面看，都只能说是鲁迅对《新青年》和陈独秀给予了支持。况且，后来鲁迅也参加了《新青年》的编辑工作，他们属于同仁杂志的同仁，仅此而已。

倘说陈独秀当了总书记，提拔鲁迅当了宣传部长，还勉强算得上“提拔”。不过，严格说来，也不是的。那时共产党处在成立初期，假如陈独秀让鲁迅当了宣传部长，也只是共同奋斗的同志，不存在提拔不提拔的问题，因为他们没有什么私利可言，没有像今天这样有这个待遇那个待遇；当年，他们一不小心就可能把自己折腾进了监狱，甚至送命。

什么是提拔？当下的某些行政首长，任用自己的秘书到要害部门或油水多的部门工作，其作用力都来自上面，又“提”又“拔”，这才叫名副其实的“提拔”。总之，鲁迅之所以成为鲁迅，与陈独秀几无关系，绝对不是陈独秀“提拔”的结果，陈独秀也无恩于鲁迅，他们只是编辑与作者的关系，是编辑同仁的关系，是五四新文化运动中两位并行的巨人。

李敖后一句说的，“或者帮忙大家一起共事，一起窜起来的”，这还有点像人话，与事实相对接近。

李敖这个所谓的文章高手，在一句话里，前后两层意思不能互相支持，甚至是矛盾的。

把伟大拉扯到凡庸

董桥说，鲁迅的沉重未必完全出自鲁迅的文字，原因是“后人对他的作品的重视、吹捧、研究、诠释，大大增加了鲁迅文字的重量”（《文字是肉做的·叫鲁迅太沉重》，文汇出版社出版）。董桥认为，鲁迅有“轻松”的一面，“鲁迅其实不只是什么新文化斗士，他的传统文化修养深厚，手抄古籍，搜罗笺谱，推动美术，不一而足”。

他的“不只”二字，仿佛有“两点论”，因为这意味着他承认鲁迅是“新文化的斗士”；可是，他又在“新文化斗士”前面加了“什么”二字，这二字则暴露了他对作为“新文化斗士”的鲁迅的不以为然。他举了周作人为鲁迅手抄的《游仙窟》写过一段跋的事，说“鲁迅笔下文字向来‘周鼎’，手抄的这部《游仙窟》竟成了‘康瓠’，实在好玩”。“好玩”在哪里呢？董桥说：“《游仙窟》是唐人传奇小说；仙窟者，妓馆也，全书描述士大夫文人狎妓享乐的腐朽生活。”

董桥的意思是，对于《游仙窟》这样一部描述士大夫文人狎妓享乐的唐人传奇小说，鲁迅都爱不释手，竟然手抄！这哪里像一个新文化的斗士呢？鲁迅多么轻松自在，逍遥自乐呀！轻松自在的鲁迅怎么又会是写出“过于沉重”的作品的鲁迅呢？

许多道德家说及“仙窟”中人，多谴责妓女的伤风败俗，而鲁迅却透过妓女的存在，看到了作践妓女的“嫖男”，没有“嫖男”又何来妓女呢？鲁迅对“嫖男”的痛斥，不也包含着对妓女的深广的同情吗？从中，我们不也可以看到鲁迅抄《游仙窟》的用心一二吗？

抓住一点，不及其余，董桥抓住了鲁迅的抄《游仙窟》，而不论鲁迅根本上作为战士的存在。每一个人都是复杂的存在，尤其像鲁迅这样生前死后多有争议的人物。我们肯定鲁迅的什么，否定鲁迅的什么，这都是问题，都可能给人不同的鲁迅。甚而至于，突出鲁迅的什么，淡化鲁迅的什么，也能给人一个不同的鲁迅。

由此，我想到关于希特勒的一个片断的回忆。据希特勒的秘书说，希特勒仿佛还是一个关爱部下的人，一个不失幽默的人。他到部队去，和普通士兵交谈，关心他们的疾苦，当希特勒看见士兵在打蚊子时，便开玩笑说：“哎，这不是你们步兵干的事嘛，这是空军的事。”这不乏风趣的语言，逗得士兵开怀大笑。希特勒的秘书当然只能突出希特勒的这一方面。可是，这“可亲”的细节是不是希特勒的本质呢？显然不是。希特勒无论怎样幽默、“可亲”，都抹不去他手上的血痕，都去不掉他身上的血腥味。倘若我们根据一两个细节，宣扬希特勒所谓的“人格魅力”，那我们不是要犯极大的错误吗？

希特勒有时有“人格魅力”，但改变不了他作为恶魔的客观存在，这才是他的真实，这才是他的本质。

那么，什么是鲁迅的真实，什么是鲁迅的本质呢？

我以为，鲁迅与现代作家的不同之处，或者说，鲁迅存在的伟大意义，在于他首先是一个战斗的作家。在中国，作家有许许多多，但像鲁迅这样一生不妥协地战斗，直到生命的终结，却没有第二个。这便是鲁迅的最大真实，这便是鲁迅的本质。如果鲁迅如董桥所说，只是“手抄古籍，搜罗笺谱”，只是“士大夫文人”之类，那鲁迅与那些洋绅士土绅士又有什么区别呢？那不是等于说，鲁迅一生所痛恨所抨击的对象，竟是他自己所默认所喜好的？

董桥这种把伟大拉扯到凡庸，把神圣变成世俗，世无巨人，大家半斤八两的论人方式，也不是只针对鲁迅一人，对马克思等人，他也是这样干的。他有一本书的书名叫《在马克思的胡须丛中和胡须丛外》，什么是马克思的“胡须丛中”，什么又是马克思的“胡须丛外”呢？原来，这是董桥的一个带有“幽默”色彩的发明，据他在该书的《自序》中说，马克思的胡须很浓，“人在胡须中，看到的一切自然不很清楚”，所以，要“写些马克思学说以外的文章”。董桥的集子“借他的胡须分成‘丛中’‘丛外’”。在下是一个不领风情、不谙幽默的人，折腾来折腾去，折腾了半天才弄明白，原来胡须内是马克思的学说，胡须外是马克思的非马克思学说。何以见得？董桥接着说道：“幸好马克思这个人实在不那么‘马克思’，一生相当善感，既不一味沉迷磅礴的革命风情，倒很懂得体贴小资产阶级的趣味，旅行、藏书、念诗等等比较清淡的事情他都喜欢……”马克思一生“最受诬蔑”的经历他都淡去了，马克思一生战斗的业绩他都淡去了，留下的只是“小资产阶级”的趣味。

可不，董桥有另一文章叫《马克思博士到海边度假》，说的是一八八〇年夏天，马克思带一家人到肯特郡海边避暑胜地蓝斯盖特度假的事。董桥的知识面是宽广的，他说，蓝斯盖特“韵味十足”，《傲慢与偏见》里的威克姆跟达西的妹妹私奔一节的背景正是蓝斯盖特；珍·奥斯汀一八〇三年也到过那儿；诗人柯罗律兹每年夏天都去游泳……马克思也去了，而且还边散步边喝酒。在这篇文章里，他也不管马克思是在度假，仍然煞有介事地为在海边休闲的马克思戴上那顶“博士”的帽子，为什么呢？为了与私奔者、作家、诗人并列，博士和诗人之类摆在一起，当然是很合适的了。

看了他对马克思的评价，是不是有助于理解他对鲁迅的态度呢？

香港董先生对我的“描述”

二〇〇一年年初，董桥先生出版了《没有童谣的年代》，其中有一篇文章《北京房先生对我的批判》，是针对我发表在《鲁迅研究月刊》上的《卸载沉重的办法》一文的。他的这本书我没在意（倒不是我对他不敬，不买他的书。我手头有一本龚明德先生送的《董桥文录》），尤廉先生对我说了，我买来看了。说实话，当时我并没有什么话要说。第一，董桥说来说去，也没说出我错在哪里；第二，他在文章中说：“过了半百的人，大半辈子流离国外，我偏爱中国的旧人物旧文化，那该是合理的乡愁了。”这话有点愁绪在其中，有点老年已知愁滋味的滋味，于是我理解了他的乡愁。时间过了两三年，最近要编一集子，要收《卸载沉重的办法》，当然也要附董桥的大作。我重新拜读了董桥的文章，倒觉得有话要说了。

当年，我与朋友说董桥的文章，我只说，他不知道我在福建，把我说成“北京房先生”。朋友说，这是大有深意的，突出北京，因为在香港文人眼里，北京总是比较左的，或者说是左的中心。当时我不大在意。这回重读董桥此文，我感觉到了朋友话中的深意，或者说理解了董桥这一标题的深意。董桥没有“批判”我文章中的观点，在我看来，我的观点至今还是对的，他驳不倒。其实，我的观点也不是我的观点，鲁迅对抽取某人的一两点，进行符合自我需要的描述早多有论述。除了我在针对董桥的文章中提到的关于章太炎的评价等之外，我还想随手再举若干鲁迅的论述——

鲁迅在评论陶渊明时说：“这‘猛志固常在’和‘悠然见南山’的是一个人，倘有取舍，即非全人，再加抑扬，更离真实。”（《且介亭杂文二集·“题未定”草（六至九）》）对一个人的评价，抓住一点，不及其余，就会面貌全非。许广平说，鲁迅曾对友人谈到这样的话：吴稚晖不坐人力车，走路，于是崇拜他，反而把他另外的行为，比损害一个人的体力更不止的一切，都可宽待。又如传孙传芳晚年吃素，人们就把他的杀人凶暴，都给原谅了。（《许广平忆鲁迅·片断的回忆》）抽取并突出了吴稚晖的不坐人力车，孙传芳之吃素，他们似乎都成了大善人一个，事实是这样的吗？董桥和那些人一样，是很懂得抽取的。抽取并突出鲁迅的“手抄《游仙窟》”，再加上董桥常用的带有暗示的“说明”：“仙窟者，妓馆也，全书描述士大夫文人狎妓享乐的腐朽生活。”如此，鲁迅成了封建的士大夫了（至少有了士大夫的喜好），鲁迅是这样的吗？他只抽取了他需要他喜欢的那部分。经他抽取后，鲁迅成了鲁迅自己常常抨击的封建士大夫，马克思成了“亲爱小资”一类的人物。

其实，董桥对我，也是采用抽取法。我的观点对不对，他全撇在一边；我的观点如果不对，又不对在哪里，他也不管。他用淡淡的挖苦，要把我描述成让目前甜甜腻腻的世俗社会讨厌的那种人物——这没关系，就好像我讨厌甜腻的世俗社会一样，世与我而相违，世俗的文人安能不讨厌我这世俗的人却不是世俗的文人呢——他是这样勾勒的：这个房向东是北京的，北京能出什么样的人物？就是左的战斗者。鲁迅的杂文“战斗的霸气太强了”，而这是他“一向不喜欢”的，房向东捧的就是鲁迅的“霸气”。他说：“我十分敬仰房先生战斗的心志，也十分羡慕房先生坚毅的信仰。”在他眼里，房向东“战斗的心志”和“坚毅的信仰”是什么呢？是“不容许我只把鲁迅看成是手抄古籍、搜罗笺谱的士大夫文人”，接着，他引用了我的话，因为“鲁迅存在的伟大意义，在于他首先是一个战斗的作家”。他又说：“基于这个信念，房先生连我当年写马克思的角度也骂了……”我没有“不容许”他怎样怎样，如何如何，他从英国逛到香港，是自由惯了的人，谁敢“不容许”他这样或是那样呢？我批评他对马克思的评价欠妥当，怎么就是“骂”呢？雅文人（诸如当年的梁实秋者流）是批评不得的，不论你批评得对不对，只要你批评了，他会不骂人地很文明地告诉你和公众——你骂了人。指出了别人骂人的人，自己就是不骂人的人，比如说别人是嫖客，自己就不是嫖客了。我倒觉得董桥有点“不容许”我说他对鲁迅及马克思的评价欠妥，因此要把我描述成吹捧“霸气”的“战斗”者。

我如果不顾董桥的全身，把他的指甲抽取出来，做一番议论，这也许要冤枉董桥了，因为他的指甲与有“霸气”者和“战斗”者并无两样——虽然可能我比较偏爱他那也许没有血色的白净的指甲——如此，怎么显得董桥是那个“你不可以不读董桥，更不能不读董桥的新作”的好像比较温柔敦厚，好像比较斯文的既有伦敦绅士气派又有古之士大夫韵致的场面上很是热闹的人物呢？

本来，我一向不喜欢用这篇文章这样阴柔的笔法，但因为董桥的文章读多了，因此也十分敬仰董先生的非战斗的淡泊的心志，也十分羡慕董先生的中西结合的绅士气派，于是，也有了此文的古里古怪和七弯八拐了。

这篇文章写好后，有文友对我说，你应该把标题的“董先生”

改成“董桥先生”，并说，能挨董桥骂，可以借名，这是好事，容易出名。我说了，我偏不改，他固然有大名，但在我眼里，他的名与金庸也相去不远，金庸在书中假装很有侠气，董桥在书里不是假装却真有绅士气，这些都不是我要“借”的名。不过，这里我倒要说说题外话了，只要能出名，高兴挨人骂，这是中国人的积习之一。当年，鲁迅曾讲过一个笑话，说某老太爷向来不与人说话，高深且酷。一天，一个乞丐说：某老太爷终于与我说话了！村人无不诧异，惊问：说了什么？乞丐说：我走到他门前的石阶上，某老太爷骂曰：滚！董桥不是鲁迅说的某老太爷，也许他没有他那么高深且酷，当然，我也不是乞丐，虽然无论物质上还是精神上都没有董桥那么富有。

嵇康为何而死?

王蒙《名士风流以后》一文是一篇读罗宗强《玄学与魏晋士人心态》一书的读后感。文中，王蒙说："嵇康为什么被杀？罗氏认为是由于'他太认真''性烈''在思想感情上把自己和世俗对立起来'，罗氏最精彩的论述是：'以自己为高洁是可以的，以世俗为污浊则不可。'以致，他认为这是嵇康的'性格弱点'。由于'认真''性烈''与世俗对立'就要掉脑袋，这很可怕也很不好。另一方面，从嵇康本人方面探讨一下经验教训，并非没有话可说。"王蒙接着用他刻意装出来的而不是秉性使然的"幽默"语言说："山涛向朝廷推荐嵇康代己为官，看不出有什么恶劣的用心，辞谢是可以的，写'公开信'与之绝交，就有点不合分寸。"

"辞谢"是那么容易的吗？与嵇康同时的刘毅，也是颇有声望的人。司马昭请他做"相国掾"，他借病推辞，不肯就职。后来司马昭就要对他下手，刘毅害怕，只好答应上任。对于司马昭这样的枭雄，杰出的人才如果不能为我所用，也决不能留给自己的对手。便捷的办法就是杀掉，就像曹操杀掉孔融一样。

嵇康的掉脑袋是因为"太认真""性烈""和世俗对立起来""以

世俗为污浊”吗？至少不完全是。司马炎废曹奂建立晋朝后，从正始元年（240）开始，二十多年间，司马氏集团与曹氏集团展开了激烈的斗争，最后司马氏得胜，曹氏集团中人几乎被杀绝。嵇康是曹家女婿，自然在被疑忌之列。嵇康斥责山涛，仅仅是斥责山涛吗？显然不是。我们只要读过《与山巨源绝交书》并对其稍有研究，就知道《绝交书》不只是针对山涛个人，而是“欲标不屈之节，以杜举者之口”，是一篇不与司马氏合作的声明，一篇反礼教的宣言。所以，鲁迅说：

> 古之嵇康，在柳树下打铁，钟会来看他，他不客气，问道：“何所闻而来，何所见而去？”于是得罪了钟文人，后来被他在司马懿面前搬是非，送命了。所以你无论遇见谁，应该赶紧打拱作揖，让坐献茶，连称“久仰久仰”才是。这自然也许未必全无好处，但做文人做到这地步，不是很有些近乎婊子了么？况且这位恐吓家的举例，其实也是不对的，嵇康的送命，并非为了他是傲慢的文人，大半倒因为他是曹家的女婿，即使钟会不去搬是非，也总有人去搬是非的，所谓“重赏之下，必有勇夫”者是也。
>
> （《且介亭杂文二集·再论“文人相轻”》）

鲁迅的话说得很明白，嵇康得罪了钟会只是外因，嵇康独立于司马集团之外，又是曹家女婿，这才是内因，才是致死的根本原因。没有钟会搬弄是非，也会有别人搬弄是非。总之，嵇康必死无疑，不管他认真与否，性烈与否，与世俗对立与否。

嵇康一案是钟会审理的，他认为嵇康该死的理由是：“今皇道开明，四海风靡。边鄙无诡随之民，街巷无异口之议。而康上不臣天子，下不事王侯，轻时傲世，不为物用。无益于今，有败于俗。昔太公诛华士，孔子戮少正卯，以其负才乱群惑众也。今不诛康，无以清洁王道。”“不事王侯”“不为物用”这才是要害所在。

嵇康被逮入狱时，三千多太学生上书，“请以为师”，许多人甚至愿意随他入狱。这些救援嵇康的行动，实则加速了嵇康的死亡。这样一个拒不合作而又广有影响的人物，不杀，司马昭睡得着吗？

退一步说，如果嵇康真的如王蒙所认同的那样，是由于“太认真”“性烈”“和世俗对立起来”“以世俗为污浊”而掉脑袋，那么，王蒙不去谴责统治者的残暴，却在怪罪嵇康自己找死，这不是太不近情理了吗？在中国人的心目中，像嵇康以及屈原这样“世人皆醉我独醒”的忧国忧民者的形象，向来是崇高的。王蒙所“躲避”的崇高就是这样的崇高吗？王蒙对司马昭的凶残不置一词，却在那里对嵇康之死进行缺乏历史常识的胡扯，这是否不得不让人想起“三一八”惨案以后，教授学者不去指责、声讨军阀的残暴，却在那里煞有介事地责怪学生怎么去蹈“死地”呢？王蒙的思维方式、价值观念，怎么与当年的“正人君子”们如出一辙呢？

再谈嵇康之死

我一九九八年六月十七日在《中华读书报》发表文史随笔《嵇康为何而死》。同年九月十六日《中华读书报》为此发表了两篇不算短的争鸣文章，一篇是蔡仲德的《关于嵇康的死因及其他》，一篇是张峰屹的《也谈嵇康为何而死》。应该说，蔡、张的文章对我多有启发，也确实指出了我的文章中的不准确之处，比如，蔡先生说："'正始'（240—248）是魏齐王曹芳的年号，司马炎废魏元帝曹奂建立晋朝则是在265年，房文却有'司马炎废曹奂建立晋朝后，从正始元年（240）开始，二十多年间，司马氏集团与曹氏集团展开了激烈的斗争，最后司马氏得胜，曹氏集团中人几乎被杀绝'的说法，这是前后颠倒，把魏末的事当成晋初的事了。"我查了我所引用的史料，应是这样表达的："咸熙二年（265）司马昭死，司马炎废曹奂建立晋朝。从正始元年（240）开始，二十多年间，司马氏集团与曹氏集团展开了激烈的斗争，最后司马氏得胜，曹氏集团中人几乎被杀绝。"这段话表达了两层意思，一是265年司马炎建立晋朝；二是认为司马氏与曹氏的斗争是从正始元年开始的。由于我的粗心，没有表达准确，特别是在"建立晋朝"后面加了一个"后"字，使意思大不一样了。这让我惭愧。

然而，有一些问题，我却是需要说明的，蔡、张二先生，特别是张先生有的见解，我也有一些不同看法。

我以为，我的这篇文章也可以说是文史类的杂文。这一类文章，只能回答其所针对的具体问题，而不可能做详尽的考证工作。比如，关于嵇康的死，历史上有种种说法，我的文章不可能谈多种死因，只能选择一种我自以为是的结论。这是显而易见的。那么，我针对的具体问题是什么呢？那便是王蒙的这样一段话："嵇康为什么被杀？罗氏认为是由于'他太认真''性烈''在思想感情上把自己和世俗对立起来'，罗氏最精彩的论述是：'以自己为高洁是可以的，以世俗为污浊则不可。'以致，他认为这是嵇康的'性格弱点'。由于'认真''性烈''与世俗对立'就要掉脑袋，这很可怕也很不好。另一方面，从嵇康本人方面探讨一下经验教训，并非没有话可说。"

"与世俗对立"同"向黑暗势力抗争"，这大约不是一回事吧？嵇康是同"世俗对立"还是不满于司马氏集团、以至于以自己的方式向他们抗争？这是一个问题。换一个角度说，司马氏集团的黑暗统治是一种"世俗"吗？如果司马氏集团的统治代表的是"世俗"，而这"世俗"又是那么残暴，那么，以为这种"世俗"是"污浊"的，又有什么不可以呢？

王蒙常常是这样的，他不去抨击"世俗"的污浊，而老是喋喋不休地要人们远离"以世俗为污浊"的"崇高"者，他要人们"躲避崇高"。如此"躲避"，是不是要和"污浊"者同流合污呢？

我要回答的问题是：嵇康不是由于王蒙所说的"性格弱点"而掉"脑袋"，根本的，是由于他独立于司马氏集团之外，他用他特有的方式表达了对司马氏集团的不满，所以掉了脑袋。《文选》李善注引《魏氏春秋》说："山涛为选曹郎，举康自代，康答书拒绝，因自说不堪流俗，而非薄汤武，大将军（司马昭）闻而恶焉。"这说明，这件事是嵇康后来招致杀身之祸的重要原因之一。嵇康对自己为什么招杀身之祸当然是明白的，他明明白白地知道"非汤武而薄周孔"实际上就是站在与司马氏集团对立的立场。

关于嵇康的被杀，有人说他恃才傲物，有人说是钟会挟嫌构害……这些都有一定的道理，但最根本的原因还是嵇康不肯站到司马氏这边来。如钱穆在《国史大纲》中说，他"不愿为黑暗政权有所尽力"。蔡先生引用的鲁迅的话，我是赞同的，鲁迅在《魏晋风度及文章与药及酒之关系》一文中说：

> 但最引起许多人的注意，而且于生命有危险的，是《与山巨源绝交书》中的"非汤武而薄周孔"。司马懿因这篇文章，就将嵇康杀了。非薄了汤武周孔，在现时代是不要紧的，但在当时却关系非小。汤武是以武定天下的；周公是辅成王的；孔子是祖述尧舜，而尧舜是禅让天下的。嵇康都说不好，那么，教司马懿篡位的时候，怎么办才是好呢？没有办法。在这一点上，嵇康于司马氏的办事上有了直接的影响，因此就非死不可了。嵇康的见杀，是因为他的朋友吕安不孝，连及嵇康，罪案和曹操的杀孔融差不多。魏晋，是以孝治天下的，不孝，故不能不杀。为什么要以孝治天下呢？因为天位从禅让，即巧取豪夺而来，若主张以忠治天下，他们的立脚点便不稳，办事便棘手，立论也难了，所以一定要以孝治天下。

鲁迅在不同的文章中多次谈及嵇康的死，也谈了多条原因。《中国大百科全书》在关于嵇康的词条中，对于嵇康的死因，也一样谈了几条。一是，司马昭曾想拉拢嵇康，但嵇康在当时的政争中倾向皇室一边，对于司马氏采取不合作态度，因此颇招忌恨。二是，司马昭的心腹钟会想结交嵇康，受到冷遇，从此结下仇隙。三是嵇康的友人吕安被其兄诬以不孝，嵇康出面为吕安辩护，钟会即劝司马昭乘机除掉吕、嵇。

蔡文指出，我文章中关于嵇康的死，是由于他独立于司马氏集团之外，又引用了钟会的话“不事王侯，不为物用”，这有混乱之处。蔡文认为，嵇康的“越名教而任自然”“非汤武而薄周孔”等，才是嵇康被杀的“根本原因”和“要害所在”。在我看来，这些都没有矛盾，至少没有大的矛盾。独立于司马氏集团之外，这是总的，是“纲”，其他是具体的。嵇康在司马氏集团眼里是一个罪人，其致死之罪就在于独立于司马氏集团之外，甚至反对司马氏集团，而他的“罪行”的表现是多方面的：“非汤武而薄周孔”，鲁迅说得很明白，是有碍于他们的篡位。“不事王侯，不为物用”，这似乎也可说成是另一方面的表现。至于孝不孝的，固然有鲁迅所说，晋朝是要以孝治天下，所以吕安的不孝牵及了嵇康，但也还有另一方面的因素，即，你独立于我之外，你反对我，但我却不以这些“政治”上的理由公开“摆平”了你，我要找一条“世俗”更容易接受的理由，这就是“孝”。这一类的政治游戏，是政治家们常用的伎俩，非洲的某些独裁者和东南亚的个别统治者们要排除异己时，就常说独立于他的反对派贪污或者腐化。

我要强调的是，最大的事实一是嵇康不站在司马氏一边，二是嵇康被司马氏集团杀害了。

其实，说穿了，嵇康以什么理由或什么名义被杀，都是不重要的了，重要的是他被司马氏集团所杀。司马氏集团所杀的自然是它的敌人，而不是它的朋友或是它的走狗——这也是显而易见的。

范文澜在《中国通史》中认为，在中国历史上，司马氏集团的统治，是极具“残忍性腐朽性”的，“司马氏集团的罪恶是无穷无尽的”。嵇康对司马氏集团采取不合作的态度，这有什么“经验教训”呢？我已说过的，“不去谴责统治者的残暴，却在怪罪嵇康自己找死，这不是太不近情理了吗？”如果一定要在嵇康身上找什么教训的话，是不是面对司马氏的残暴，却要与其同流合污呢？或者，来一通“今天天气哈哈哈……”面对残暴却视若无睹呢？这又如鲁迅所说，做文人做到这地步，不是很有些近乎婊子了么？

基于以上理由，我还是认为王蒙对嵇康的死的看法是有悖常理的，他责怪嵇康，仿佛是嵇康的所谓“性格弱点”才招致杀身之祸。我不禁要问，嵇康是不是死得活该？我这里有一比，好比一个女子长得漂亮，她被强奸，被杀害了，有人不去谴责凶犯，却在责怪那女子：你也不是没有经验教训可吸取的，你为什么长得这么漂亮呢？这是你的长相弱点，你要不长得这么漂亮，又怎么会被先奸后杀呢？东施就没有你这样的下场嘛！

张先生说：“对历史现象发表不同的见解和看法，是容许的，尤其是在史料和评价都存在分歧的情况下更是如此。魏晋这段历史，不少事件和人物史料不惟匮乏，且正史与小说家言混杂不清……更应允许不同的观点存在。”是的，王蒙的观点是一种观点，我批驳他的观点是不是也应算一种观点呢？“允许不同的观点存在”，是不是这种观点存在了，就不允许别人批驳呢？其实，敝之无甚高见，我只不过是用鲁迅说法之一种来批驳王蒙。鲁迅认为嵇康之死与他是曹家女婿有关。这只是嵇康多条死因中的一条。这只是众多见解之中的一种见解。这算不算也应该允许存在的一种“观点”呢？这观点怎么就一定是“一知半解”呢？鲁迅研究嵇康十余年，我坚信，鲁迅的推论是有其内在逻辑根据的。况且，持这种见解的，也不只是鲁迅一人。冯友兰在《中国哲学史新编》中说："当时，在政治上，司马氏和曹氏正在争夺政权。司马氏发动政变，杀了曹爽，初步地夺了政权。王弼、何晏是属于曹爽这一集团的，何晏为司马懿所杀。嵇康是曹氏的亲戚，也为当时执掌政权的司马懿的儿子晋王司马昭所杀。"余冠英主编的《汉魏六朝诗选》中，对嵇康的注释写道："他是魏宗室的女婿，在政治上反对当时权臣、后来篡位的司马氏。年四十岁被司马昭所杀……"显然，他们都提到曹家女婿或曹家亲戚这一条。

需要说明的是，我这里推出鲁迅，既不是要借鲁迅以自重，为我自己开脱，也不是说鲁迅的观点就批评不得，这只是因为曹家女婿说确实系鲁迅所言，作为嵇康多条死因之一条，"女婿"这条因素也是不容忽视的。我不过是以鲁迅为思想武器来反对王蒙的观点，如此而已。

张文以几个曹氏后人在司马氏治下不仅没有被杀，"还增加了封邑"为由，认为"司马氏不杀害曹氏后裔，反而去杀害一个并无实力的曹家女婿，于情理不合"。应该怎样看待这个问题呢？范文澜认为："司马氏以杀夺手段建立晋朝，拥戴它的很少有正直忠实的人。当时风俗淫邪，是非颠倒。"司马氏靠杀人而篡位，这与历朝历代的篡位者无大区别。在司马氏篡位的过程中，大批皇室和外戚成员，大批亲曹分子被杀戮、被夷族，这是不争的史实。嘉平三年(251)，曹氏诸王公被集中于邺都，命有司监察，这实际无异于集体囚禁。司马氏杀曹氏，这是矛盾的主要方面，这是一个基本事实。张文以个别代替一般、代替基本事实，让人仿佛觉得司马氏集团也还是颇讲仁义道德的。其实，曹氏后裔若真是如张文所说"还增加了封邑"的话，这得有两个前提：一是这些曹氏后裔应是俯首帖耳、摇尾乞怜的；二是这种"增加"对司马氏集团还是有益处的，至少能给他们撑门面，可以起“宣传”他的“仁政”的作用。我从司马氏集团的一贯作为认定，他们的不杀个别曹氏后裔是一种“宣传”的需要，就是让某些人为其开脱罪责时用的。司马氏的这一招也还真灵，到了今天，也还有人为他的“不杀”摆好！

鲁迅及别的一些人，不是说嵇康因为是曹家女婿，所以被杀，而是种种原因里面之一种。此外，鲁迅也还说了别的许多条原因，这在本文也都有引用。因此，张文证明“不是因为曹家女婿被杀”，会不会是白忙累一场呢？也未可知。张文还认为嵇康是“无力”的。嵇康是不是真的“无力”呢？司马氏与张先生的见解却有所不同，他认为嵇康的言论要影响他的篡位，所以非杀不可。什么是“有力”，什么是“无力”，人们的见解也是大相径庭的。

张文认为，“从嵇康的诗文和他最亲近的人对他的评论中，我们都找不到嵇康涉足政事或卷入当时政争的思想依据”。显然，嵇康是“摆脱世俗系累和礼法约束的”。

司马氏集团邀嵇康入伙，嵇康拒绝了，我不知道这算不算一种政治态度？司马氏集团为了篡位，需要“汤武周孔”为其粉饰，而嵇康“非汤武而薄周孔”，这算不算“涉足政事”？有的人以思想为武器涉足“政事”，有的人以切实的行动涉足政事，方式不同，都是“涉足”。如此看来，我们怎么能说嵇康不是一种“涉足”呢？蔡先生的一段话，也足以批驳张先生的观点。蔡说：“嵇康……始终与恶势力抗争，写《管蔡论》，为‘淮南三叛’辩护，写《太师箴》抨击司马氏‘宰割天下，以奉其私’，写《释私论》《难自然好学论》，反对司马氏名教之治，号召‘越名教而任自然’，写《与山巨源绝交书》，公然拒绝与司马氏合作，可谓尚气任性，慷慨激烈。”这一切，都不算“涉足政事”？还要特别一提的是，嵇康在《与山巨源绝交书》中，将司马氏招徕名士的利禄比作死鼠，称为膻腥，这“旗帜”难道还不够鲜明吗？

其实，嵇康身处魏晋之际，表现狂放，倡导虚无，实有其不得已之苦衷。钱穆说：“以庄老为玄虚者，乃阮籍、嵇康。然阮、嵇皆别具苦心。”“他们自身亦多半是门第世族中人，依然不能脱身世外。”（《国史大纲》）在嵇康身上，入世与出世，愤激与超脱，有着深刻的矛盾。在他仿屈原《卜居》而写的《卜疑》中，这种种矛盾表现得很具体。如文中问道：

> 吾宁发愤陈诚，谠言帝庭，不屈王公乎？将卑懦委随，承旨倚靡，为面从乎？……宁斥逐凶佞，守正不倾，明臧否乎？将傲倪滑稽，挟智任术，为智囊乎？……宁如伯奋、仲堪，二八为偶，排摈共鲧，令失所乎？将如箕山之夫，颍水之父，轻贱唐、虞而笑大禹乎？……

从这些问句看来，嵇康又何尝忘情于世事？揣摩句意也隐然若有所指。这里丝毫也看不出一个高蹈遁世者的形象。

在《答二郭诗三首》中，他写道：“朔戒贵尚容，渔父好扬波，虽逸亦已难，非余心所嘉。”对于庄子保全自身的混世思想，他也是不赞成的。应该说，嵇康是有抱负的，他曾受过儒学的熏陶，只是因为身处乱世，又看到野心家们利用名教干出种种卑劣的勾当，出于愤激，才要以“真”来揭穿“伪”，以自然来对抗名教。嵇康的诗中，一再提到环境的险恶：“豫子匿梁侧，聂政变其形。顾此怀怛惕，虑在苟自宁。”“详观凌世务，屯险多忧虞。施报更相市，大道匿不舒。夷路值枳棘，安步将焉如。”他还常以鸾凤自比而悲叹：“云网塞四区，高罗正参差。奋迅势不便，六翮无所施。”因此他才向往于“逍遥游太和”，幻想远远地离开险恶的环境，离开层层的罗网。可是嵇康又是一位感情激越的人，他不能不说，不能不写，所以在他的诗文中多的是对现实的批判，对伪善者的讽刺，这些地方和他“游心太玄”的愿望，可说是背道而驰。

对于嵇康，我以为，他不像张先生所言，是那样的超然。至少，如蔡先生所说，“屈原重在忧国，嵇康重在忧民（人）”。既是“忧民”，便不超然。这里的“忧国忧民”是并列的。

许多名垂史册的人物，都有其自相矛盾的地方。嵇康的矛盾也多，如他对教育儿子的态度，就是很入世的，以至鲁迅都觉得“希奇”：“嵇康是那样高傲的人，而他教子就要他这样庸碌。”（《魏晋风度及文章与药及酒之关系》）我们不能只强调一方面而不顾另一方面。只用自己的理解而不顾史实地解释历史人物，这是对他们的“私有化”。

至于嵇康与屈原“同列”问题，似乎有其随意性，但若是细加探究，我以为，也无甚不可。屈原“忧国”，多有“忧君”的意思，所谓“专惟君而无他”；嵇康“忧民”，所谓“刚肠疾恶，遭事便发”，公然拒绝与司马氏集团合作。从某种意义上说，屈原的境界还在嵇康之下，屈原由于时代使然，他的“忧国”似有愚忠的因素羼杂其间；而嵇康，他并非特别忠于曹魏政权，但对司马氏打着名教的幌子巧取豪夺感到深恶痛绝，则是确定无疑的。嵇康这样拒不与统治者合作而遭杀害的名士算不算“烈士”？屈原报国无门自杀、嵇康不与当道者合作被杀，屈原若不自杀是不是也要被杀呢？假若屈原被杀，是不是就没有自杀的屈原“忧国”以至于“爱国”呢？嵇康是不是也要像屈那样去自杀，才可以成为“忧国”者或是“爱国”者呢？时代发展了，魏晋时代的嵇康在对“君”的问题上，甚至要比屈原高出一着，我以为。因而，二者在个别时候偶尔并列，也并不辱没了屈原。再说“众人皆醉我独醒”，嵇康怎么就不比当时的“众人”清醒呢?“众人皆醉我独醒”这几个文字符号，怎么就只配屈原独享呢?屈原什么时候享受了这个专利?

我在文章中认为“王蒙对嵇康之死缺乏历史常识的胡扯”，通过以上进一步的分析，我并没有改变这一看法。是的，是胡扯。王蒙贬损嵇康，事实上是胡扯，我讲他是胡扯，只不过是以我的表达方式讲出了一种事实。也许，“胡扯”二字过于生活化，过于随便，甚至还有一点火气，以致在张先生看来，“这似乎就涉及学风问题了”。每个人有每个人的行文方式，如果每个人的表达方式都要精确到不用“胡扯”之类的程度，那天下文章都成了“学术论文”了，这似乎就涉及修炼问题了，所有文章若是都修炼到心无波纹的程度，那天下文章却要先于社会制度而趋于“大同”了。再者，王蒙对嵇康信口开河，妄自“粪土”，他说得嵇康，别人就说不得他?一说了，就有“学风问题”?莫非因为嵇康是死人，王蒙是活人，死人说得，活人说不得?倘真是这样，“这似乎就涉及学风问题了”。

唐明皇杨贵妃的爱情消亡了吗？

一九九三年五月二十二日山东出版的《作家报》上刊出《海滨的谈话》一文。文章主要内容是记述了当代著名作家李准有关一些文艺问题的谈话。其中涉及鲁迅研究，有关内容引录如下：

> 李准还说起唐明皇，说他也是个了不起的男子汉，真英雄。说他对杨贵妃不限制，不嫉妒，又真心爱她。……
>
> 我这时提起鲁迅对唐明皇与杨贵妃二人的盟誓曾有过某些推测的话：要真相好，也许想不到要盟誓，要盟誓，也许爱情已有了某些危机。李准断然说：那是庸俗社会学！——我吃惊于李准的大胆。

关于李隆基和杨玉环的爱情问题，《鲁迅全集》中没有提及，然而，鲁迅生前曾对冯雪峰、山本初枝、许寿裳、孙伏园等几位好友提及过他的推想和构思。关于这个问题，说得最为详细的是郁达夫，他在《历史小说论》一文中说："朋友的L先生（即鲁迅——房注），从前老和我谈及，说他想把唐玄宗和杨贵妃的事情来作一篇小说。他的意思是：以玄宗之明，哪里看不破安禄山和她的关系？所以七月七日长生殿上，玄宗只以来生为约，实在是心里已经有点厌了，仿佛是在说‘我和你今生的爱情是已经完了！’到了马嵬坡下，军士们虽说要杀她，玄宗若对她还有爱情，哪里会不能保全她的生命呢？所以这时候，也许是玄宗授意军士们的。后来到了玄宗老日，重想起当时行乐的情形，心里才后悔起来了，所以梧桐秋雨，就生出一场大大的神经病来。一位道士就用了催眠术来替他医病，终于使他和贵妃相见，便是小说的收场。”叙述完鲁迅设想的情节，郁达夫评论道：“L 先生的这一个腹案，实在是妙不可言的设想。若做出来，我相信一定可以为我们的小说界辟一生面。”（《郁达夫全集》第五卷第一九七页，浙江文艺出版社一九九二年版）显然，郁达夫对鲁迅的构思是持欣赏的态度的。

根据郁达夫等人的回忆，我们可以看出，鲁迅认为：唐明皇、杨贵妃长生殿盟誓时，他们之间的爱情已经稀淡，甚至衰歇，甚至已经没有了。

李、杨的爱为什么消亡了呢？是不是因为出现了安禄山这个“第三者”？

安禄山与杨玉环的私情问题，野史有记载，正史似乎也留下了一点痕迹。《旧唐书》卷二百上，有一笔让人颇费思虑。据记载，安禄山请求并成为杨贵妃的干儿子以后，他进宫答对都是首先拜见杨太真，唐玄宗对此感到奇怪，就质问安禄山，安禄山答说：“臣下是外族人，外族人都先礼尊母亲，尔后再尊父亲。”此例至少说明唐明皇已多了一个心眼。《纲鉴易知录》中还记载：“禄山生日，上及杨妃赐予甚厚。后三日，召入禁中，贵妃以锦绣为大襁褓，裹之，使宫人以彩舆舁（音预，对举也）之，上闻，问故，左右以贵妃洗禄儿对。上赐贵妃洗儿金银，复厚赐禄山，尽欢而罢。自是禄山出入宫掖，通宵不出，颇有丑声闻于外……”（卷四，一三一五页）以上二例，至少说明鲁迅所言，并非一无根据。我以为，鲁迅的见解，可以说有社会学的内容，但不能说是“庸俗社会学”。鲁迅的见解，正是鲁迅批判现实主义精神的闪耀，是鲁迅严峻理性的表现。于此可见鲁迅“知人论世，总比别人深刻一层”。

如果安禄山插足之事属实，那么，“安史之乱”将多了脂粉味，安禄山反唐，至少又增加了一条原因。鲁迅可谓是大胆假设，遗憾的是未能将他计划中的《杨贵妃》写出来，对李、杨之间爱情由浓到淡、由有到无的原因也未作出解释。总之，没有完成的东西，当然无法做到小心求证了。

可是，即便这样，是不是就如李准所说，是“庸俗社会学”呢？李准太性急了，他按捺不住地表现了对鲁迅的不满。是不是因为鲁迅破坏了他对爱的憧憬？是不是鲁迅伤害了他心中的偶像唐明皇？自然，我羡慕李准根据白居易在《长恨歌》中的描述所产生的对永恒爱情的憧憬，然而，我更倾向于鲁迅对李、杨的深刻洞察。即便鲁迅的假设永远得不到证实，作为历史小说的一种构思，也不会失去其意义。历史小说不仅可以一定程度地虚构，甚至可以做反面文章、翻案文章。郁达夫说：“历史是历史，小说是小说，小说也没有太拘守史实的必要。”他还说，“在不十分的违反历史常识的范围以内”，小说家的“空想，是完全可以自由的”。（《历史小说论》）

我遗憾鲁迅事业之未竟，我也遗憾目下写李、杨爱情的作品都不去或不能理解鲁迅的见解，我更遗憾李准这样的现实主义作家，却没有冷峻之理性，信口开河，伤害了鲁迅。

鲁迅的多和少

闻一多曾经对鲁迅有过非议，他和一些自认为是“京派”的人看不起鲁迅，说他是“海派”。他们“不把‘海派’放在眼上的”。然而，闻一多毕竟是一个真诚的人，是一个无畏的人，他在直面自己的同时，勇敢地向鲁迅忏悔。他把当年的自己称作是“自命清高的人”，闻一多为他当年的看不起鲁迅而向鲁迅忏悔。闻一多说：

> 现在我向鲁迅忏悔：鲁迅对，我们错了！当鲁迅受苦受害的时候，我们都正在享福，当时我们如果都有鲁迅那样的骨头，哪怕只有一点，中国也不至于这样了。(《在鲁迅逝世九周年纪念会的演讲》，《闻一多代表作》，河南人民出版社一九九二年版)

接着，闻一多提出不能再当“帮闲帮凶”，要向鲁迅学习，学习鲁迅英勇无畏的战斗精神。闻一多对当时的时局痛心疾首，认为多几个鲁迅，就不会“把国家弄到这步田地”，中国才有救。这就是闻一多的结论。不久，闻一多为了实践他这用生命历程体验出来的结论，付出了宝贵的生命。闻一多从书斋走向了人生、社会，从与鲁迅价值观的不同，又回归到了鲁迅。

有一个现象是颇为有趣的。与闻一多的多几个鲁迅，就不会“把国家弄到这步田地”相反，将近半个世纪以后，王蒙在一次演讲中说：“世人都成了王朔不好，但都成了鲁迅也不好——那会引发地震！”他在《人文精神问题偶感》一文中又说：“我们的作家都像鲁迅一样就太好了么？完全不见得。文坛上有一个鲁迅那是非常伟大的事。如果有五十个鲁迅呢？我的天！”

地震是一种灾难。鲁迅会诱发什么样的地震呢？或者说，鲁迅会引发什么灾难呢？王蒙没有说。我推测，王蒙所说的所谓地震，就是社会动乱。在王蒙看来，鲁迅激烈的、极端的思想是会造成人们对社会的不满，是会让人变得不“宽容”而又激进的。

如果有人问我王蒙与鲁迅有什么价值观方面的区别的话，我要说，最明显的区别就在于前者在极力鼓吹“宽容”，而后者则“褊狭”，声称“一个也不宽恕”。

这里，王蒙忘记了基本的一条，他把旧社会和新社会看成是一个社会了。是的，鲁迅让人们不满黑暗的旧中国，鲁迅让黑暗的旧中国害怕。可是，鲁迅怎么也让行着“布礼”、高喊“青春万岁”并当过文化部长的新中国的王蒙害怕呢？新中国的缔造者毛泽东都不曾害怕鲁迅诱发地震，而且，毛泽东还自视鲁迅为知音，毛泽东以后的第二代、第三代中央领导人也都肯定了鲁迅而没有将其视作洪水猛兽，王蒙害怕什么呢？王蒙视鲁迅为灾难，如此先天下之忧而忧，是不是杞人之忧呢？

至于五十个鲁迅问题，我感到特别费解，中国文坛不是老在呼唤大师吗？“山中无老虎，猴子称霸王”，目下没有鲁迅这样的大师，不是有人把王蒙也凑上，称之为“大师”了吗？既是这样，有五十个鲁迅不是大好事一桩吗？不是正可以证明我们的时代是伟大的时代吗？中国有几千年的文明史，有世界上最为众多的人口，即便有五十个鲁迅这样的大师也不为多，我们也应该看作是国之幸事！目前，我们根本就没有鲁迅第二。王蒙的假设是没有任何积极意义的。他说的鲁迅的很伟大之类也是充满了虚情假意，是一种出于“两点论”的需要、出于不被抓辫子的需要所不得不说的，否则就很难解释他为什么要惊呼“我的天”了。他的终极目的是什么呢？换言之，他为什么要这样假设呢？“我的天”，他为什么如此惊诧呀，我的天！

他不会因为鲁迅的小说而如此惊诧吧？他不会因为鲁迅的《朝花夕拾》等散文而这般惊诧吧？他不会因为鲁迅的小说史研究而这等惊诧吧？那么，他为什么惊诧呢？显而易见，他是为鲁迅的杂文惊诧。结合他平时不厌其烦的“宽容”论，他尤其为鲁迅的“骂人”文章、鲁迅的“褊狭”惊诧。他的言外之意是，如果出了五十个鲁迅这样不“宽容”的人，如果文坛上老是像鲁迅那样争吵，“我的天”！我以为，这就是王蒙的“天”的内涵之所在。

王蒙为什么会把鲁迅扯出来，作为王朔的反面并加以攻击呢？我是这样想的，也许王蒙被“惹”急了，很多批驳王蒙的人都是以鲁迅为思想武器的，于是，他想“从根本上解决”，鲁迅也没有什么了不得，我把鲁迅也数落一番，看你也奈何洒家不得。王蒙提着一个“宽容”牌的袋子，这袋子“宽容”了王朔却“宽容”不了鲁迅。这是一个什么袋子呢？我怀疑它可能是一个硕大无比的垃圾袋。

一本书的书名和广告

韩石山先生的《少不读鲁迅，老不读胡适》，我以为是一本专著，拜读之后，知道了其实还是一部杂著，或者说是编著，书中的一些章节，有的就是他原来写的文章，组装到了这部书中。

我原以为他会全面阐述“少不读”和“老不读”的理由，实际上也没有什么大不了的理由，只是几句感悟，这些感悟属于他个人的体会，无可厚非。也不能说他说的都没道理，从我的理解看，胡适的东西当然要少年时来读，因为他说的大多是常识，如果到老了才读，那就显得肤浅了。老了读鲁迅，会有更深刻的理解，这是不错的。但“少不读鲁迅”却不行，鲁迅的文章除了沉郁之外，还有少年的激情，少年的诗意，少年的批判锋芒，少年的不羁与野性……一个少年而不读鲁迅，就像少年而不读诗，那将是人生的极大遗憾！有朋友问何满子，他读中学的孩子应该读些什么书呢？何满子说：别的说不上，但一定要读鲁迅的书（大意）。我认为，中国的一切问题，中国人的所有德性，在鲁迅书中都有展示。鲁迅，是理解中国的一把钥匙。如果少年都听了韩石山的话，我要对他们说：朋友，你进入中国的钥匙丢了。

在我看来，鲁迅和胡适，是中国新文化运动的奠基人。鲁迅是拆除旧城的人，他告诉我们如何批判一个旧中国；胡适呢，他则在告诉我们怎样建设一个新中国。他们是中国新文化的两个方面，为什么要把二者对立起来呢？我搞不懂。

这部书卖得蛮好，我佩服策划者的用心，把可说是零碎的文章拼凑得如此天衣无缝。我也佩服出版者的勇气，可以把“新文化运动以来对鲁迅最不认同的声音”，这样的广告词打到书的封面。这广告词我是不认同的，不要讲新文化运动以来，哪怕是新中国成立以来，对鲁迅“最不认同的声音”都不是出自韩石山。新中国成立前，苏雪林等是排队轮流咒骂鲁迅；新中国成立后，“鲁货说”“地震说”……像周期感冒一样，时不时就要发作。自从有了鲁迅，就伴随着种种的“不认同”，这不是始自韩石山，更无所谓“最”了。这句广告词，如果不是出自韩石山之手，那是策划者对韩石山的糟蹋。我也不认同韩石山被随意糟蹋。

封面上另一句广告词是“展现两位文化界领军人物的全面较量”。我觉得，这也是编者招引读者的信口雌黄。鲁迅与胡适，从来没有过全面较量，鲁迅时不时挖苦过胡适，甚至也可以说抨击过胡适，胡适从来没有正面回应，在鲁迅生前甚至连间接回应也很少，何言全面较量？他们是各说各话，不像鲁迅与梁实秋、陈西滢，有过交锋，有过论战。鲁迅去世后，在与苏雪林的通信中，在台湾的某次演讲，胡适从政治的角度考量，有说几句鲁迅的“坏话”，但同时也做了许多另一侧面的肯定。韩石山知道，胡适是温婉的，同时，胡适在很大程度上还对鲁迅怀有敬意，这样的胡适怎么可能与鲁迅“全面较量”呢？此外，在我看来，新中国成立前，鲁迅从来没有当过具有实质意义的“领军人物”，他是这边也不欢迎、那边也不接受，“荷戟独彷徨”、四面楚歌的“国民公敌”，周扬们把他当作旗帜舞来舞去是不错的，蒋介石也不是不想利用他，只不过没有利用成而已。周扬们什么时候把鲁迅真当回事了？鲁迅对“奴隶总管”们的痛恨和蔑视，甚至超过了他一生中最为讨厌的梁实秋。所以，我不认同鲁迅是什么“领军人物”，他被某“军”当过旗帜是确实的，但这与鲁迅何干？我最认同的鲁迅意向是“孤岛过客”“荒原野狼”“国民公敌”。

封面上还有一句广告词是“揭秘两大文化阵营的明争与暗斗”。这些年流行“揭秘”，仿佛中国是一个秘密丛生的黑社会。仔细瞧了，实际上韩书说的都是被韩石山瞧不上眼的“鲁研界”的寻常事，实在无“秘”可揭！韩石山是很推崇胡适的，胡适一生清清白白，用了“明争暗斗”这样的词，不怕有损胡适的光辉形象？鲁迅更是勇于直面的斗士，临死，仍然声称“一个也不宽恕”，明争是有的，从来犯不上“暗斗”。

一本书的封面打了三句广告词，其中两句“新文化运动以来对鲁迅最不认同的声音”“揭秘两大文化阵营的明争与暗斗”还重复地打到了封底。不知道书商有没有因此赚了大钱（此书二十印张，定价三十二元，我手上的版本标明首印一万五千册，估计出版商是赚钱了），但却是对韩石山的一个大的糟蹋！韩石山是一个纯粹的文人，他的“酷评”，在精神气质上是与鲁迅相通的，我宁可相信这封面是书商的炒作，而非韩石山的本意。

另外，封底还加了一句“这是令鲁研界汗颜的一本书”，写下这几个字时，我淡淡地一笑。这样一本书也能让“鲁研界”“汗颜”？“鲁研界”可不是“金庸研究界”，也不是“王朔研究界”，如此轻飘的话，我倒是为韩石山这本不算坏的书被如此折腾而“汗颜”。

本人这些年常在“鲁研界”行走，但都是以出版人的身份，只探讨选题，从来不在会上谈论鲁迅话题。坦率地说，我是敬服鲁迅的，所以号称“鲁迅门下走狗”，有朋友提醒我，说我不是“鲁研界”中人，应是“鲁迅门外走狗”，我欣然接受。然而，除了“鲁研界”外，我也常在“出版界”“少儿报刊界”“杂文界”行走，有时也还在“文学界”行走，对比之下，说实在话，“鲁研界”是中国人文文化界水平很高的学术研究圈之一。作为中国人的一个群体组合，他们自然免不了中国人这样那样的毛病，但我认为，他们做学问是相对扎实的，研讨会上发表的观点是最不“合群”的，对比我参加别的“界别”的研讨会，我觉得“鲁研界”是一群纯粹学者的聚合。比如，王世家先生也是退休之人，不计任何报酬地为林辰先生整理文章，一字一句地为林辰抄写文章，为的是让林辰的鲁迅研究文章得以传世。林辰先生在天有灵，也会为“鲁研界”有这样的“守望者”而欣慰。又如，林贤治的声音，应该与韩石山一样不阿世逢迎。便是“鲁研会”的伙食吧，在我看来，也要比别的什么会寒碜许多。记得有一年在云南参加“鲁迅研究五十年学术研讨会”，餐餐是自助餐，天天在开会。而别的“界别”的会呢？开半天一天，大吃大喝一通，然后游山玩水去了。总之，一概而论地贬损“鲁研界”，说什么“无高手”，说什么“汗颜”，如果不是轻薄之语，便是危言耸听。

鲁迅的身高

韩石山先生在中国海洋大学做的《少不读鲁迅，老不读胡适》的演讲中，曾经谈到他对鲁迅的看法是怎么改变的：

> 我对鲁迅的看法是怎样改变的呢，有一件事，我说过好几次了，今天再说一遍。一九八七年我去上海送书稿，顺便去了浙江几个地方，在富阳拜访了郁达夫的长子郁天民先生。郁先生当时六十出头了，有病，说话有气无力的。他问我，二三十年代浙江出了这么多的文化名人，你知道这是为什么吗？我说不知道。他说，这些人大都是：一、家道中落；二、寡母抚孤；三、个子都很矮小。前两项我能理解，后一项我不太明白，问郁先生这是为什么。郁先生说，个子矮小的人狠呀。

郁天民为什么这么说，他有什么样的人生感悟从而得出这样的结论，我们不得而知。二三十年代，浙江名人多是符合这三条标准吗？郁天民没有举出实例。一向佩服胡适的韩石山也没有像胡适所倡导的那样“拿证据来”，他却像他自己所抨击的一样，“说法总是含糊的，但倾向性又很明确”。家道中落，寡母抚孤，虽然家道中落的绝大多数人和中落的家道一起走向中落，没有留下任何名声，但我还是勉强可以接受这两点，因为总有几个这样的人发愤图强，一举成名。第三点，个子矮小、个子矮小的人狠之类，我是断然不认同的。从字面上看，仿佛家道中落的结果是个子矮小，二者之间有因果联系，至少论者是这样暗示我们的。个子矮小的人狠，“狠人”容易成名，这样的推论完全不符合逻辑，也不符合常理，让我难以信服。现代科学表明，个子高大与否，百分之八十以上的因素是遗传。《水浒传》中，黑矮宋江，也许可以作为韩石山的旁证，然而，武大郎却很善良，成了反证。个子矮小的拿破仑是“狠”的，但胡耀邦的心肠却软。个子矮小的人无以计数，成名的却凤毛麟角。韩石山极为敬服的胡适也是家道中落，也是寡母抚孤，可是个头却颇高，按郁、韩的逻辑，个子高因为不“狠”，所以不容易出名，可是胡适却出了大名。总之，促使韩石山“转变”的，是郁天民的歪理邪说。郁天民是不是这样说，他没有发表文章，我也没有在场，所以不得而知，我还只能以韩石山的“说过好几次”为依据。事实上，韩石山是认同郁天民的观点的，否则，他为什么要“说过好几次”？应该把郁天民的话当作韩石山的话，韩石山对郁言的发挥便是证明：

> 鲁迅有多高呢，前两年我去过厦门大学，校园里塑着鲁迅的全身站像，那么一点个子，好多人都很奇怪，鲁迅怎么会这么矮呢。厦大的朋友说，这是按鲁迅的实际身高塑的，当时人家还说了准确数字，我忘了，顶多不会超过一米五五。后来我翻看《鲁迅全集》每卷前面的照片，发现鲁迅很少照全身像，要么是半身，要么是坐着的，一两幅全身照，也是跟别人在一

起照的。当然，我们不能以貌取人，但是和前两项连在一起，个子就不能不考虑了。郁天民先生的话，让我对这批现代名人，有了一个感性的认识。

我也去过厦门大学，印象中鲁迅的大理石塑像肯定比鲁迅实际身高要高。试想，一个落地的雕塑，怎么可能搞得那么矮？二十世纪八十年代，厦门大学毕业的诗人绿音送我她的诗集，扉页有她在鲁迅雕像前的照片，她个儿蛮高的，但却比鲁迅矮不少。韩石山的记忆会不会有误？不过，这不是重要的，韩石山只是想在鲁迅很矮这一生理问题上有所发挥，所以，我们要关注的应该是鲁迅的实际身高，以及鲁迅的高度与他的“狠”的关系。

韩石山这段话，给我的感觉是，除了羞辱了鲁迅的生理缺陷以外—— 一般说来，个子矮不算缺陷，但在个子比较高的韩石山面前自然是缺陷了——并没有得出韩石山之所以“改变”的结论。我反复读了韩石山的演讲词，无论如何看不出他发现鲁迅个子矮与他改变对鲁迅的看法有什么内在联系。我要指出的是，据很多史料记载和专家推算，鲁迅先生的实际身高应为一米五八（前些时候，鲁迅的孙子周令飞根据一张鲁迅在家门口拍的相片，在原地测量，鲁迅的身高应是一米六一），而不是如韩石山所言“顶多不会超过一米五五”。其实，鲁迅就是只有一米四，又怎么证明必然是“狠”的呢？韩石山又说，鲁迅的相片多是半身的，很少全身像。这要说明什么？他又采用了他反对的“模糊法”。他是不是暗示，鲁迅因为矮，所以自卑，所以不愿拍全身照？俄国总统梅德韦杰夫比鲁迅还矮，但拍出来的相片也不显矮，这就要看怎么拍了。再说了，鲁迅所有的照片都是别人拍的，设想一下，鲁迅这样的人会要求摄影师要这样拍而不要那样拍吗？

韩石山似乎还有一点理性地说“当然，我们不能以貌取人”，他以别人的生理“缺陷”为攻击点，还要假装客观——这一点，是韩石山推崇的“英美派”徐志摩之流常用的所谓公正的伎俩。如果真是不以貌取人，他的关于鲁迅个儿矮之类就不会付诸文字了。事实是，他立即推翻了自己的“公正”，“但是和前两项连在一起，个子就不能不考虑了”。就是说，他还是赞成郁天民的说法的。韩石山是最为推崇宽容的胡适的，可是，在鲁迅的个子问题上，怎么就不能像胡适那样，对鲁迅宽容一点呢？

后来，韩石山在山西大学中文系做《鲁迅是新文化运动的主将吗》的演讲中，对自己从“个儿矮”这个甚至不算生理缺陷的角度攻击鲁迅，做了一回“犹抱琵琶半遮面”的“检讨”：

> 《山西文学》今年十一期上，发表了我的一篇文章《少不读鲁迅，老不读胡适》，是在中国海洋大学讲的，也在山西大学科学会堂里讲过，你们当中有的人听了。为了说明年轻人读鲁迅多了会褊狭固执，会坏了心术，我在演讲中过多地讲了鲁迅个子矮，心地阴狠，好多人看了不舒服，反感。这是我的过错，这不是研究问题的科学态度。不是说不该讲，提一下就行了，我讲得太多了。

韩石山在中国海洋大学的演讲，谈了自己对鲁迅看法的改变，是听了郁天民的高论，可是，为什么说郁天民的说法改变了他的看法呢，上面提到了，韩石山语焉不详，只说是对与鲁迅一样的一批个子矮的名人有了“感性的认识”，骂了鲁迅的“狠”以后，接着，话题就转走了。以上的“检讨”，却有了新意：鲁迅因为个子矮小，所以心地阴狠。年轻人读鲁迅多了会“褊狭固执”，不仅如此，还

“会坏了心术”。读矮个子鲁迅的著作，如何“褊狭固执”，又如何“坏了心术”？再用韩石山崇拜的胡适的话说，就是：拿证据来！韩石山却没有证据。韩石山个子高，占尽便宜，胸怀宽阔，思路活络，心术极好。我想，台下听韩石山演讲的，大约也有矮个儿，听完演讲，他们或许都要自审一番，看自己心术是不是坏了——韩石山这样的破烂东西也叫学问？还到这所大学演讲、那所大学演讲，这是信口雌黄，不论个子高的年轻人还是个子矮的年轻人，听了至少会对人的个头问题不宽容，变得褊狭，“会坏了心术”。

和一切具有人道情怀的人一样，鲁迅是最为厌恶以生理缺陷作为攻击对象的。一九二二年，北大举行“二十五周年成立纪念”，“北大戏剧实验社”演出了托尔斯泰的《黑暗之势力》。当时在北京的俄国盲诗人爱罗先珂曾在他们表演时坐在幕后看了这一次表演，之后写了一篇《观北京大学学生演剧和燕京女校学生演剧的记》，他“很老实，不知道恭维”（鲁迅语），相反，对中国戏剧中不能男女同台演出的现象进行了尖锐的批评，并为连大学生也不能免此陋俗而感到“寂寞”“悲伤”。当时魏建功是“躬与其事的演者”，对爱罗先珂的批评很不以为然，写了《不敢盲从》一文进行反批评。魏文语多轻薄，甚至在“看”“观”“盲从”这类字眼上作人身攻击式的暗示，对爱罗先珂的生理缺陷进行了嘲讽。此文引起了鲁迅的强烈反感，写了《看了魏建功君的〈不敢盲从〉以后的几句声明》一文，对魏建功利用人体质上的缺陷来嘲讽别人作了严厉的批评。认为这种做法“可怜，可羞，可惨”，并且说道：“我敢将唾沫吐在生长在旧的道德和新的不道德里，借了新艺术的名而发挥其本来的旧的不道德的少年的脸上！”由此可见鲁迅当时对此事的愤怒。不仅鲁迅对魏建功的文章强烈不满，周作人等人也反感魏建功的轻佻。周作人表示：“我不愿意，因了这一点事便牵涉到作文者的人格上去，但我可以宣言这篇文章的‘文格’确已完全没有了”，但仍以和蔼的态度“希望大家对于爱罗君一方面不要崇拜他为超人的英雄，一方面也不要加以人身的攻击，即使当作敌人也未始不可，但必须把他当作人看，而且不可失了人间对待残疾的人的礼仪”。

已经六十上下的韩石山，有了与少年魏建功一样的轻佻。魏建功攻击爱罗先珂的“盲”，在“看”“观”“盲从”等字眼上做文章；韩石山则攻击鲁迅的“矮”——矮，还只能说是生理上的不完美，还不能像“盲”一样被称为生理上的缺陷——这是不讲“科学方法”、没有任何学理可言的无聊。如周作人所言，韩石山即使把鲁迅当作敌人也未始不可，但敌人也是人，不可失了应有的“礼仪”。韩石山公开“检讨”了，但是，不是检讨“个矮与狠”的问题，而是说得多少的问题，他只承认他的错是因为说得太多了，“不是说不该讲，提一下就行了”。而且，他此后印行的多种著作，这些文章、这些话还是照收。对他的所谓“检讨”，我是持怀疑态度的。

可以这么说，韩石山的其他骂鲁文章，我不大以为然，再骂，他也骂不过泼妇苏雪林，可是，当我看到连鲁迅的个子矮，都可以与“心术坏了”这样的话题相联系，我真的开始怀疑，一向心术很好的韩石山，有没有坏了心术。

我反对韩石山对鲁迅身高的妄论，以及由个儿矮推论出来的一切见解。

标准问题

在鲁迅问题上，韩石山先生是非理性的，有的时候是双重标准，有的时候是多重标准，有的时候则是用今天的标准来衡量昨天。他的标准是混乱的，一会儿这个标准，一会儿那个标准，标准不一，目的则一，那就是否定鲁迅。

他在山东大学演讲时，就有人提出他是用双重标准来评价鲁迅与胡适，评价鲁迅用的是道德标准，评价胡适用的是学问标准。并说，如果要比较学问，就比较鲁迅的《中国小说史略》和胡适的《中国白话文学史》；就文章来说，可以比较鲁迅的小说或杂文，胡适的新诗或散文，只有在这两种前提下，比较才能成立，否则不仅不公道，也不存在可比性。

在对鲁迅作品的评价上，他是多标准，一会儿这个标准，一会儿那个标准，一会儿从内容上说，一会儿从形式上讲，一会儿从思想上看……《药》固然有思想了，人物却不行；《阿Q正传》有阿Q这个人物了，却是个流氓，而且没有思想；阿长这个人物或许有一定的丰富性，但有的情节却很污秽；《故乡》有人物，有情节，但结尾怎么乱加议论呢？除了技法，应该给人思想，有时以技法为标准，有时又以内容为标准。多标准就是无标准。他是没有固定标准的，他的标准就是挑剔鲁迅。你的脸蛋很漂亮吧，但身体不好；你长得很高吧，但太瘦……总而言之，都有话说。

韩石山的标准是混乱的，一方面，他为鲁迅是“老石头说”叫好，这事实上就承认了鲁迅辞世后有被利用的客观存在；另一方面，他又不认同鲁迅被专制利用了这一说法。他的许多或明或暗的言论，就是要证明鲁迅本身就代表着专制，他就说过，鲁迅这一套，只会走向专制，所以不存在被专制利用的问题。

韩石山还经常用今天的标准来衡量过去的是非，比较典型和值得一提的是所谓鲁迅的“抄袭事件”。为了证明陈西滢诬蔑鲁迅抄袭不是完全没有道理，韩石山认为，《中国小说史略》“鲁迅全书二十八篇，有两篇是根据盐谷温来的，至少没有出注，就应当说陈西滢说对了十四分之一吧”。他还说：“近日阅报，美国哈佛大学有位教授在讲课时，讲到某个学术观点，正好到了下课时间，没来得及说出这一观点的出处，好像他自家研究似的，学生向学校当局报告，这个教师二话不说，只有辞职了事。不是他想辞职，而是他若不辞职就被开除了。”这是典型的用现在的眼光来衡量先人，用现在的标准来要求先人。正如章培恒所指出的，在鲁迅写作《中国小说史略》的时代，中国学者还没有养成这样的习惯，特别是大学历史教材性质的著作，不注明参考书被认为是正常的事。就说顾颉刚罢，他那些在二十世纪发表的古史考证文章，有些在日本早就有了类似的说法。例如，白鸟库吉早就著文考证尧、舜、禹并无其人，而且这种见解至迟在一九一六年左右已深入到了日本的高级中学。顾颉刚的相关著作中也没有出注。我翻看了五四时期的一些学术著作，比如胡适的《中国章回小说考证》《白话文学史》《中国中古思想史长编》，书后都没有“参考文献”之类，可证章培恒所言不虚。

这让我想起了鲁迅的话，鲁迅说：“倘在文人，他总有一番辩护自己的变化的理由，引经据典。譬如说，要人帮忙的时候用克鲁巴金的互助论，要和人争闹的时候就用达尔文的生存竞争说。无论古今，凡是没有一定的理论，或主张的变化并无线索可寻，而随时拿了各种各派的理论来作武器的人，都可以称之为流氓。例如上海的流氓，看见一男一女的乡下人在走路，他就说，‘喂，你们这样子，有伤风化，你们犯了法了！’他用的是中国法。倘看见一个乡下人在路旁小便，他就说，‘喂，这是不准的，你犯了法，该捉到捕房去！’这时所用的又是外国法。但结果是无所谓法不法，只要被他敲去了几个钱就都完事。”（《二心集·上海文艺之一瞥》）在鲁迅的眼里，凡事无标准，多变化，这就是流氓。

人啊，一定要有坚守，有标准，否则，一不小心，可能就变成流氓了。

谁更褊狭?

《鲁迅与他“骂”过的人》一书出版后，受到读者的关注，在一年不到的时间里，重印了第二次，国内有十余家报刊发表了评价文章，这对作者来说，自然是一件高兴的事。有不少读者问我，你为什么要写这本书呢？或者说，是什么激发了你的写作热情呢？

我所在的单位，是所谓“知识分子成堆”的地方，有许多名牌大学的毕业生。我不止一回听到名牌和非名牌的大学生，在我面前谈到鲁迅，他们在轻松地刻意地表现自己潇洒的同时——他们不愿与沉重的没有“可读性”的鲁迅为伍——用不屑的口吻说：“鲁迅，无非就是骂人。”说得轻飘飘的。这类无聊的妄语，让我激愤！

读了不少关于鲁迅的书，我很快发现，“鲁迅，无非就是骂人”，不仅是我的一些年轻同事的看法，也是一些名家学者的见解。鲁迅生前，梁实秋就问过，鲁迅到底自己有什么见解呢？他认为鲁迅除了骂人以外，并没有什么积极的东西。他说：“没有人能说清楚‘鲁迅思想’是什么……鲁迅思想，其实只是以尖酸刻薄的笔调表示他之‘不满于现状’的态度而已。而单单的‘不满于现状’却不能构成一种思想。”鲁迅死后，苏雪林骂鲁迅只会“骂人”，骂鲁迅

“褊狭阴险，多疑善妒”，“是一个刻毒残酷的刀笔吏，阴险无比，人格卑污又无耻的小人”，“睚眦必报，不近人情”……她攻击鲁迅的杂文“文笔尖酸刻薄，无以伦比”，“含血喷人，无所不用其极”。

“骂人”似乎成了鲁迅的一条罪状。是的，鲁迅在文章中指名道姓“骂”过的人，有百人上下；与其论战的重要人物，也有二三十人。“得罪”的人如此之多，在中国现代文坛和学界，不说绝无仅有，也是十分罕见的。

可是，我们若是脱离了当时的时代背景，就不能正确认识鲁迅的“骂人”现象。我以为，五四运动前后，是中国历史上少有的学术文化空前繁荣的几个时期之一。在对传统一元文化进行全面彻底的批判的同时，外来文化纷纷涌进国门，逐步形成了文化机制的多元格局。派别林立，论战不休，是二十世纪二三十年代文坛的特征之一。彼此骂来骂去，虽有意气用事的时候，但大多是涉及大是大非问题。虽然也有“骂人”的“不雅”，而唯其“不雅”，才更真实，更有生气。较之于文化取向不受制约和挑战的“一边倒”——无论倒向哪一边，不管是雅的还是俗的——都应该看成是一种进步。

二十世纪二三十年代，并不是只有鲁迅在那里“骂”，也不都是鲁迅首先开骂。不是的。被称为温文尔雅的梁实秋，不仅骂过鲁迅，甚至也骂过以胡适为代表的“人力车夫”派。带着湘俗湘风进入北京文坛的沈从文，在《沫沫集》中也指名道姓地抨击了包括鲁迅在内的许多文人。高长虹不仅骂鲁迅，也骂周作人、郁达夫。若说起骂人的“狠”来，又有谁比得过以上所列举的苏雪林呢？只是，一个时期以来，我们只读《鲁迅全集》，只看到鲁迅在那里“骂人”，而没看到别人是怎么骂鲁迅的，没有搞清楚是谁首先挑起事端的。

彼此骂来骂去，同是“骂人”，并不是没有区别的。对于时人对鲁迅的攻击，鲁迅要宽厚得多。事实是胜于雄辩的，对比是有助于人们搞清问题的。人们攻击鲁迅是“学匪”“学棍”“赤色作家”“汉奸”“双重反革命”“法西斯蒂”；便是“左派”的同志，也说鲁迅“右倾”“危害联合战线”“助长着恶劣的倾向”……都是含着杀机，可以遭到通缉、撤职、逮捕、监禁乃至杀头的诬陷和谣言。而鲁迅的反击，给论敌定的大多止于“正人君子”“绅士”“叭儿狗”“资本家的走狗”“鹰犬”“洋场恶少”“才子＋流氓”……无一有生命的危险，就是直斥为“帮凶”，也与他们的主子划出分明的界线。

不少人由所谓鲁迅的爱“骂人”，继而得出结论，认为鲁迅心胸狭窄，是个睚眦必报的人。事实真是这样的吗？傅东华伤害过鲁迅，鲁迅最后还是宽容了他，应他之约，仍旧为他办的刊物供稿；周木斋攻击过鲁迅，鲁迅也宽容了他……鲁迅把丁玲误解为沈从文，也对杨树达的“袭来”事件过于多疑，但他一旦知道了事实真相，立即做了忏悔。对比之下，很多被鲁迅批评过的人，有的甚至是事实证明鲁迅批评得对的，过了半个多世纪，却仍然耿耿于怀：比如夏衍，五十年代，他打冯雪峰，实际上是打鲁迅；比如施蛰存，他将近百岁时，尚不能释然，说当年是鲁迅“踢了他一脚”；又比如梅兰芳，新中国成立后，他身为中国文联副主席，可是，凡鲁迅纪念会，他很少出席，勉强来了，从不发言，而且往往是迟到和早退……相比之下，究竟是别的一些文化名人还是鲁迅更小气、更褊狭？广大的读者应是自有公论。

鲁迅是宽厚的。曾经挨过鲁迅“骂”的傅东华说：“谁要说鲁迅先生的精神成分里只有‘恨’而没有爱，我就和他拼命！谁要把鲁迅先生的哲学解释成唯恨哲学，我就永远痛恨那个人！”

鲁迅的“多疑”

鲁迅“骂”过这么多人，他为什么老爱“骂人”呢？正人君子们、同一阵营的战友们于是说他“多疑”。“多疑”这个词儿与“尖刻”“刻毒”等一起，是鲁迅同时代以及以后的人们评价他的常用语汇。另一方面，忠诚于鲁迅的人们，也考虑到“多疑”是贬损鲁迅的，所以，为尊者讳，对鲁迅确有“多疑”之处的实例，多持避而不谈的态度。

我以为，我们首先应该正视鲁迅的“多疑”。鲁迅就曾承认自己有“多疑”的时候，鲁迅的“骂人”生涯中，也不难举出“多疑”的实例。在以直率地表述自己的思想和心情而著称的《两地书》中，他谈到“我看事情太仔细，一仔细，即多疑虑，不易勇往直前”（《两地书·八》）。“我的习性不大好，每不肯相信表面上的事情。”（《两地书·一〇》）这算不算鲁迅承认了自己的“多疑”呢？在《关于杨君袭来事件的辩正》中，鲁迅明确地承认自己“太易于猜疑，太易于愤怒”。鲁迅还曾说，自己的“灵魂里有毒气和鬼气”，这种“毒气和鬼气”是一种泛论，当然也包含了“多疑”。若说鲁迅“多疑”实例，又可以举“杨树达”袭来事件，误认丁玲求助信为沈从文捉弄事等。从这些实例看，鲁迅确实是“多疑”了。

然而，在讲鲁迅“多疑”的同时，我们也可以举出大量的事实证明鲁迅并不多疑，相反，有时倒是过于天真了。许广平在《鲁迅和青年们》中，讲了那个著名的鲁迅“儿子”的故事，那是叫人哭笑不得的。许广平感慨道：“谁说先生老于‘世故’，我只觉得他是‘其愚不可及’。世界上竟有这样的呆子吗？可是这呆气，先生却十分珍贵着。他总是说：‘我不能因为一个人做了贼，就疑心一切的人！’”（《许广平忆鲁迅》，第二三四至二三五页）还有那个声称持有烈士遗稿《孩儿塔》的史济行，也轻而易举地骗取了鲁迅的信任，还让他老夫子动了感情，说：“一个人如果还有友情，那么，收存亡友的遗文真如捏着一团火，常要觉得寝食不安，给它企图流布的……”（《且介亭杂文末编·白莽作〈孩儿塔〉序》）可是，史济行是这样一个重友情的人吗？他只是一个骗子。钱理群认为，从鲁迅给曹靖华、章廷谦、萧军、萧红、胡风等人的书信中，会强烈地感到鲁迅对人的诚挚、直率、宽厚、无微不至甚至天真。“应该说，这都比较接近鲁迅的真性情。”（钱理群：《心灵的探寻》）鲁迅摘译岛崎藤村《从浅草中来》中有一句话：“我希望常存单纯之心；并且要深味这复杂的人世间。”钱理群在《心灵的探寻》中又说：“人们多注意到鲁迅‘深味这复杂的人世间’这一面，而往往忽视了也许是更为本质的一面，即‘常存单纯的心’。一切站在历史的高峰，看透现实，因而超越现实的伟大人物，必定有‘返璞归真’的一面。萧红曾经回忆说：‘鲁迅先生的笑声是朗朗的，是从心里的欢喜，若有人说了什么可笑的话，鲁迅先生笑得连烟卷都拿不住了，常常是笑得咳嗽起来。’我常想，能够这样放怀大笑的人，一定有一颗纯真的心。”

鲁迅既是“多疑”的，又是不设防的、单纯的。

鲁迅有种种矛盾，他有时责怪自己太易于猜疑，有时又认为"多疑"并非坏事。他说："中国的人民是多疑的。无论那一国人，都指这为可笑的缺点。然而怀疑并不是缺点。总是疑，而并不下断言，这才是缺点。"（《且介亭杂文末编·我要骗人》）对世事人物持怀疑的眼光，于不疑处有疑，疑而能断，这不仅不是缺点而是优点了。鲁迅这里谈"多疑"时用了"怀疑"这样的字眼。多疑，也就是多了一点怀疑。

说鲁迅"多疑"，言而有据；说鲁迅不"多疑"乃至单纯，一样言而有据。事实是，鲁迅是心地单纯的。然而，他生活在一个可怀疑的国度，这个国度里有许多互相猜疑的人们，这个国度里有许多可猜疑的事物。于是，任你怎样单纯，也不得不变得"多疑"起来。

我们来看看当时的社会环境吧。钱理群等许多有识之士都把眼光注视到了这一点上。鲁迅的"多疑"，乃是二十世纪空前尖锐、复杂的政治斗争与思想斗争的产物。历史正经历着"把陈旧的生活方式送进坟墓"，新的婴儿诞生前漫长的阵痛，这是一个充满了污秽与血的时代，在生与死的最后搏斗中，一切温情脉脉的面纱全部剥落，露出本来面目的疯狂与卑劣；古今中外——人类历史、现实中一切阴谋诡计、鬼蜮伎俩竟然集中于二十世纪中国的政治舞台上。鲁迅经常痛苦地谴责自己："我向来是不惮以最坏的恶意，来推测中国人的，然而我还不料，也不信竟会下劣凶残到这地步。"（《华盖集续编·记念刘和珍君》）"那么风云变幻的事，恐怕世界上是不多有的，我没有料到，未曾描写，可见我还不很有'毒笔'……我还欠刻毒。"（《三闲集·通信》）鲁迅更忧虑着"未经世故的青年，不知底细"，容易上当，"碰钉子还是小事，有时简直连性命也会送掉"。（一九三四年十二月十日致萧军、萧红信）现实就是如此严峻：在你死我活的拼杀中，人们的天真，思维方式的简单化，认识与现实的脱节，都要付出血的代价。鲁迅自己就多次“亲历”了这样的流血，而且多是最为宝贵的青年战士的血。社会、时代的大环境，让鲁迅持怀疑的眼光看问题。鲁迅不能不以“多疑”的冷眼看当时的社会。

就具体而言，许多人的作为也证明着实际生活中有着可怀疑的人和事。其实，从某一方面讲，鲁迅疑得还不够，他对人的推测，实在太倾向于好的方面，有些人自己所表现出来的，比鲁迅对他们的推测还要坏得多。上文提到的史济行就是一例。当后来鲁迅知道史济行所谓藏有《孩儿塔》文稿完全是假的，他这样说完全是为了骗取鲁迅的手稿后，鲁迅不禁感慨系之，说：“我虽以多疑为忠厚长者所诟病，但这样多疑的程度是还不到的。不料人还是大意不得，偶不疑虑，偶动友情，到底成为我的弱点了。”（《且介亭杂文末编·续记》）

正是这种教训，使鲁迅常用多一点怀疑的眼光去看社会、看人。“多疑”，并非鲁迅的罪过，事实常常证明他“疑”得对。“民族主义的文学家在今年的一种小报上说，‘鲁迅多疑’，是不错的，我正在疑心这批人们也并非真的民族主义文学者，变化正未可限量呢。”（《南腔北调集·〈自选集〉自序》）鲁迅的这个怀疑并没有错，所谓的“民族主义文学者”并不是真正站在民族立场的爱国者，而恰恰是一批“洋大人的宠儿”，他们的作品充满着对帝国主义侵略者的谄媚之态，并竭力鼓吹借用侵略者的暴力，把国内的人民革命运动镇压下去的法西斯主张。这一类的例子是不胜枚举的。所谓鲁迅“多疑”，就是不肯轻易相信那些“不是东西者流”，往往要对他们的言行打个问号，看一看，等待一下，分析一番，务必看清他们的五脏六腑，弄清楚他们的真实嘴脸。倘若面前有“貌作新思想者”出现，鲁迅并不轻易相信他们，因为他看过许多这样的人，

“骨子里却是暴君，酷吏，侦探，小人”；倘若有人自称是“新式青年”，鲁迅也不轻易相信，因为他深知有的人“皮毛改新，心思依旧”，新式的躯壳里埋伏着古老的魂魄。鲁迅曾经说过：“向来，我总不相信国粹家道德家之类的痛哭流涕是真心，即使眼角上确有珠泪横流，也须检查他手巾上可浸着辣椒水或生姜汁。”（《华盖集续编·马上支日记》）由这样的怀疑，进而达到犀利的解剖的目的，这就使鲁迅戳穿了许多两面派的迷人假面，从而暴露出他们的真实面目。

我以为，鲁迅的“多疑”也就是怀疑精神，它包含了两方面的内容：一是对有具体当事人的指名道姓的怀疑，并且由怀疑而质问、而抨击，而升华到一般的文化意义上的批判，即由“实骂”而包含而带出了“虚骂”；一是对没有活着的具体当事人的怀疑——“从来如此，便是对的么？”——是一种超越现时代人事纠纷的纯粹意义上的对历史、对文化的怀疑，诸如“真有上帝吗”？以此类的反问，进而得出“上帝死了”的结论。痛快淋漓，让人人激动，又不开罪任何人。鲁迅的前一种怀疑，被人们目为“多疑”，多少带有贬义；而对后一种怀疑，则视为批判精神，大多并无异议。鲁迅的这种怀疑精神，在他的创作中同样留下了引人注目的深刻印记。他的杂文中对民族文化心理的挖掘和批判，刨祖坟、究根底的思维方法和写作特点，《故事新编》中对古人的调侃和嘲弄，《野草》中对自我的严格剖析和审视，《呐喊》《彷徨》中主题与形象的深刻历史内涵的现实意义，无一不渗透和贯穿着这种怀疑精神与理性思考。具体一点说，比如，在《狂人日记》里鲁迅发现：“我翻开历史一查，这历史没有年代，歪歪斜斜的每页上都写着‘仁义道德’几个字……仔细看了半夜，才从字缝里看出字来，满本都写着两个字是‘吃人’!”（《呐喊》）对此，大家齐声称颂，说这是鲁迅对历史的新发现。可是，倘若鲁迅写到，在章士钊的什么文集里，看到了“吃人”二字，那不仅是说鲁迅“多疑”了，简直要打官司。

鲁迅具体的和非具体的，换言之，牵涉到活人的纠缠的“多疑”与纯粹文化意义上的怀疑，是鲁迅怀疑精神的两个方面的表现。鲁迅太过于真诚，太过于天真，又加上他有着顽强的“硬骨头”精神，他不回避活人的纠缠，而只进行文化的批判，所以才被戴上了“多疑”的帽子。鲁迅的两方面的怀疑，都缘于中国历史与现实的启迪，鲁迅的怀疑精神、批判精神，是中国这块土地上培育出来的智慧之花。

“实骂”与“虚骂”

——鲁迅“骂人”现象的文化解析

我以为，关于鲁迅的“骂人”，从某种意义上理解可以分为“实骂”和“虚骂”两类。

所谓“实骂”，意即针对具体的某人某事，就事论事，不及其余。比如，鲁迅与高长虹冲突中关于“太阳、月亮和夜”的问题，梁实秋的“硬译”问题，刘大杰的标点本的错误问题等等，皆属此类。鲁迅的“实骂”，分析问题本身就是目的。

所谓“虚骂”，意即抓住当时的某人某事，然醉翁之意不在酒，乃在于借题发挥，生发开去。问题的本身不过是起了触发鲁迅灵感、引出话题的作用。鲁迅与引出话题的这类人并无直接冲突，所涉之事，亦无利害干系。这比较典型的应是梅兰芳、马寅初和杨荫榆的例子。鲁迅“骂”梅兰芳，是“骂”梅兰芳所象征的男扮女装之类不男不女的“太监文化”，是骂“男人看见‘扮女人’，女人看见‘男人扮’”的病态的社会人格。鲁迅骂马寅初，很大程度上是针对当时文人学者的无聊，与其说鲁迅骂马寅初，不如说鲁迅是在反抗无聊。杨荫榆的情况稍稍复杂一些。鲁迅之“骂”杨荫榆，“实骂”成分是很大的，是主要方面。但是，那篇被有的人认为有人身攻击成分的《寡妇主义》，却是“实骂”中的“虚骂”。文中，鲁迅指出杨荫榆是“寡妇”或“拟寡妇”，实行“寡妇主义”教育，对于大学生，“始终用了她多年炼就的眼光，观察一切：见一封信，疑心是情书了；闻一声笑，以为是怀春了；只要男人来访，就是情夫……”这些语言，都是不确定的推测，与杨荫榆牵涉不多。其实，杨荫榆虽然独身，但她也和鲁迅一样，是封建婚姻的受害者。据杨绛介绍，她是奉祖母之命定亲结婚的。她的夫家姓蒋。两家虽然门当户对，然蒋少爷却是一个“傻爷”，“老嘻着嘴，露出一颗颗紫红的牙肉，嘴角流着哈喇子”。成亲时，她把“傻爷”的脸皮都抓破了，后来逃回娘家，出外求学。当然，鲁迅当时并不知道她的这一身世，倘知道，接受过母亲“礼物”、与朱安有过不幸婚姻的鲁迅，在下笔讨伐“寡妇主义”时，以杨荫榆为话头，也许会有所踌躇？我以为，鲁迅关于“寡妇主义”的这种深切感受，可以说是郁积于长久，得之于偶然。他之所以如此不无刻薄地骂杨荫榆，只不过是找到了灵感的触发点，借题发挥而已。心中有思想，总是要喷发的。若不是杨荫榆，在此后的某日，碰上了牛荫榆、马荫榆，一有机会，鲁迅关于“寡妇主义”的思想，还是要表白的。

鲁迅“骂人”文章的伟大意义表现在，他“实骂”部分包含有“虚骂”的成分。鲁迅是具体的，但他不像一般的平庸的杂文家那样，拘泥于具体。他升华了，超越了，抽象了，成了哲学意义上的“一般”。

我们读鲁迅的论战文章，常常发现，面对对手洋洋洒洒的宏文伟论，鲁迅仅还以匕首般的短文，三言两语便击中要害，致使对手再也无招架、还手的余地。鲁迅的批判，例如在“庄子与文选”论争中将施蛰存称为“洋场恶少”，“两个口号”论争中称周扬为“奴隶总管"，就具体的人与事而言，确有过苛之病；但如果排除个别性与特殊性，跳出具体的人事关系，作为一种"社会典型"，却又是极其深刻的。鲁迅在谈到自己杂文写作的经验时说："砭痼弊常取类型。"所谓"取类型"，就是如上所列举的抓住典型事件或典型人物。正如鲁迅自己所解释的，"盖写类型者，于坏处，恰如病理学上的图，假如是疮疽，则这图便是一切某疮某疽的标本，或和某甲的疮有些相像，或和某乙的疽有点相同"（《〈伪自由书〉前记》）。这就是说，鲁迅是把"实骂"的对象当作一个标本的，它虚指了"实骂"对象们所代表的、所象征的人物。

鲁迅的杂文之所以实中有虚，由个别而到一般，在于他的思考绝不停留在个别的"这一个"，而是将其放在广阔的时代、社会、历史背景下进行剖析，竭力排除其个别性、具体性、特殊性，快刀斩乱麻地迅速切入本质，使其成为具有历史概括性、普遍性的"这一类"的标本。这种从个别现象立即切入本质的整体概括的思维方式，借用杜勃罗留波夫的话说，就是"在看到一件事物的一瞬间，就能够从许多偶然性中，区别出它的基本特征"（杜勃罗留波夫《黑暗的王国》）。

我们认识鲁迅的"骂人"现象，也应该跳出困宥于"实骂"的误区，跳出个别看到一般。如此，我们才算是掌握了阅读鲁迅的钥匙。可是，论者每每不察，对鲁迅的"骂人"文章，总以意气论之。对此，鲁迅当年即已感慨系之："足见读者的判断，亦幼稚者居多也。"（一九三四年五月二十二日致杨霁云信）在鲁迅写这封信的前一年多，瞿秋白就在《〈鲁迅杂感选集〉序言》中阐述过这种见解：

现在的读者往往以为《华盖集》正续编里的杂感，不过是

> 攻击个人的文章，或者有些青年已经不大知道“陈西滢”等类人物的履历，所以不觉得很大的兴趣。其实，不但“陈西滢”，就是“章士钊（秋桐）”等类的姓名，在鲁迅的杂感里，简直可以当作普通名词读，就是认作社会上的某种典型。他们个人的履历倒可以不必多加考究，重要的是他们这种“媚态的猫”，“比它主人更严厉的狗”，“吸人的血还要预先哼哼地发一通议论的蚊子”，“嗡嗡地闹了半天，停下来舐一点油汗，还要拉上一点蝇矢的苍蝇”……到现在还活着，活着！揭穿这些卑劣、懦怯、无耻、虚伪而又残酷的刽子手和奴才的假面具，是战斗之中不可少的阵线。

鲁迅视瞿秋白为知己，称“人生得一知己足矣，斯世当以同怀视之”，这在很大程度上就是因为瞿秋白理解鲁迅，认识他的“骂人”杂感的伟大意义之所在。后来，王得后等人对瞿秋白的鲁迅观有所发挥，他们认为：“鲁迅杂文是个别的，但也是一般的，抽象的。杂文中所涉及的人物、文章、事件，都是活生生的，有血有肉，有根有据，都是历史的真实，但又多有一般的意义。因此，人物的生辰八字，文章的最初出处，事件的背景过程，对读懂鲁迅杂文，似乎很要紧，其实又并不那么要紧。”（王得后、钱理群《〈鲁迅杂文全编〉前记》）是的，具体人物的恩恩怨怨既有重要的一面，也有不重要的一面；既有实的一面，也有虚的一面。应该指出的是，随着许多历史人物的相继谢世，这种实的恩怨逐渐淡化、虚化了。最后，给我们留下的、重要的将是瞿秋白所认定的作为普通名词的社会典型。

有学者恶狠狠地贬斥鲁迅杂文为“骂人文选”。首先，这是一种因不读鲁迅原著的无知所产生的误解和偏见。在鲁迅一百多万字的杂文作品中，“骂”了人或者涉及“骂人”的，充其量只占百分之一二，怎么可以将其一概斥之为“骂人文选”呢？即使鲁迅作品中最具战斗性的“骂人”部分，它们也绝不会由于得罪了某些“正人君子”，因而不断遭到他们和他们的子孙的贬斥，而失去所固有的伟大意义。倘若我们真的把鲁迅的“骂人”文章编成一部《鲁迅“骂人”文选》，那其中也自有其“大众的灵魂”和“时代的眉目”。鲁迅对自己的“骂人”文章就有这样的自信。他说：

> 这两位（按：指《中央日报·中央公园》所载《杂感》的作者洲和《文坛与擂台》的作者鸣春），一位比我为老丑的女人，一位愿我有“伟大的著作”，说法不同，目的却一致的，就是讨厌我“对于这样又有感想，对于那样又有感想”，于是而时时有“杂文”。这的确令人讨厌的，但因此也更见其要紧，因为“中国的大众的灵魂”，现在是反映在我的杂文里了。
>
> （《〈准风月谈〉后记》）

他又说：

> 这一本集子和《花边文学》，是我在去年一年中，在官民的明明暗暗，软软硬硬的围剿“杂文”的笔和刀下的结集……当然不敢说是诗史，其中有着时代的眉目，也决不是英雄们的八宝箱，一朝打开，便见光辉灿烂。我只在深夜的街头摆着一个地摊，所有的无非几个小钉，几个瓦碟，但也希望，并且相信有些人会从中寻出合于他的用处的东西。
>
> （《〈且介亭杂文〉序言》）

鲁迅的作品中，“大众的灵魂”中反映了“时代的眉目”，“时代的眉目”里也包含着“大众的灵魂”。鲁迅一生的战斗历程，若是把几次主要的“战役”罗列出来，基本上可以看到文学史的一个轮廓。鲁迅总是把当时的事和当时的人结合在一起。每一个“战役”，鲁迅往往把矛头指向对立面中有代表性的人物，痛加批判。比如，对“复古派”的斗争，鲁迅的矛头主要指向林琴南、章士钊；对“新月派”的斗争，主要指向梁实秋；对“第三种人”的斗争，则是揪住了杜衡……章士钊、陈西滢等无疑是“大众灵魂”的代表，而与他们的斗争过程，自然又留下了时代的眉目。

概而言之，鲁迅的“骂人”，有骂对的，有稍感过火的，有误会等等。但这都并不重要。它的意义在于“实骂”中包含着“虚骂”的成分；而纯粹的“实骂”部分，也将不断地被历史虚化。鲁迅留给我们的是超越个别、具体的一般和抽象。鲁迅的价值在于他的“骂人”文章给我们提供了社会典型、大众的灵魂和时代的眉目。

恋爱中的鲁迅

一、“打手心”

一九二六年秋天到一九二七年初，鲁迅在厦门大学待了一百三十五天。这期间，他和许广平天天写情书。据鲁迅的孙子周令飞统计，鲁迅是每三十六小时就写一封信。其实，还不止这样，有的信是上午写一段，下午写几行，晚上又补充一段。可以这么说，在厦门期间，鲁迅满脑子是许广平，许广平也满脑子是鲁迅。

除了叙说思念外，鲁迅也希望许广平有所长进；就是希望其有所长进的话，也带着特有的情感。许广平在一九二六年九月二十八日的信中说：“……我的作品太幼稚，你有什么方法鼓舞我、引导我，勿使我疏懒，退缩不前么？”鲁迅十月四日回信曰：“至于作文，我怎样鼓舞、引导呢？我说：大胆做来，先寄给我！不够么？好否我先看，即使不好，现在太远，不能打手心，只得记账了，这就已可以放胆写来，无须畏缩了。”十二月二日致许广平信，鲁迅再次提到了“打手心”。鲁迅希望许广平能学日文：“……还有一种吃亏之处是不能看别国书，我想较为便利是来学日本文，从明年起我想勒令学习，反抗就打手心。”鲁迅表达爱情，没有一句要死要活

“哎呀呀”的话。“打手心”，确含爱的情趣，也符合师生恋这样的特定情境。鲁迅打许广平的手心，像严父打闺女？像私塾先生打弟子？像哥哥牵过妹妹的手，欲打不忍，结果是一个吻？有趣。

十二月七日许广平致鲁迅信，其中几句很有趣味：“英译《阿Q》不必寄，现时我不暇看也不大会看，待真的阿Q到了广州，再拿出译本，一边讲解，一边对照吧。那时却勿得规避，切切！”这里，鲁迅成了阿Q！我作如是想：鲁迅和许广平紧挨着，鲁迅念英译本《阿Q》。许广平眼睛不看书里，却瞅着鲁迅。鲁迅发现了，说：“不专心，打手心。”许广平伸出手。鲁迅将要打，许广平却捏了一下鲁迅的鼻子：“你这个阿Q呀！”这种推论，应该有一定的合理性吧？

二、相思树下

厦门有一种相思树，枝丫曲直交错，绿叶蓬蓬勃勃，厦大随处可见。据说先前有一对夫妻，丈夫被迫远渡重洋，外出谋生，临行前在海边种了一棵树，相约三年以后再相见。妻子天天守在树下，眺望着茫茫大海，盼望丈夫早日归来。后来，人们便将这种树称为“相思树”。

鲁迅和许广平，一个厦门，一个广州，过的也是两地相思的苦日子。

鲁迅是一个感情丰富的人，据说，他曾经为了爱情在相思树下与猪决斗。最早提到鲁迅与猪决斗的是章衣萍。他在《谈鲁迅》一文中写道：

> 大家都知道鲁迅先生打过叭儿狗，但他也和猪斗过的。有一次，鲁迅说：“在厦门，那里有一种树，叫作相思树，是到处

生着的。有一天，我看见一只猪，在啖相思树的叶子。我觉得：相思树的叶子是不该给猪啖的，于是便和猪决斗。恰好这时候，一个同事的教员来了。他笑着问：'哈哈，你怎么同猪决斗起来了?'我答：'老兄，这话不便告诉你。'……"

（章衣萍《随笔三种》）

后来，鲁迅孙子周令飞在《鲁迅是谁》一文中透露了"一些鲜为人知的内幕"，"道出了祖父母恋爱阶段的一段逸事"。他说，鲁迅和许广平于一九二六年八月离开北京，分别到厦门与广州任教，并相约奋斗两年打下基础，将来能够生活在一起。不过，两人分处两地四个多月，饱尝了人间的相思之苦。他们在四个月里往返书信多达八十多封，差不多三十六个小时就写一封信。厦门大学里种有相思树。一天，鲁迅坐在树下思念许广平，看到一头猪跑来吃相思叶。正在热恋中的鲁迅看到代表爱情的相思叶被猪吃，和猪当场展开决斗。当时有位教员看到，他对那位教员说他与猪斗的理由是不能告人的。鲁迅最终受不了两年约定的折磨，于一九二七年一月十八日辞去了厦门大学的工作，到广州与许广平相聚。

周令飞所言，其实是脱胎于章衣萍的笔记，并不是什么"鲜为人知"的东西。章衣萍说得含蓄，没有说是因为相思。至于要与啃相思树的猪决斗的原因，鲁迅的回答是"不便告诉"。我以为，章依萍的行文是节制的，给读者留有想象的空间。周令飞比较直白，一口咬定与猪决斗是与许广平有关。周令飞的演绎，有良苦用心在，就是还原一个有血有肉、也食人间烟火的鲁迅。

这则逸闻总体是可信的，但说鲁迅坐在相思树下想许广平，也太过"小资"一点。你不是鲁迅，怎么知道鲁迅在想许广平呢？这至多是一个合理化的推论。许广平说过，鲁迅的根本特色是农民，我以为质朴的鲁迅不会有这样酸腐的思念。他看见猪在啃树，把猪赶跑了，大约事实就是这些。我相信，倘若这头猪啃的不是相思树，鲁迅也一样会把它赶跑的。至于其他，应看作是周令飞的想当然，一个合情但不完全合理的美丽的假想。

三、“邪视”

一九二六年九月三十日，鲁迅致许广平的信中，特地给许广平介绍了女学生，“听讲的学生倒多起来了，大概有许多是别科的。女生共五人。我决定目不邪视，而且将来永远如此，直到离开厦门”。这里，有点鲁迅式的诙谐，还有一点中年人的顽皮，乍看是向许广平示乖，细想应是示爱了。在二十五日的信中，鲁迅就有类似的话，“来听我的讲义的学生，一共有二十三人（内女生二人）”，如此“坦白交代”，仿佛“惧内”，实际上是逗趣，也展现了鲁迅率真的性情。鲁迅既是很有情趣的，也是率真的人。

许广平在后来的复信中是这样写的：“这封信特别的‘孩子气’十足，幸而我收到。‘邪视’有什么要紧，惯常倒不是‘邪视’，我想，许是冷不提防的一瞪罢！记得张竞生之流发过一套伟论，说是人都提高程度，则对于一切，皆如鲜花美画一般，欣赏之，愿显示于众，而自然私有之念消，你何妨体验一下？”从许广平援引的张竞生言论看，张竞生大致的意思是这样，人对一切美的东西怀有欣赏之心，“而自然私有之念消”。许广平的意思是，听你讲课的有五个女生，你也不妨欣赏一番嘛。欣赏美与消除“私有之念”有什么必然的联系呢？我看不出来。赵鑫珊有一本书叫《希特勒与艺术》，希特勒欣赏艺术，热爱艺术。艺术是美的，但欣赏这种美，并没有净化他的灵魂。所以，鲁迅认为张竞生这一观点在理论上虽然可以自圆其说，但毕竟太理想化了，严重脱离现实。

爱情是一种纯属个人的内在感情，具有明显的排他性，因而恋爱的双方一般都不会乐意自己的爱人像赏花般地鉴赏异性或被异性鉴赏。我们假设鲁迅对许广平说，他班上有五个美女，他上课走神，目不转睛地盯着她们看……那会是一番怎样的情景！

在随后的复信中，鲁迅针对许广平的话发了以下感想、感慨："邪视尚不敢，而况'瞪'乎？至于张先生的伟论，我也很佩服，我若作文，也许这样说的。但事实怕很难，我若有公之于众的东西，那是自己所不要的，否则不愿意。以己之心，度人之心，知道私有之念之消除，大约当在二十五世纪，所以决计从此不瞪了。"（《两地书》）鲁迅不无揶揄地指出，实践张竞生的主张，"大约当在二十五世纪"。鲁迅在致许广平信中的这些感慨，只不过说明张竞生太过超前，他所提倡的，只有在未来社会才可能实行。张竞生的思想毫无疑问是超前的、前瞻的，但这在中国文化里是没有适宜的土壤的。

四、尿尿问题

在《两地书》中，鲁迅有两次对许广平谈了在厦门的小解即尿尿问题。一次是一九二六年九月三十日。鲁迅天天到邮局去等信，主要是等许广平的信。他说："我到邮政代办处的路，大约有八十步，再加八十步，才到便所，所以我一天总要走过三四回，因为我须去小解，而它就在中途，只要伸首一窥，毫不费事。"住在宿舍的教员连方便都要到一百六十步外才有厕所，可见厦大当时设施之不齐全。接着，鲁迅说了晚上如何"小解"，"天一黑，我就不到那里去了，就在楼下的草地上了事"。（《两地书·四八》）网上有不知名的人评论说："不知道鲁迅在如此方便的时候，脑海里是否想起了孙悟空在佛祖掌心的杰作。这多少是有一点挑衅意味的行动，他就这样和厦门大学开战了。忍让沉默向来不是鲁迅的作风，只不过这一次，他不是用他那如匕首投枪的笔，来和这个地方，也和自己开了个玩笑。”

另一次则是同年十月二十八日，鲁迅写道：“这里颇多小蛇，常见被打死着，腮部大抵不膨大，大概是没有什么毒的。但到天暗，我已不到草地上走，连晚上小解也不下楼去了。就用磁的唾壶装着，看没有人时，即从窗口泼下去。这虽然近于无赖，但学校的设备如此不完全，我也只得如此。”（《两地书·六二》）鲁迅也承认，这种行径“近于无赖”（鲁迅性格中，就有“无赖”的“野性”，他把自己的书房取名为“绿林书屋”。绿林中人，还讲究尿尿问题吗），但这有前提，学校的设备不完全，草地上有蛇，也只能如此。

这让我想起一则逸闻，我在《鲁迅这座山》一文中说了这样一段话：“不久前，我在福建的一张小报上看到据说是厦门大学老工友的某老人对记者的谈话。他说，鲁迅住在厦大时，晚上起来撒尿，是从楼上直接往土墙上尿下来的。这位老人说：‘你不能这样干！’鲁迅说，没关系的，这土墙很快就会把尿吸收并蒸发了，等等。这位老人当时是不是学校的工友，他与鲁迅有没有交往，总之，他所说是不是真实的，这都是问题。我们现在的某些人挖掘鲁迅的这一类‘史料’，是什么意思呢？退一百步说，即使是真实的，可是，这又有什么意义呢？这又有什么了不起呢？如果这一类‘史实’也有意义，那鲁迅怎么屙屎，大约也可以作一篇洋洋洒洒的大文章了。”写《鲁迅这座山》时，我还没有留意《两地书》中的记载。这样看来，鲁迅尿尿事，大约典出鲁迅给许广平的信，只是被“老工友”一类人随意“改写”了，一传十，十传百，以讹传讹。

鲁研界曾经有鲁迅与许广平什么时候同居的争论，据说双方都很较真，还伤了和气。因为，是在某一时期某一地方同居，还是在另一时期另一地方同居，关乎是不是勾引女学生的问题。我觉得大可不必。鲁迅与许广平同居了，结为夫妻了，生了孩子了，相濡以沫、风雨同舟走了十年，这就是最大的事实。在这最大的事实面前，他们具体到什么时候同居，有什么意义呢？在这最大的事实面前，在《两地书》面前，他们什么时候同居，都是爱的自然结果。

不过，具体说到同居，凭我的生活经验，凭我的直觉，我认为他们南下之前就已经到了托付终身的程度。证据就是上面说的在厦门的小解即尿尿问题。此时，鲁迅甚至可以和许广平谈小解事，细加琢磨，以平常心推论，用老百姓的眼光看，他们的关系应是不同寻常了，难道不是吗?!

还有几句题外话，鲁迅的孙子周令飞说了这样一段逸闻：鲁迅五十多岁仍然顽皮，有一次，他以橡皮筋发射纸子弹，打向尿尿的路人的屁股。这样看来，鲁迅也不喜欢随便尿尿。当然，孤岛荒地与大上海，环境毕竟不一样。在我居住的郊外桂山，晚上随地尿尿是可以的；在福州的五一广场或什么富人公寓随地尿尿，那自然是不行的。还有，鲁迅的年龄也不一样了，与厦门时候比，娶了许广平的他，也许少了些“野性”？

顽皮的小老头

在鲁迅的世界徜徉，看来看去，我竟看到了鲁迅的顽皮，有时甚至是捣乱，或者说是恶作剧。

一九二六年十月二十八日，鲁迅在厦门给许广平写信，这是一封特别有趣的信，充分表现了老夫子的“顽皮”习性。信中说，“楼下的后面有一片花圃，用有刺的铁丝拦着，我因为要看它有怎样的拦阻力，前几天跳了一回试试。跳出了，但那刺果然有效，给了我两个小伤，一股上，一膝旁，可是并不深，至多不过一分”。铁丝拦着，要跳跃，要捣乱，这分明是孩子的行为，鲁迅却一时兴起，试着冲击，结果自然不妙。他也怕“害马”怪罪，接着说，“这是下午的事，晚上就痊愈了，一点没有什么。恐怕这事会招到告诫，但这是因为知道没有什么危险，所以试试的……”对此，许广平在十一月七日的回信中也幽了一默：“对于跳铁丝栏，亦拟不加告诫，因为我所学的是教育，而抑制好动的天性，是和教育原理根本刺谬的。”鲁迅在许广平面前，有时像一个孩子，有孩子一样的顽皮。鲁迅的孙子周令飞说了这样一段逸闻：鲁迅五十多岁仍然童心未泯。一次，夜静更深，外面的猫不停地叫春，屡屡打断他写作的思路，鲁迅随即拿起手边的五十支装铁皮的香烟罐，对着可恶的猫发射。还有一次，他以橡皮筋发射纸子弹打向尿尿的路人的屁股……

这种顽皮的、捣乱的习性，在鲁迅的作品中，也能找到蛛丝马迹。我们先来看看《我的失恋》：

我的所爱在山腰；
想去寻她山太高，
低头无法泪沾袍。
爱人赠我百蝶巾；
回她什么：猫头鹰。
从此翻脸不理我，
不知何故兮使我心惊。

我的所爱在闹市；
想去寻她人拥挤，
仰头无法泪沾耳。
爱人赠我双燕图；
回她什么：冰糖壶卢。
从此翻脸不理我，
不知何故兮使我胡涂。

我的所爱在河滨；
想去寻她河水深，
歪头无法泪沾襟。
爱人赠我金表索；
回她什么：发汗药。

从此翻脸不理我，
不知何故兮使我神经衰弱。

　　我的所爱在豪家；
想去寻她兮没有汽车，
摇头无法泪如麻。
爱人赠我玫瑰花；
回她什么：赤练蛇。
从此翻脸不理我。
不知何故兮——由她去罢。

爱人送来的分别是百蝶巾、双燕图、金表索和玫瑰花，这些礼物颇有浪漫情趣，都有爱意在。那么，“我”回送的是什么呢？分别是猫头鹰、冰糖壶卢、发汗药和赤练蛇——这太过古怪，让人有不可思议之感。

孙伏园是鲁迅的学生，这首诗是经他的手发表的。鲁迅还在世的时候，他说过这样的话：“他所爱好的东西，未必是人人所能了解。这一层鲁迅先生自己同我说过，如果别人以为‘回她什么’以下的东西（猫头鹰、冰糖壶卢、发汗药、赤练蛇）有失‘投我以木桃，报之以琼瑶’的意义，那是完全错误的，因为他实在喜欢这四样东西。”（孙伏园：《京副一周年》）鲁迅的老友许寿裳后来也说过：“这首诗是挖苦当时那些‘阿唷！我活不了啰，失了主宰’之类的失恋诗的盛行而作的。……阅读者多以为信口胡诌，觉得有趣而已，殊不知猫头鹰本是他自己钟爱的，冰糖壶卢是爱吃的，发汗药是常用的，赤练蛇也是爱看的。还是一本正经，没有什么做作。”（许寿裳：《鲁迅先生的游戏文章》）

这种与诗人亲近者的考据，与作品本身有着一定的距离，创作就是创作，不是生活。但是，鲁迅信手拈来，怎么就是这四样他生活中实有的东西呢？这里，我们不去深究，姑且认同它们的实在性。回送爱人自己最喜爱的猫头鹰和最爱吃的冰糖壶卢（葫芦），虽然惊世骇俗，也还勉强说得过去，也还有几分浪漫在。可是，自己经常要用的发汗药，也送给爱人，让她一起发汗？这不能不说有恶作剧的成分。至于送赤练蛇，无论自己是多么喜欢看，如果生活中有谁真送了，也会吓坏了心爱的女子，哪怕这女子是属蛇的。这不能不说是使坏了。鲁迅说："我自己对于苦闷的办法，是专与袭来的苦闷捣乱，将无赖手段当作胜利，硬唱凯歌，算是乐趣。"《鲁迅：为爱情作证》一书的作者胡尹强认为，《我的失恋》"就是诗人……面对爱情时的焦虑、苦闷、彷徨的一次捣乱，一次硬唱凯歌，一次解嘲，一次自我调侃"。胡认为，《我的失恋》的主题是"在幽默、夸张和戏谑中，同自己在恋爱中的彷徨、苦闷、焦虑和自卑感捣乱，从而也消解了彷徨、苦闷、焦虑和自卑感"。

从艺术的角度说，把百蝶巾与猫头鹰摆在一起，把玫瑰花与赤练蛇摆在一起……形成了强烈的反差，就好像刘姥姥进了大观园并醉卧宝玉的花床中，就好像细嫩的冬妮娅在冰天雪地见了乞丐一样的糙人保尔·柯察金，就好像在装修精美的客厅挂着一件饱经岁月的蓑衣，就好像毛泽东敢于在高雅的诗词中突兀镶进"不须放屁"的绝唱……只有顽皮的人才会有这样使坏的勇气，从而，在这种反差中，给人骤雅骤俗、骤热骤冷的刺激，也给人留下了不可磨灭的印象。

再有，那篇《立论》，写一家人家生了一个男孩，全家异常高兴，当孩子满月的时候，抱出来给客人看，为的是从人们的赞颂中得到一点好兆头。这时三个客人说了三句不同的话，得到了不同的回应，说“这孩子将来要发财的”，得到的是一番感谢；说“这孩子将来要做官的”，收回的是几句恭维；说“这孩子将来是要死的”，“他于是得到一顿大家合力的痛打”。前面两位的话，包含着世俗的世故，很大程度上是扯淡；而后者，在一个生命刚刚开始的时候，却过早地说出它的终结。这固然是大实话，虽然此文有着客观的象征性和寓意，我却不得不说，这是捣乱，这有出于鲁迅顽皮天性的使坏的因素在。

一个伟大人物，必定有率真、孩子气的一面。鲁迅从小到老甚至到死的不变的天性，足以证明他是一个率真的人，一个率性的人，一个终生有着孩子气的人。虽然具备这些灵魂要素的人未必都成为伟人，但真正的伟人，一定是至死都怀着真性情，怀着孩子气的人，就像这个顽皮的小老头。

“狗脾气”

有一位知名学者对我谈起鲁迅的儿子周海婴，他从周海婴的一件事，谈到了鲁迅。他说，从周海婴的为人，看到了乃父的影子。我对这一话题极感兴趣，立即想到了鲁迅的祖父周福清和弟弟周作人。

先说鲁迅的祖父。一八九二年除夕，鲁迅曾祖母戴氏病逝。在京城做官的周福清报了丁忧，奔丧回到绍兴。

一八九三年秋天，鲁迅的家里发生了一场很大的变故。正逢浙江乡试，主考官是周福清的同榜进士殷如璋，算是熟人。除了鲁迅的父亲周伯宜之外，还有几家周家的亲戚参加这届考试，大家认为机会难得，便再三恳请周福清从中通关节，贿赂主考官。“亲友中有人出主意，招集几个有钱的秀才，凑成一万两银子，写了钱庄的期票，请介孚公去送给主考，买通关节，取中举人，对于经手人当然另有报酬。介孚公便到苏州等候主考到来，见过一面，随即差遣跟班将信送去。那时恰巧副主考正在主考船上谈天，主考知趣，得信不立即拆看。那跟班乃是乡下人，等得急了，便在外面叫喊，说收到银信为什么不给回条。这事情便戳穿了，交给苏州府去查办。知府王仁堪想要含糊了事，说犯人素有神经病，照例可免罪。可是介乎公本人却不答应，公堂上振振有词，说他并不是神经病，历陈某科某人，都通关节中了举人，这并不算什么事，他不过是照样来一下罢了。事情弄得不可开交，只好依法办事，由浙省主办，呈报刑部，请旨处分。”（周启明：《鲁迅的青年时代》）这件事一直闹到皇帝那里，光绪谕旨判为“斩监候”（就是说等到这年的秋后处决）的重刑。这就是轰动一时的所谓“钦案”。后来虽未被斩，却也饱受八年牢狱之苦。估计这位知府是周福清的熟人，要网开一面，“含糊了事”。周福清却不买账，硬是给顶了回去，别人也这样干了，我为什么不能这样干？别人闯红灯，我为什么不能闯红灯？和尚摸得，我为什么摸不得？死到临头，还要苦撑，斗一口恶气。

再说周作人。周作人是汉奸，这是众所周知的。抗战胜利后，因汉奸罪被判处有期徒刑。他是不服的，振振有词，说他当汉奸当得有理，如果他不当汉奸，有比他更坏的人当汉奸。据说，他是唯一一个当了汉奸而不忏悔的人。新中国成立后，他先后上书周恩来、毛泽东，说自己与日本方面是“虚与委蛇”，并有“明的暗的抗争”，不是“合作”，说明自己是“敌人认为是他们斗争途上之障碍物，积极之妨害者，必须扫荡摧毁之对象”，“表明不是合作得来的人”云云，找出了种种理由为自己的汉奸行为开脱，一条道走到黑，大有我不下地狱谁下地狱的雄辩。他的思维方式是：错，自己也错得有理。这里，周作人的德性与周福清是不是有一点相似之处？

鲁迅的论敌可谓多矣，他一生中，与旧礼教的卫道士“国粹派”之流战，与“正人君子”陈源之辈战，与诱劝学生进入研究室莫问国事的胡适之流战，与御用文人如民族主义文学派战，此外，与创造社、太阳社以及三十年代“左”的暗流战……正如何满子所言，鲁迅从来就为卫道的君子们所敌视，为屠伯们所痛恨，为“死的说教者”所嫉忿，为形形色色的帮凶帮闲们所疾首，为“拉大旗作虎皮”的帮朋派友们所忌惮，也为讲究“中庸之道”的“中正和平”的人们所不满。鲁迅是左右开弓，独战众数，结果是“两间余一卒，荷戟独彷徨”，成了孤家寡人，成了千夫所指的国民公敌。然而，将死之际，对一切怨敌依然横眉冷对，连眼珠子也不转过去。在《死》一文中，鲁迅说：“只还记得在发热时，又曾想到欧洲人临死时，往往有一种仪式，是请别人宽恕，自己也宽恕了别人。我的怨敌可谓多矣，倘有新式的人问起我来，怎么回答呢？我想了一想，决定的是：让他们怨恨去，我也一个都不宽恕。”好一个“一个都不宽恕”，这是活生生的喝狼奶的鲁迅的形象，是“硬骨头”精神的生动写照。

从表面上看，鲁迅和周作人是对立或对应的。鲁迅给人激愤、抑郁、肃杀的感觉，周作人则给人平和、散淡、沉稳的印象。孙郁说，“鲁迅似乎站在地狱的门口，不断向人间发出惨烈的吼声；周作人则仿佛书斋中的道人，苦苦地咀嚼着人间涩果，把无奈化为轻淡的笑意，超然地弹奏着人性之歌”。所有这一切，当然有一定的道理，但或许都只是表面上的不同，属于浅层次的印象。家人之间，不同，是外在的；相同，才是本质的。作为有血缘关系的同一家族中人，他们必有本质的相似之处。从以上的事实看，鲁迅的祖父周福清与鲁迅，鲁迅的弟弟周作人与鲁迅，他们有一个本质的共同点，那就是，为人倔强，性格属刚毅一类，都有“狗脾气”。虽然这种“狗脾气”表现在不同的地方，表现的方式也不一样，承载的内涵更是不同，但在“犟”性上是一致的。

民间有这样两句话，一句是“知子莫如父”，为什么“莫如父”呢？因为父亲从儿子身上看到了自己的影子，所以对儿子的了解也就八九不离十了；另一句是“相亲先看丈母娘”，这又是什么道理呢？因为丈母娘的今天，就是你媳妇的明天。丈母娘得糖尿病，你媳妇也有患此病的极大风险。从科学上讲，这是遗传，是基因在起作用。文章开头提到的那位学者，从鲁迅的儿子看到了鲁迅的影子，反过来，我们从鲁迅身上，大约也可以看到他儿孙的蛛丝马迹吧。

鲁迅当“官”

鲁迅这一生，与官也沾了一点边的。从一九一二年到一九二六年，鲁迅始在南京临时政府，进而到北京北洋政府，为教育部部员。一九一二年八月二十一日，时任临时大总统的袁世凯任命二十二名教育部佥事，据专家考证，相当于今天的正处长，其中就有周树人、许寿裳。鲁迅在第二天的日记里写道：“晨见教育部任命名氏，余为佥事。”鲁迅在教育部度过了他三十二岁至四十六岁的大好时光。

到厦门大学，如果按照今天的时尚，大学处处与官场相比照，鲁迅也是混了个“文科学长”的；到了中山大学，鲁迅则被任命为文学系主任兼教务主任。这两个职务按今天的说法相当于正处级或副厅级。

对于当官，鲁迅从来就没有表现出有什么特殊的兴趣。在教育部那么多年，应该说做了不少具体的也是有益的工作，比如主持设计国徽、参与京师图书馆及分馆的建设工作、筹建历史博物馆、参加读音统一会促成注音字母的通过、举办儿童艺术展览会、协办专门以上学校成绩展览会、参与通俗教育研究会的工作、审听国歌、整理“大内档案”、整理德商藏书、检查文溯阁《四库全书》等等。

应该说，教育部的活儿不是那么忙累，也无所谓实权，更应该看成是闲差。

鲁迅初入官场时，似乎是有所热望、有所憧憬的，但政府的所作所为很快让他失望。鲁迅渐次游离官场文化，重新找寻自己的精神寄托。在《不是信》中，鲁迅说，官职不过是他的饭碗，衣食所在而已，“目的是在弄几文钱，因为我祖宗没有遗产，老婆没有奁田，文章又不值钱，只好以此暂且糊口”。

在缓慢游离官场文化的过程中，鲁迅开始渐渐看不顺身边的人在仕途上的努力。一九二四年，孙中山北上，拟开善后会议，共商南北政府议和大事。鲁迅的好友杨莘耜任善后会议秘书，为此常与代秘书长许世英及安福系政客混在一起。有一天，鲁迅遇见杨氏，半含讥讽地笑说：“你现在奔走权门了！”从此，二人关系疏远下来。此时，鲁迅对积极仕进者不说有恶感，也绝无好感可言。他在一九二六年六月二十六日所作的《马上日记》记道：

> 午后，织芳从河南来，谈了几句，匆匆忙忙地就走了，放下两个包，说这是“方糖”，送你吃的，怕不见得好。织芳这一回有一点发胖，又这么忙，又穿着方马褂，我恐怕他将要做官了。

文中所说的“织芳”，就是鲁迅的学生荆有麟。鲁迅猜得不错，不到一年，荆有麟为国民军总司令冯玉祥办起了报纸。此后又两次央鲁迅写举荐信，寻求进身之路。鲁迅能央求谁呢？荆有麟找错了人，他最好去找胡适，胡适是乐此不疲的。

鲁迅为“官”时，从来没有半点官的样子。鲁迅是鄙夷官场的，甚至不愿继续为官。

在厦门大学，他除了写情书、发牢骚、上上课以外，哪点有

“文科学长”的派头？如果有，去银行领工资，人家也不至于要先打一个电话，落实一下此人是不是周树人了；如果有，马路边挑担的理发匠也不会问他要不要理发了。

至于在中山大学的任职，可以说一上任就不想干了。一九二七年二月二十五日他给章廷谦的信中说：

> 中大定于三月二日开学，里面的情形，非常曲折，真是一言难尽，不说也罢。我是来教书的，不意套上了文学系（非科）主任兼教务主任，不但睡觉，连吃饭的工夫也没有了。这样下去，是不行的，我想设法脱卸这些，专门做教员，不知道将来（开学后）可能够。但即使做教员，也不过是五日京兆，坐在革命的摇篮之上，随时可以滚出的。不过我以为教书可比办事务经久些，近来实也跑得吃力了。

怎样忙得“连吃饭的工夫也没有了”，鲁迅在《在钟楼上》一文说得具体一些：

> 在钟楼上的第二月，即戴了“教务主任”的纸冠的时候，是忙碌的时期。学校大事，盖无过于补考与开课也，与别的一切学校同。于是点头开会，排时间表，发通知书，秘藏题目，分配卷子……于是又开会，讨论，计分，发榜。工友规矩，下午五点以后是不做工的，于是一个事务员请门房帮忙，连夜贴一丈多长的榜。但到第二天的早晨，就被撕掉了，于是又写榜。于是辩论：分数多寡的辩论；及格与否的辩论；教员有无私心的辩论；优待革命青年，优待的程度，我说已优，他说未优的辩论；补救落第，我说权不在我，他说在我，我说无法，

他说有法的辩论；试题的难易，我说不难，他说太难的辩论；还有因为有族人在台湾，自己也可以算作台湾人，取得优待“被压迫民族”的特权与否的辩论；还有人本无名，所以无所谓冒名顶替的玄学底辩论……

（《三闲集》）

鲁迅的描述是充满幽默的无奈，还有无聊。整天都是如此让人头疼的无聊的事情，而且没完没了，这样的破官，当了有什么意思呢？弄权者可能会从中体会到指使人的快感，而较鲁迅而言，无异于一种折磨。鲁迅能不去职吗？一九二七年一月二十五日，中山大学举行欢迎会欢迎鲁迅，九月二十七日鲁迅便离开了广州，往上海去了，前后待了八个月。对官迷来讲，这时间实在太短了，对鲁迅而言，这真是饱受折磨、实在难熬的日子！

在做具体的行政事务这一问题上，我想，鲁迅是一介书生，是以文立身的人，不是办事的人。事实上，如果让鲁迅这样的人去办具体的事，很大可能是要误事的。另外，让不是办事的人去办事，也是对他们才华的极大浪费。鲁迅终于做不成种种的“官”，他最渴望的生活是读写生活。

于是，他回到了自己。

何满子说：“谁记得神圣罗马皇帝？但人们永远讴歌但丁的《神曲》；谁记得詹姆斯一世或伊丽莎白女王？但莎士比亚却永远是英国人的骄傲；谁记得魏玛大公和维也纳神圣同盟的各国帝王们？但歌德却光辉奕世。”诚哉斯言！民国以前的事就不说了吧，民国以降，历届政府，从中央到地方，诞生了多少高官显宦，但是，鲁迅是唯一的，哪怕地球消亡前一个小时，在这个世界上还有无以计数的人记着但丁、莎士比亚、歌德，还有鲁迅。

说“鸟”

鲁迅和胡适还是有很多共同点的，鲁迅写了《中国小说史略》，胡适则有《中国章回小说考证》。我估计，他俩和洒家一样，古典小说中可能更加爱读《水浒传》，为什么这么说呢？《水浒传》中李逵的名言是：“招安招安，招个鸟安！”“杀到东京，夺了鸟位！”我有一个发现，两位新文化运动的大师，都爱用李逵们常用的这个“鸟”字。

鲁迅是比较粗野的，他的书房即取名为“绿林书屋”，绝对没有士大夫那么雅致，虽然手无缚鸡之力，与水浒中人，似是同道。鲁迅的血液中，带有很强的野性。在厦门时，深更半夜，将尿的尿从楼上往下泼等等，这些“劣迹”是正人君子所没有的。所以，当瞿秋白说他是喝狼奶的人时，当瞿秋白发现了他的狼性时，他甚至感到心灵被照亮了，写下了“人生得一知己足矣，斯世当以同怀视之”这样的条幅相赠。这是两个一样有着野性的正统社会的叛逆者和掘墓者的心灵契合。所以，鲁迅“鸟”随口而出，犹如天成。在《范爱农》中，留学生抵横滨，被关吏翻出一双绣花的弓鞋来，鲁迅“心里想，这些鸟男人，怎么带这东西来呢”，很是不满。好一个

“鸟”字，既可读出鲁迅心态的年轻，还能看出他的野性。

胡适留学西洋，不是长衫马褂，就是西装领带，衣冠楚楚，正人君子，属鲁迅说的“有身份的上等人”一类。可是，或许《水浒传》看多了，耳濡目染，竟也出口成“鸟”了。

一九一五年夏，一向温文尔雅、宽容大度的胡适，已确定转学哥伦比亚大学攻读哲学博士学位，一时心血来潮，做了一件事后心中“甚为懊悔”的轻率之事——当时驻华盛顿清华学生监督处的主办书记钟文鳌，热心于中国社会的改革，在每月给学生寄支票的同时，信封里总要插入一张小传单，印有：

不满二十五岁，不娶亲。
废除汉字，取用字母！
多种树，种树有益。

平时，胡适熟视无睹，总是把它丢进纸篓了事。而此时，他却在钟文鳌的小传单背面写上：“像你这样的人，既不懂汉字，又不能写汉字，而偏要胡说什么废除汉字，你最好闭起鸟嘴！”好一个“鸟嘴”，一向太过阴柔的胡适，骤然有了一股阳刚之气！

有人说，这是文质彬彬的胡适一生中唯一一“鸟”（似乎是唐德刚说的），其实不然，我后来又发现胡适甚至比鲁迅还多了一“鸟”。二十世纪二十年代初的一个“双十节”的前夕，上海的几家报馆约胡适写纪念文章，因为时间紧，他便作了一首诗，题为《双十节的鬼歌》，最后一节写道：

别讨厌了，可以换个法子纪念了！
大家合起来，赶掉这群狼。

推翻这鸟政府，起一个新革命，造一个好政府：

那才是双十节的纪念了！

那时的胡适，忙着推销他的“好政府主义”，满脑子都是“好政府”。我想，之所以满脑子“好政府”，是因为见多了“鸟政府”，并且太过厌恶、憎恨“鸟政府”的结果，事实上是满脑子的“鸟政府”。一不小心，温和的、一向主张改良的胡适当了一回“革命党”——他居然要“推翻这鸟政府”了！

伟哉，胡适！

台湾作家吴锦发写了中篇小说《消失的男性》，一个爱鸟者，把自己变成了鸟，身上长满羽毛，飞了——成了标准的“鸟人”。在现实生活中，我们骂“鸟人”时，多是念作飞鸟的“鸟”，电视连续剧《水浒》也是这么念的。这是错骂了，读错音了。查《现代汉语词典》，所谓“鸟”，同“屌”，音diao，上声，“旧小说中用作骂人的话”。

只要知道了“鸟”即“屌”，那就知道这个“鸟”字是实实在在的骂人话了，出自鲁嘴，不足为奇；出自胡嘴，真是胡说！

“鸟”就“鸟”了，其奈我何？不亦快哉？“不须放屁，试看天地翻覆”！满嘴脏话虽粗俗，一生不“鸟”非丈夫。老舍说，“粗野是一种力量，而精巧往往是种毛病”，胡适终于克服了“毛病”，从而获得了阳刚的力量，终于像了一条汉子！

鲁迅的手稿包油条

朋友陈震是个深谙书法之道的散文家。他对我说，鲁迅长时间抄古碑，书法力透纸背、入木三分，说现代第一家也不为过。我不懂书法，虽然知道鲁迅的书法好，但好到什么程度是心中无数的。我听人说过，郭沫若的书法是“当代第一家”，就请教陈震，较之郭如何？陈震对郭不屑，意思是，鲁迅的书法到了自然生成的境界，而郭沫若却处处可见写的痕迹。当然，这也属一家之言。

鲁迅的墨迹，现在大多被国家收藏，民间怕是不易求得。我读鲁迅多矣，不曾见有人说鲁迅的字是褊狭的，会引发地震，不像胡适的字那样忠厚而宽容。就是说，鲁迅有那么多的论敌，还没有一个攻击过鲁迅的字。退一步说，哪怕鲁迅的字写得不好，现在要是能求得一幅鲁迅的字，也一样难得！一样珍贵！巴金的字是写得比较差的，冰心的字也好不到哪里去，但如果有谁收藏了他们的字，应该也不会随便出手。

有一回，我在叶永烈家坐，对他的碎纸机感到好奇，我问他，为什么要买这劳什子？他说，他每月都会收到别人赠送的刊物，他把信封和垃圾一起扔了，可是，信封上因为写有“叶永烈”的大名，总是被人从垃圾中捡了收藏。所以，买了碎纸机。他人写给叶永烈的信封都有人要收藏，如果是叶永烈的亲笔题字，又该如何？我是相信叶永烈的话的。一九九一年，我在一家少年儿童出版社工作，当时出了一套《绘画本二十五史》，居然也可以在上海搞签名售书！司马迁等原作者是不便来了，改编本的主编之类也没有现身，那也没关系，就请出版社方面的责任编辑签名吧。于是，一个社长、一个编辑室主任在那里签得不亦乐乎，大家都排队等待。如非亲眼所见，真叫人不敢相信。责编签字的书都有人等着要，写给叶永烈的信封当然也有人要收藏的。

有这样的收藏队伍，就有人在这方面装隆重。当代作家字写得好的是凤毛麟角，陕西有个贾平凹，福建有个陈章汉。前些天读一家文艺类的报纸，一位二三流的作家，把他二三流作品的手稿捐赠给某家文学馆，居然还煞有介事地搞了一个捐赠仪式，登出了大幅相片，隆重极了！我是一个贪钱的人，当时我就想，捐什么赠啊，干脆来拍卖算了，不更实惠?!

以上乱扯一通，是因为再读萧红的《回忆鲁迅先生》时，注意到了这样一段话："鲁迅先生的原稿，在拉都路一家炸油条的那里用着包油条，我得了一张，是译《死魂灵》的原稿，写信告诉鲁迅先生，鲁迅先生不以为稀奇。"鲁迅当然是不以为奇的。别看鲁迅是一位文豪，其生活方式很大程度上就像一个农民。萧红说，"鲁迅先生坐在那儿和一个乡下的安静老人一样"。据许广平回忆，鲁迅经常用自己草稿的背面来擦屁股，许广平不时说他，他依然故我。这一点，在萧红这里也得到了印证。萧红说："鲁迅先生出书的校样，都用来揩着桌，或做什么的。"做什么呢？鲁迅请人在家吃鸡，手油腻腻的，他就一人分一张校样，让大家擦擦手。还好徐志摩之流不曾成为鲁迅的座上宾。倘若他和鲁迅一起吃鸡，鲁迅分给他和陆小曼一人一张清样，那作为“英美派”的徐志摩和交际花的陆小曼也将有一双黑手，不起鸡皮疙瘩才叫活见鬼了！

时代毕竟进步了，老汉痴长五十，吃了无数油条，不要讲鲁迅的墨宝来包油条，我一直渴望着能买到贾平凹或陈章汉的哪怕是他们的清样包的油条。终于没有，我真是枉吃了五十年的油条！鲁迅这样的不文明、不卫生的习惯被所有的文明人所拒绝，便是鲁迅写在火柴盒上的字，也被当作文物收藏。不要讲鲁迅这样的历史人物，就是二三流作家的手稿，也要搞一个捐赠仪式，可见，我们这个时代是尊重知识，更是尊重知识分子的。善哉！

略论鲁迅的脸

在中国海洋大学文学院做的《少不读鲁迅，老不读胡适》的演讲中，韩石山在谈到“读鲁迅的书是让人长脾气的，读胡适的书是让人长学问的”的时候，结合他的人生经历，对“年龄小”的大学生说：“我告诉你们吧，从我的接触看，凡是读鲁迅多的人，尊奉鲁迅的人，脾气都很大，不光脾气大，连面部表情都变了，成了这个样子（做立眉瞪眼状），猛一看，真是狰狞可怖。不要笑，就是这样的。我过去也是这样的，整天阴沉着脸，像谁欠了我二百块钱似的。”韩石山做什么鬼样，我没在现场，不好置喙。我想，大约是对我们常见的鲁迅“横眉冷对”状进行夸张？也未可知。韩石山虽然没说，但结合他对鲁迅的全面评价，应该有这样的想说而未说之言吧：鲁迅是动辄发脾气的不会笑的动物。否则，何言多读一些鲁迅，尊奉了鲁迅，就会“狰狞可怖”呢？

是的，我不否认，我印象中的鲁迅有一副苦脸，鲁迅是冷峻的。他运交华盖，心事浩茫，生活在“非人间”的旧中国，生活在大小奴才当中，见惯了奴才们挤轧着争当大小主子的丑态。他蹙着眉，叹息着，他甚至感叹曰：这样的中国人！

鲁迅不虚伪，看见自己不喜欢的人，掉头就走，不会像“英美派”的正人君子那样很绅士，很有西洋教养，开口闭口：“古貌林！好杜有图！古鲁几哩……OK！”也不会像中国的士大夫那样：“这个，啊哈，哦，今天天气，哈哈哈……”鲁迅面无表情地蔑视着可蔑视的，同时，蔑视着被蔑视者的蔑视，连眼珠子都不转过去。

韩石山也提到人们对鲁迅的评价，说鲁迅是“托尼学说，魏晋文章”。为了写这一段文字，我特地把我家中所藏尼采和列夫·托尔斯泰的书全找出来，想看看他们的照片，看看他们会不会像韩石山书中自选的相片那样，很委婉地笑着。结果却实在不妙，不仅尼采和托尔斯泰不曾笑，叔本华、弗洛伊德、凡·高等等，总之，我家收藏的智者的相片，都不笑，一律“狰狞可怖”。他们一律承受着生命中不能承受之重。

德国汉学家顾彬（Wolfgang kubin）也是不会笑的动物。据说，他那张沟壑纵横的脸总是给人阴郁、严肃的感觉，第一次见面会让人害怕。他对中国人的爱笑，倒是有一段让人发笑的有趣的话：“你们中国人太爱笑，就老有人问我为什么不笑。我告诉他，如果所有人都爱笑，这个世界就太没意思了。”我又想起《红楼梦》中的薛宝钗，她的脸上总是挂着委婉的笑，而林黛玉，就是笑了，也有点苦，或是酸。唉，这可如何是好啊！

冷峻，是鲁迅和尼采、叔本华、托尔斯泰等先贤先哲们的主基调。但是，这样说，也不是认定鲁迅是不会笑的动物。许广平曾经跟周海婴说过，鲁迅在家里，高兴起来哈哈大笑，三间屋子都听得到。与鲁迅有较多接触的女作家萧红写的《回忆鲁迅先生》一文，文章开头就是：“鲁迅先生的笑是明朗的，是从心里的欢喜。若有人说了什么可笑的话，鲁迅先生笑得连烟卷都拿不住了，常常是笑得咳嗽起来。”我们看鲁迅与青年在一起的相片，他手夹着烟，仰首，灿烂地笑着。可以看出，那笑发自心底、来自灵魂的欣悦。周令飞曾帮助周海婴整理《鲁迅家庭大相簿》。他说："在我整理过的一百张爷爷的生活照中，有二十二张他是面带微笑的。"能这样开怀大笑的人，基本上是胸无城府的人，是率真的人。而那种很讲究笑的艺术，比如，像薛宝钗那样，就是笑，也很含蓄，笑于需笑之时，止于当止之际，那样的笑不说是职业化的笑，也是十分讲政治的笑。

至于鲁迅的追随者，或者说信奉鲁迅的人，这些年因参加各种有关鲁迅的学术研讨会，可以说，"吃鲁迅饭"的人，我基本上都已目睹，他们不少是有幽默感的，甚至还有智慧的优越感。说实在话，他们中有忧心忡忡的人，也有愁眉苦脸的人，但确实找不到像韩石山说的"狰狞可怖"的。韩石山见了谁有这样的嘴脸，如果能举例一二，让我们也有幸瞻仰，不亦有趣！

韩石山有举重若轻的大气魄，在中国现代文学馆做的题为《骨气与学问》演讲中，他说：

> 不能把独立思考看成是痛苦的事。真正的独立思考，应当充满着乐趣，是赏心乐事，是人生的一种享受。那种为了标榜独立思考、思想深刻就整天愁眉苦脸的人，我是看不上眼的。思考是在脑子里进行的，不是在脸上进行的。有个思考的样子就行了，哪儿用得着那么一副苦相，眉头紧蹙，痛不欲生。……思考的问题，或许是沉重的、痛苦的，思考本身应当是轻松的、愉悦的。
>
> 愁眉苦脸的作家，肯定不是好作家。
>
> 愁眉苦脸的哲学家，肯定不是好哲学家。
>
> 愁眉苦脸的政治家，也肯定不是好政治家。

这样看，嬉皮笑脸的“王朔们”，肯定是“好作家”（我还不敢说韩石山也是嬉皮笑脸的），笑得很委婉的金庸也难免成为好作家。但我看到的作家，比如高尔基，整天就是愁眉苦脸的，哲学家叔本华也大致如此，不知道他们应该算“好”还是“不好”。

一位山西作家，面对不断的矿难，面对黑煤窑，面对那些死去的人们，他们在思考相关问题的时候，其表情会是“放松”和“愉悦”的？就像我相信大多的山西作家做不到一样，我相信韩石山是可以做到的——他的笑，一向很委婉。

还好，韩石山打住了，他不曾说：“愁眉苦脸的人，不是好人。”

鲁迅是怎样当父亲的

觉醒的父母，完全应该是义务的，利他的，牺牲的，很不易做；而在中国尤不易做。中国觉醒的人，为想随顺长者解放幼者，便须一面清结旧账，一面开辟新路。就是开首所说的："自己背着因袭的重担，肩住了黑暗的闸门，放他们到宽阔光明的地方去；此后幸福的度日，合理的做人。"

——鲁迅《坟·我们现在怎样做父亲》

一、"偶失注意，遂有婴儿"

鲁迅和许广平本意是不要孩子的，他们之有子嗣是出乎意料的。鲁迅在一九三一年四月十五日致李秉中的信中说：

生今之世，而多孩子，诚为累坠之事，然生产之费，问题尚轻，大者乃在将来之教育，国无常经，个人更无所措手，我本以绝后顾之忧为目的，而偶失注意，遂有婴儿，念其将来，亦常惆怅，然而事已如此，亦无奈何，长吉诗云：己生须己养，荷担出门去，只得加倍服劳，为孺子牛耳，尚何言哉。

一个人，为了不停息地工作，却要绝后顾之忧，牺牲养育子嗣的权利，这又是怎样的哀痛者和幸福者啊！

所谓后顾之忧，首先是抚养和教育经费的问题，也还有为此而耗费的心力和体力的问题。在致母亲的信，致萧军、萧红的信，致增田涉的信和致山本初枝夫人的信中，鲁迅大量地谈到“孩子是个累坠，有了孩子应有许多麻烦”，妨碍写作和学习。鲁迅认为孩子看看是可爱的，养起来却十分繁难。

所谓后顾之忧，还有就是株连了，一个病态的社会是容不得辛辣的社会批评家的。正人君子者流总是觉得他可恶，因而千方百计给以种种攻击，这攻击有时候又要牵连子嗣。当鲁迅没有孩子的时候，曾有人说，这是他做人不好的报应，要绝种的。这也是中国人相当普遍的传统咒骂，“断子绝孙的阿Q”就是精彩的一笔。可是，当鲁迅有了孩子，却又并不证明是“善报”。这时候《鲁迅大开汤饼会》之类的诬蔑，此起彼伏。鲁迅曾愤怒地指出，连出世不过一年的婴儿，也和他“一同被喷满了血污”。尤其当特务加紧迫害，欲追索鲁迅的时候，鲁迅则更需要“挈妇将雏”，离家避难。鲁迅不要子嗣的观念，完全是在旧中国这样特定的历史条件下形成的。

二、海婴的居室

鲁迅对孩子是十分怜爱的。他说：“既已生之，必须育之，倘何言哉。”对于海婴的居室，鲁迅所做到的，“总是拣最风凉的给小孩睡。冬天，也生起火炉来，海婴卧室一只，鲁迅叨光有一只”。（致许广平信）在给日本朋友的信中，鲁迅多次谈到寓所朝北，阳光照不进屋，对孩子不适宜，以致常生病。一九三三年四月十九日，鲁迅写信给内山嘉吉先生，“我们原来的房子朝北，对孩子不适宜，已在一周前迁至施高塔路”，即大陆新村九号。两个多月后，鲁迅高兴地告诉山本初枝夫人：“搬家后孩子似乎很好，很活泼，肤色也变黑了。”在给母亲的信里，鲁迅也说：“因为搬了房子，常在明堂里游戏，或到田野间去，所以身体也比先前好些。”

三、“游戏是儿童最正当的行为”

鲁迅在《风筝》中，深刻地表现了两种儿童观的对立：一种是传统儿童观，把游戏和玩具看作“没有出息孩子的玩艺”；一种是西方先进的儿童观，肯定“游戏是儿童最正当的行为，玩具是儿童的天使”。鲁迅一生中对中国传统的要求孩子“少年老成”“听话”“驯良”之类，曾一再为文进行具体分析，而赞赏符合儿童天性的教育观和方法。在《难行和不信》中，他指出：“请援，杀敌，更加是大事情，在外国，都是三四十岁的人们所做的。他们那里的儿童，着重的是玩，认字，听些极普通，极紧要的常识。”鲁迅也正是这样抚育海婴的。他给朋友的信，特别是给增田涉和山本初枝夫人的信中，常出现的内容就是谢谢他们送给海婴的玩具，并生动地描绘了海婴对待玩具的态度。

四、鞭打与体罚

鲁迅反对小学教师鞭打儿童，但有时他也会体罚海婴。鲁迅只打过海婴寥寥可数的几次，那是遇到他太执拗顽皮的时候。他总是临时抓起几张报纸，卷成一个圆筒，照海婴身上轻轻打去，但样子是很严肃的，海婴赶快就喊：

“爸爸，我下回不敢了。”

这时候做父亲的看到儿子的楚楚可怜之状，心软下来，面纹也放宽了。这宽容，小孩子容易体察，立刻胆子大了，过来抢住那卷纸筒问：

“看看这里面有什么东西？”

他是要看究竟纸里边包藏着什么东西用来打他。这种探究的迫切心情，引得鲁迅先生笑起来。海婴也会比较小心拘谨一阵子。

有时海婴也会发表一些“高见”，他说：

“我做爸爸的时候，不要打儿子的。”

“如果坏得很，你怎么办呢？”鲁迅问。

海婴回答：“好好地教他，买一点东西给他吃。”

鲁迅以为自己最爱孩子，但是他儿子比他更和善，能够买东西做感化工作，这容易办到吗？鲁迅笑了。

五、孩子的干扰

有时鲁迅正在工作，海婴跑来玩。鲁迅是板起脸叫他出去吗？不是的。就是再忙，他也会放下笔来敷衍几句，然后再叫许广平领他出去玩。有一回，鲁迅正写到一半，海婴来了。海婴出乎意料地一折笔头上，纸上立刻一大块墨。鲁迅虽爱惜他的文字，但并不发怒，放下笔说：“唔，你真可恶。”海婴飞快地逃开了。

海婴喜欢拿起笔来乱涂乱画。鲁迅是很珍惜一切用具的，不肯抛弃小小一张纸，即便是包东西回来的纸张，也必摊开折好积存起来。包扎的绳子也一样，一束一束地卷好，放起，遇到需要时可以用。但对于海婴索取纸张，就是他最喜欢的，给他乱涂，也是满心愿意的。有时许广平可惜起来了，以为小孩无知，应该晓谕，不要让他随便糟蹋。但鲁迅更珍惜的是儿童时代的求知心情，对海婴总是多方满足。

海婴在鲁迅身边玩得差不多的时候，许广平会叫海婴走开，免得误了鲁迅的工作。鲁迅常常说：“不要紧的，让他多玩一会儿罢。”或者说：“他玩得正高兴，不肯走的，让他在那里，横竖我不做什么。”许广平是很矛盾的，她说：“在同小孩玩的时候他是高兴的，我又不敢打断他们的兴致——再把小孩叫开，但是走后他马上又珍惜时间的浪费，他是这样的克制着，为了和爱子周旋都觉得太过长久了。这便使得我在彷徨无主中度着日常的生活。”（《许广平忆鲁迅·鲁迅与海婴》）

六、性教育

对于孩子的性教育，在鲁迅看来这是极平凡的事，绝对没有神秘性。在洗浴的时候，他们夫妻是不禁止海婴赤裸着身体走出走进的。许广平说：“实体的观察，实物的研究，遇到疑问，随时解答，见惯了双亲，他就对一切人体都了解，没有什么惊奇了。”鲁迅平时常谈到中国留学生跑到日本的男女共浴场所，往往不敢走出水面，给日本女人见笑的故事。这也正是针对中国一些士大夫阶级的绅士们，满口道学，而偶尔见到异性极普遍的用物，也会遐想不已的讽刺。鲁迅认为，这种变态心理的矫正，必须从孩童时代开始。

七、死与遗嘱

许广平回忆了鲁迅和海婴之间的这样一段谈话：

“爸爸，人人是那能死脱的呢?”

“是老了，生病医不好死了的。”

“是不是侬先死，妈妈第二，我最后呢?”

“是的。”

“那么侬死了这些书那能办呢?”

“送给你好吗？要不要呢?”

“不过这许多书那能看得完呢？如果有些我不要看的怎么办呢?”

"那么你随便送给别人好吗?"

"好的。"

"爸爸，你如果死了，那些衣裳怎么办呢?"

"留给你大起来穿好吗?"

"好的。"

鲁迅在一九三四年十二月二十日致萧军、萧红的信中也谈了这么一件事:

"他去年还问:'爸爸可以吃么?'我的答复是:"'吃也可以吃，不过还是不吃罢。'今年就不再问，大约决定不吃了。"(《鲁迅与海婴》)在中国，父为子纲，即使所谓"百无禁忌"的童言，居然议论起父亲的死后，也是严厉禁止的。即使人们不以为这是"不祥"，也会看作严重的失礼，轻则会受到呵责，如果因此挨一顿揍，也不会认为过火的。而鲁迅则是平心静气地交谈，其实也是给予认真的教育。这表明，在五伦中处于第二位的父子关系问题上，鲁迅完全没有封建礼教的观念，完全没有封建迷信的观念。对于儿子，鲁迅除了担负抚养教育的义务以外，没有丝毫的"父权"的要求，而只有真诚的"爱"。

鲁迅对于子嗣的爱，出于两个基本原则，一是以身为幼者和弱者的子嗣为本位；二是充满了利他主义的精神，以科学的、理性的、最富有人情的态度对待未来的生命或生命的发展。

鲁迅自然是希望"后来居上"的。他说过希望儿子做父亲做得比他还好。但是，对子嗣未来谋生的手段，鲁迅却写下了这样的遗嘱:"孩子长大，倘无才能，可寻点小事情过活，万不可去做空头文学家或美术家。"《(且介亭杂文末篇·死》)

王得后先生在《"两地书"研究》中对这一条遗嘱有过很深刻的评论，他说:"这条遗嘱在文艺界是非常有名的。循名责实，人们相约不要做‘空头’文学家和美术家，着重在‘空头’二字。”他深入地分析道：“我相信，鲁迅多半是想到了自己在文学艺术界的影响吧？这种影响是有可能给予子嗣以某种荫庇的。这种荫庇，不来自世袭的权势，而来自‘父荣子贵’的封建主义传统，彻底否定这个传统，依靠自己，像千千万万劳动者及其子嗣一样，依靠自己谋生存，求发展。”依靠自己谋生存，求发展，正是鲁迅这条遗嘱的实质内容，很值得我们现在教育子女时学习和借鉴。

鲁迅的孙子卖爆米花

一代文豪鲁迅的孙子周令飞曾经在台北卖爆米花——这是鲁迅的儿子、周令飞的父亲周海婴在《鲁迅与我七十年》一书中写的。

八十年代初，曾经发生了一件给国人带来不小震撼的事：鲁迅的孙子周令飞竟然从日本跟一个“身份可疑”的台湾姑娘到台北结婚去了。一时间，媒体大肆炒作，港台报刊称周令飞是“海峡两岸第一个闯关者”。周令飞的出走，让周海婴夫妇伤透了脑筋。周海婴说：“最让我们担心的，还是儿子在那边的言行举止，即政治表现。我们估计国民党当局很可能要利用他，各种政治色彩的媒体，也不会轻易将他放过。台湾社会如此复杂，因此我们无时无刻不在心中默祷着：要头脑清醒，千万不能做出什么出格的事，成为人家的工具啊！”

周令飞在“那边”的言行举止怎样呢？

在从日本飞往台湾前，周令飞向媒体发表了三点声明，其中第一条是：此举纯粹为了爱情，而没有任何别的企图。时过境迁，现在回头看，周令飞确实如他所说，“纯粹是为了爱情”。周海婴在书中写到，周令飞刚到台北那阵，有人企图利用他。媒体一片喧哗，有的将他赴台的行动干脆名之为“投奔自由”。加之“美国之音”一类外电竞相渲染，他似乎真的成了个“叛逃者”。面对如此复杂的情势，他虽然孑然一身，仍能从容自如地应对各种诱惑和“围攻”。面对记者别有用心的诱导，他绝不给予他们想要得到的任何只语片言。有的媒体企图邀他去为其工作，他立即警惕地意识到有可能被利用而婉拒。他一向热衷于摄影艺术，宁愿改行学习经营之道，当起他岳父开办的百货公司的协理，也不做“出格”的事。

周令飞起初在他岳父开的百货公司做事。后来，因为修地铁，百货公司门口临时搭起了围栏，交通受到妨碍，顾客随之大减。百货公司的生意每况愈下，资金滞搁，只好关门了事。周令飞的岳父为了躲债逃去日本，只能靠周令飞这个外来的女婿料理一切后事。

周令飞与张纯华夫妇一下子变得上无片瓦、下无立锥之地。便是在这样艰难的日子里，周令飞也没有做“出格”的事。他们买了一台爆米花机，将爆好的米花批发给摊贩，以此度日。鲁迅的孙子竟然落到了卖爆米花的地步，这当然是一大新闻！周海婴写道：“这事给那些无聊记者获悉，写文章拿我儿子当笑话，说什么想不到鲁迅的孙子竟落到在台北卖爆米花过日子的地步。但我儿子不以为然，心想我本分做生意，靠劳动吃饭，这给祖父丢什么脸？照样他干他的。”

其实，周令飞卖爆米花，不仅没有给鲁迅丢脸，实际上正是遵从了鲁迅的遗愿，是照鲁迅的遗嘱办事。

我们知道，鲁迅临去世前，留下了一个著名的遗言，这就是收在《且介亭杂文末篇》中叫《死》的那篇文章。对于孩子的未来，鲁迅自然是希望“后来居上”的。他说过希望他儿子做父亲做得比他还好。但是，对子嗣未来谋生的手段，鲁迅却写下了这样的遗嘱：“孩子长大，倘无才能，可寻点小事情过活，万不可去做空头文学家或美术家。”鲁迅的意思很明白，宁可做一个能自食其力的劳动者，也不要做那种徒有虚名、华而不实之徒。周令飞卖爆米花，不正是鲁迅说的“寻点小事情过活”吗？仅凭这点，我认为，周令飞是不愧为鲁迅的后人的。如果他“出格”，在台湾当个空头文学家或美术家，应是一件轻而易举的事。这里，不仅是有无才能的问题，更是有无操守的问题。

依靠自己谋生存、求发展，正是鲁迅这条遗嘱的实质内容。周令飞客观上实践了鲁迅的遗嘱。后来，他夫妇俩完全靠自己的双手，“终于创造了这样一个虽不算富裕，却也舒适安逸的家”！周令飞对舞台艺术情有独钟，摄影又是他的专长，经过几年努力，一本沉甸甸的长达五十万字的著作《梦幻狂想奏鸣曲——大陆舞台四十年》问世，并在台北的报纸上连载。周令飞有一个愿望，他不愿意被人加上“鲁迅的孙子”这种定语。他不愿靠祖上“荫庇”生活。他要创造自己的事业，走自己的路，体现自己的人生价值。对此，周海婴不无欣慰地说：“我想，这也是父亲所愿意看到的。”是的，这确实是鲁迅所愿意看到的。

宁可卖爆米花，也不愿做“出格”的事，这有鲁迅的遗风在，这有鲁迅的硬骨头精神在。有如此风骨，我相信周令飞会有更美好的未来。不过，话说回来，哪怕他永远卖爆米花吧，哪怕他永远生活在人间的底层吧，他在人格上也比那些空头文学家和美术家来得更健全，他的生活也比病态者更接近真实和自然。

“乐园”与失“乐园”

——《从百草园到三味书屋》

回忆性散文《朝花夕拾》鲁迅在北京时就开始写了，后五篇却是完成于厦门，它们是：《从百草园到三味书屋》《父亲的病》《琐记》《藤野先生》《范爱农》。鲁迅在《故事新编·序言》中，曾说及写作这些文字时的情境和心境：“直到一九二六年的秋天，一个人住在厦门的石屋里，对着大海，翻着古书，四近无生人气，心里空空洞洞。”“这时我不愿意想到目前；于是回忆在心里出土了。”《朝花夕拾·小引》中还有如下说明：“……这回便轮到陆续载在《莽原》上的《旧事重提》，我还替他改了一个名称：《朝花夕拾》。”“这十篇就是从记忆中抄出来的……后五篇却在厦门大学的图书馆的楼上，已经是被学者们挤出集团之后了。”鲁迅的文字，向来充满着社会批判的色彩。《朝花夕拾》的大多文章，难得的例外，社会批判的锋芒不能说没有，应该说很淡很淡。四十六岁的鲁迅，历经了人世的沧桑，饱尝了人情的冷暖，心中怀着爱情，以少有的忧郁、抒怀的笔调，深情款款地叙说着童年往事。

“朝花”，即清晨带露珠，色香“自然要好得多”的鲜花，指鲁迅青少年时的事；“夕拾”，是说直到中年以后才把它们写出来，借以慰藉“夕时”“离奇和芜杂”的心情。

《从百草园到三味书屋》写于一九二六年九月十八日，最初发表于同年十月十日《莽原》半月刊第十九期，副题为“旧事重提之六”，后由作者编入散文集《朝花夕拾》。

作品写了少年鲁迅从“乐园”到失“乐园”的心灵感受。

鲁迅的童年、少年时代，与自然最为贴近。少年鲁迅向往的“乐园”是东关的迎神赛会、赵庄的社戏，以及“深蓝的天空中挂着一轮金黄的圆月，下面是海边的沙地……”。（《呐喊·故乡》）“百草园”是绍兴新台门里周家的一个菜园子，是鲁迅童年时期玩耍的地方，是鲁迅早年生活的“乐园”。百草园里有碧绿的菜畦，光滑的石井栏，高大的皂荚树，紫红的桑椹；还有鸣蝉在树叶里长吟，肥胖的黄蜂伏在菜花上，轻捷的叫天子（云雀）忽然从草间直窜云霄……这些都不必说，单是周围的短短的泥墙根一带，就有无限趣味。这里有低唱的油蛉，弹琴的蟋蟀，有时会遇见蜈蚣，还有能从后窍喷出一阵烟雾的斑蝥；更有果实如莲房的木莲，如人形的何首乌根，据说吃了可以成仙；还有覆盆子，色味都比桑椹好得远，又酸又甜。

冬天的百草园虽然比较寡味，但在雪后，按照闰土的父亲传授的方法，支起竹筛来捕鸟，也是很有趣的。

相传百草园里还有一条赤练蛇，就又引出了长妈妈讲的“美女蛇”吃人，终于被老和尚的飞蜈蚣治死的故事，真是既令人心惊，又令人神往。

百草园的生活丰富多彩，使“我”能尽情地玩耍；但却又有“赤练蛇的故事”，使“我”感到“做人之险”……鲁迅热爱生活，钟情自然，童年往事如画般呈现在眼前。百草园色彩缤纷，生机无限，是大自然的浓缩，从而使鲁迅融入了自然，感受到了自然的美好与神秘。鲁迅说：“其中似乎确凿只有一些野草；但那时却是我的乐园。”百草园的生活，给少年鲁迅带来多少快乐啊！

大约，人生总是从快乐起步而渐渐地步入苦境。很快，鲁迅十二岁了，他不能再到百草园无节制地玩耍了，因为家人要送他到三味书屋读书。他只能怀着深情和他心爱的朋友告别：“我的蟋蟀们！”“我的覆盆子们和木莲们！”

三味书屋位于鲁迅故居附近，距百草园不远，原是清朝末年绍兴城内的一个私塾。三味书屋最初为“三余书屋”，是借用三国时魏人董遇常叫学生利用“三余”时间读书而命名的。“三余”为“冬者岁之余，夜者日之余，阴雨者时之余也”。后将“余”改为“味”。有一种说法是“诗书，味之太羹；史为折俎；子为醯醢，是为三味”。

三味书屋与百草园的生活迥然不同，形成鲜明的对照。百草园是玩的地方，是快乐所在；三味书屋则是用功的场所。从孩子的秉性来说，他们是天然地排斥苦读的。站在孩子的立场看，进入了三味书屋也就告别了快乐的童年，我们不好说此后就是进入了人生的苦海，但至少是“乐园”的消失。

“三味书屋”部分，鲁迅的学习生活是与私塾先生的言行联系在一起的，那么，我们应该怎样认识这个人物呢？

先前，鲁迅是把私塾先生当作“维护封建教育制度和宣扬孔孟之道的一个典型腐儒”来看的，“先生所用的教材，是‘仁远乎哉我欲仁斯仁至矣’那套宣扬孔孟之道的东西。先生所采用的教法，是脱离儿童实际的死读书，要学生啃那些谁也不懂的‘厥土下上上错’之类的东西。……”。（秦亢宗：《鲁迅作品教学问答》，四川人民出版社一九七九年版）总之，鲁迅对私塾先生很不满意，但还不是深恶痛绝。

到了二十世纪八十年代以后，有论者更多地倾向肯定塾师的形象，认为私塾先生不是“典型腐儒”，他“思想开明，教学认真，态度和善，可亲可敬”。徐元济在《读〈从百草园到三味书屋〉札记二则》中也指出，“先生”具有当时一般塾师的共性特征，古板迂腐，但他也有一般塾师所不具有的优良品德，博学、质朴、方正、和蔼可亲。

其实，鲁迅只是客观描述，将童年、少年生活真实地从记忆中“抄”出来。至于怎么解读，得出什么样的结论，那是读者自己的事了。

鲁迅描述了什么样的事实呢？从作品中我们可以看到，鲁迅的求知欲是很强的，从长妈妈那里无法得到答案的“怪哉”为何物的问题，现在正好可以请教先生了。谁知先生的回答只有三个字：“不知道！”而且似乎很不高兴，脸上还有了怒色。原来，学生进了书屋，只需读书，也只许读书。读书读书，正午习字，晚上对课，永远如此。

书屋后面也有一个园，虽然不能和百草园相比，总比书屋多些生气。有时，学童们就陆续溜出去，到后园去折梅花，寻蝉蜕，捉了苍蝇喂蚂蚁……可是，先生在书房里大叫：“人都到哪里去了？”孩子们只好一个又一个陆续走回来，放开嗓子读书，人声鼎沸，念《论语》的，念《幼学琼林》的，念《周易》的，念《尚书》的，都有。孩子们上课上一半，可以溜出去玩，可见，先生对孩子们的管教还是比较宽松的。

先生自己也念书，却不是“四书五经”，而是醉心于“痛快淋漓”的辞赋，在大声朗读中流露出内心的真实情感，读着读着，便

“微笑起来，而且将头仰起，摇着，向后面拗过去，拗过去”。当他意醉神迷时，事实上给了孩子们可乘之机。有几个便用纸糊的盔甲套在指甲上做戏，鲁迅则是画画儿。这是童年鲁迅的兴趣所在，用他的话说是：“书没有读成，画的成绩却不少了。”影写的《荡寇志》和《西游记》的绣像，都有一大本。

《从百草园到三味书屋》表现了少年鲁迅热爱自然、喜欢自由自在的生活，有着强烈的好奇心，喜欢追根究底的性格特点和天真可爱、活泼生动的内心世界。当然，作者对“三味书屋”的陈腐的教学方法也委婉地提出了善意的批评。鲁迅在文中提出了如何理解和如何对待儿童的问题。孩子们总是觉得屋里沉闷，而屋外有趣；他们希望自由，而不习惯于拘束。那么，喜欢“百草园”而厌烦“三味书屋”，也就可以理解了。作品也印证了鲁迅在儿童教育问题上“要注意教育方法”的观点，要了解儿童，考虑儿童的特点，而不要用成人的做法去要求孩子。

自然美、人文景观与中国人的德性
——《厦门通信》

鲁迅到厦门后写的第一篇文章是《厦门通信》。载北新书局出版的《波艇》第一期，收入《华盖集续编》。信是致许广平的，抬头“H.M.”是“害马”的罗马拼音“Haima”的缩写。这是鲁迅对许广平的戏称，因她在女师大风潮中曾被杨荫榆称作“害群之马”。

文章谈了初到厦门的情况和观感。

文中，鲁迅声称：“我对于自然美，自恨并无敏感，所以即使恭逢良辰美景，也不甚感动。”确实，我们在鲁迅作品中比较少见风景描写，《故乡》和《从百草园到三味书屋》中有一些。应该说，风景描写非鲁迅所长，鲁迅也没有这样的兴致。《厦门通信》中写道，自己住的楼“日夜被海风呼呼地吹着。海滨很有些贝壳，捡了几回，也没有什么特别的”，鲁迅一生中难得有捡贝壳的雅致，刚刚有了，却立即感到“也没有什么特别的”。鲁迅还写道，“风景一看倒不坏，有山有水”，那些这个像什么那个像什么，把景观拟人化或活化的把戏，鲁迅着实是不以为然的，“这块像老虎，那块像癞虾蟆……其实也不大相像”。鲁迅对自然景观相对漠然。

那么，他对什么感兴趣？用今天的话说，他只对人文景观感兴趣。对人文景观，往往别有感慨，有好几天，“却忘不掉郑成功的遗迹。离我的住所不远就有一道城墙，据说便是他筑的。一想到除了台湾，这厦门乃是满人入关以后我们中国的最后亡的地方，委实觉得可悲可喜”。鲁迅有着历史的情怀、历史的沧桑感。可喜者，我想是因了郑成功的抗清，以及收复台湾，为汉民族的抗争精神而喜。至于可悲，一是汉人被满人征服；二是为了郑成功的“寂寞”。鲁迅写道：“然而郑成功的城却很寂寞，听说城脚的沙，还被人盗运去卖给对面鼓浪屿的谁，快要危及城基了。”厦门大学附近的镇北关是郑成功为防御清兵而建造的，靠近城脚的海滩铺满可做玻璃原料的白沙，当时有人把它偷运到鼓浪屿，卖给台湾人设立的货栈，再转运到日本占领下的台湾的玻璃厂。一些中国人是从不爱惜历史文物的。郑成功是爱国的，历史旧城墙，应该作为“爱国主义教育基地”保存下来，可是，你爱国与我什么相干呢？你这墙倒不倒与我什么相干呢？我只管沙子是可以卖钱的，管你成功不成功，爱国不爱国，只要能卖钱，就拼命挖、挖、挖！这里，鲁迅还有一个对比，“台湾是直到一六八三年，即所谓‘圣祖仁皇帝’二十二年才亡的，这一年，那‘仁皇帝’们便修补‘十三经’和‘二十一史’的刻板。现在呢，有些国民巴不得读经；殿板‘二十一史’也变成了宝贝，古董藏书家不惜重资，购藏于家，以贻子孙云”。台湾被占领，抗敌英雄的遗迹国人不管，而也就是那些年的刻板之类，也许将要成为文物了，不惜重金购藏！于国，是极度的冷漠；于己，购藏古董有着极度的热情。这就是国人！就像秋瑾的死，与我什么相干呢？坏人才被枪毙，她被枪毙了，自然是坏人，我关心的只是用馒头蘸她的血，可以治痨病哩！就像雷峰塔，是哪朝哪代的文物我可管不了，因为认为雷峰塔的古砖可以避邪，人人去偷、去掏，管他文物不文物，不要说雷峰塔倒了，便是中国亡了，只要我家能避邪，不就万事大吉了吗？这就是国人！鲁迅之所以关注古城墙这样的人文景观，思考的还是中国人的问题。

鲁迅是应林语堂之邀来到厦门的。林语堂在《鲁迅》一文中对当时厦大的周边环境是这样描写的："那地方的四周是中国人的公共坟地，并不是'神圣之野'（Campo Santo——按即意大利国内的一公葬场），绝不是呵，不过是一些小山，山上面遍布一些土堆和一些张口于行人过道中的坟坑罢了。这正是普通的公共坟地之类，在那里有乞丐的和士兵的尸体腐烂着而且毫无遮拦地发出臭气来，而那知识界的空气呢，比起来也只好得一点。"（原载1929年1月1日《北新》第三卷第一期）周边是坟、腐烂，一如知识界的空气。如果说鲁迅在海边也是一种旅行的话，那么，他还真是一种思想的旅行。你看，他有时也去散步。白领们散步，一般是花前月下，鲁迅却"在丛葬中"漫步，甚至还在林语堂描述的坟墓中留影。文中，鲁迅又发感慨了："这是Borel讲厦门的书上早就说过的：中国全国就是一个大墓场。"鲁迅与林语堂所见略同，在坟丛中散步，从而想到了整个中国就是一个大墓场，想到了中国是死的中国，是无声的中国。在厦门前后，鲁迅发表了一系列反对读古书、读死书、死读书以及不读中国书的言论。在坟场上，鲁迅还饶有兴致地研究了墓碑文，结果发现，"很多不通"，比如，有的墓碑刻着"敬惜字纸"四字的，鲁迅说，"不知道叫谁敬惜字纸"。鲁迅认为文字应该平平实实、明明白白："假如问一个不识字的人，坟里的人是谁，他道父亲；再问他什么名字，他说张二；再问他自己叫什么，他说张三。照直写下来，那就清清楚楚了。而写碑的人偏要舞文弄墨，所以反而越舞越胡涂……"中国的文人就是这样，有话不好好说，偏偏要说得人人看不懂，仿佛越难看得懂学问越高。所以，鲁迅认为"这些不通，就因为读了书之故”。

这篇文章，鲁迅还不忘北京时的战斗，捎带一枪，顺便挖苦一下“现代评论派”。“我想编我今年的杂感”，因为这些杂感“刺得……正人君子们不大舒服”。《厦门通信》还真是一篇典型的“杂感”，内容很杂，思绪很杂，文中还感叹，“只因环境的变迁，近来竟没有什么杂感”。厦门不像北京，鲁迅与正人君子们短兵相接，热闹非凡，这里“……太静了，倒是什么也不想写”——这一点，鲁迅在致许广平信中多次提及，没有刺激，所以写不出文章。

鲁迅这篇“通信”看似平和，却与他的思想相一贯，有着深广的忧愤。从某种意义上说，文章是心灵被刺激的结晶。受刺激的烦恼，却开出了灿烂的文章之花；不受刺激从而写不出文章，却成了切实的烦恼。

唉，这样的人生！

“S城人的脸”与寻找“别一类人们”

——读《父亲的病》与《琐记》

一、父亲的病与中医

一八九四年冬，鲁迅的父亲大吐血，先诊为肺痈，后诊为鼓胀，久治不愈，于一八九六年秋天去世，年方三十六岁。

父亲的病和死，在鲁迅心中沉淀了三十年。一九二六年十月，也是秋天，鲁迅写下了这篇怀念父亲的文字——《父亲的病》。在文章中，鲁迅说：“我很爱我的父亲。”同时，又因为自己不能让父亲平静离去，“就觉得这却是我对于父亲的最大错处”，内心充满了哀痛和愧疚。

父亲给年少的鲁迅留下了什么印象呢？

虽然鲁迅说出“我很爱我的父亲”，我们认真体会，其实他对父亲的情感十分复杂。除了《父亲的病》，鲁迅还在《五猖会》中描写过父亲。《五猖会》中的父亲以封建家长、父权代表的姿态出现，残酷地虐杀儿童天性。父亲的这种形象直接导致鲁迅写作《我们现在怎样做父亲》这篇文章，如果没有这样的切肤之痛，鲁迅未必要革命革到老子身上。父亲冷峻威严的神情冰解了幼年鲁迅要去看迎神赛会的热望。在这样的时候强令儿子背《鉴略》，是为了释放父权的威慑力。貌似强硬，正是因为他人生的不如意。很多资料表明，鲁迅的父亲周伯宜性情抑郁暴戾。由于鲁迅祖父科举作弊案发，周伯宜被抛出了传统士大夫的生活轨道，仕途前程被彻底断送。毫无成就感的父亲周伯宜把威严用在孩子身上势所必然。然而，鲁迅并没有说破，只是以“我至今一想起，还诧异我的父亲何以要在那时候叫我来背书”的迷惑收束。他之所以对孩子严厉要求，是想要孩子走传统仕途的道路。父亲的希望是传统的，也是殷切的、深厚的。鲁迅作为周家长子长孙，更应承担一个家庭兴衰的使命。父亲只管自己意愿的实现，对儿童天性的好奇和爱美则置若罔闻。

鲁迅认为：“有了子女，即天然相爱，愿他生存；更进一步的，便还要愿他比自己更好，就是进化。这离绝了交换关系、利害关系的爱，便是人伦的索子，便是所谓‘纲’。”“觉醒的人，此后应将这天性的爱，更加扩张，更加醇化；用无我的爱，自己牺牲于后起新人。”（《坟·我们现在怎样做父亲》）他所提倡的“天性之爱”正是父亲没有给予他的。

鲁迅在回忆父亲时，把内心深层真正的情感封闭起来，用白描的手法写父亲强令背书和父亲的病两件事，重提这段旧事，情感凝重而深沉。

父亲遭受病痛的折磨，幼年鲁迅则遭受人世炎凉，在尚未成熟的心灵中留下了极深的精神创伤。鲁迅作为长子，承担着几乎全部的来自家庭的精神负荷。父爱成为可望而不可即的东西。“乌鸟私情，反哺其亲。”父亲在病魔折磨下已然成为弱者，反倒需要孩子照顾。成为“破落户子弟”的鲁迅，为了父亲，必须在质铺和药店之间奔波。四年时间，年少的鲁迅遍尝人间冷暖，现实生活加速了他的成长和成熟。这样做，是抱着能使父亲康复的希望。然而，两个

"名医"的恶劣医风和江湖骗子般的医术，终于葬送了父亲。中医医死了鲁迅年轻的父亲，加速了他家的中落，对此，鲁迅有切肤之痛。他到日本决定去学医，是想用西方医学来促进国人对于维新的信仰；战争时去当军医，而其中有个重要的原因，是年轻的鲁迅很想以自己的医学知识来"救治像我父亲似的被误的病人的疾苦"，用西方医学来揭露那些挂着中医招牌的骗子，以唤醒人们的觉醒。

《父亲的病》与其说是写父亲，不如说是写"名医"是怎样害死他的父亲的。

在为父亲延医治病的过程中，有两位绍兴"名医"给少年鲁迅留下难以磨灭的印象。第一位，鲁迅没有说出他的名字，不过"他大概的确有些特别，据舆论说，用药就与众不同"。所需的"药引"更是难得："'生姜'两片，竹叶十片去尖，他是不用的了。起码是芦根，须到河边去掘；一到经霜三年的甘蔗，便至少也得搜寻两三天。"

怪药治不得病，时间一拖就是两年。这位"名医"束手无策，为摆脱干系，另荐高人，那就是陈莲河。陈莲河的药引更为奇特。"最平常的是'蟋蟀一对'，旁注小字道：'要原配，即本在一窠中者'；还有"平地木十株"，就谁也不知为何物了。遍询有关人士，最后才弄清楚就是普通称为"老弗大"的。我想，"原配蟋蟀"肯定找寻不到，谁能保证某蟋蟀没有嫖过娼？所以，在这样的名医手中，鲁迅父亲的病是肯定治不好的。

文中，鲁迅写道："先前有一个病人，百药无效；待到遇见了什么叶天士先生，只在旧方上加了一味药引：梧桐叶。只一服，便霍然而愈了。"为什么如此神速？"'医者，意也。'其时是秋天，而梧桐先知秋气。其先百药不投，今以秋气动之，以气感气，所以……"这是近乎巫术了。后来，陈莲河症定鲁迅的父亲为水肿，鲁迅接着写道：“‘踏破铁鞋无觅处，得来全不费工夫。’药引寻到了，然而还有一种特别的丸药：败鼓皮丸。这‘败鼓皮丸’就是用打破的旧鼓皮做成；水肿一名鼓胀，一用打破的鼓皮自然就可以克伏他。清朝的刚毅因为憎恨‘洋鬼子’，预备打他们，练了些兵称作‘虎神营’，取虎能食羊，神能伏鬼的意思，也就是这道理。”

两个“名医”都医不好，于是，这样推托：“我想，可以请人看一看，可有什么冤愆……医能医病，不能医命，对不对？自然，这也许是前世的事……”这是巫医不分、装神弄鬼了。鲁迅的父亲终于死于庸医、巫医之手。说陈莲河们故弄玄虚、勒索钱财、草菅人命也不为过。

鲁迅形象地叙述了他父亲的病因被庸医、巫医所误而致死的全过程，用事实揭露了他们敲诈病人钱财的劣行。此外，在小说《明天》里，鲁迅以极其简练的笔墨，勾勒了那位“指甲足有四寸多长”，满口胡诌“火克金”的中医何小仙。她把人体的心、肺、肝、脾、肾五脏，硬是同谶纬学的金、木、水、火、土五行扯在一起，这样来给人治病，那就不是什么“保婴活命”，而是“催婴速死”。单四嫂的宝儿服了她的“药”，不到半天就送了命。小说《兄弟》里的白问山，也是一个看病“得看你们府上的家运”的儒医。在杂文中，对那些宣扬“月经精液可以延年，毛发爪甲可以补血，大小便可以医许多病，臂膊上的肉可以养亲”的儒医，鲁迅也进行了辛辣的嘲讽。鲁迅在《呐喊·自序》中说“中医不过是一种有意的或无意的骗子”，虽然言辞太过激烈，但读了鲁迅《父亲的病》，我们就不难理解鲁迅的激愤了。

二、关于衍太太

《父亲的病》和《琐记》都写到衍太太。我觉得，衍太太虽然出现在两篇作品中，但性格是一致的，是鲁迅作品中一个十分鲜活的形象，其立体可感的程度甚至不亚于孔乙己。

鲁迅有的文章的内容，似乎彼此相去甚远，有的甚至游离“中心”，给人太散了的感觉。《琐记》便是一个比较典型的例子。虽然题目规定了写的是“琐事”，然而，按照所谓“形散神不散”的原则，似乎是两篇文章的内容硬凑成了一篇。《琐记》的前半部分是写衍太太。若以作文专家的眼光看，把《父亲的病》中关于衍太太的内容也抽过来，另组合一文，取名《衍太太》，那才是无懈可击的文章。后半部分写作者南京求学的经历，虽有过渡，但应该说前后亦无照应，两者是无论如何也糅不到一起去的。倘不是鲁迅的作品，而是一般作者的文章，我们的编辑和作文专家，肯定要建议作者“一分为二”的了。然而，当《朝花夕拾》成为现代文学的经典之作以后，我们看《琐记》，谁又会计较它的所谓前后内容不一致的破绽呢？我们琢磨的不是这篇文章的组合问题，而是其中的衍太太的作为，以及在淹死学生的池子上面盖起的关帝庙等等。鲁迅对散文中的破绽也是持不以为然的态度，他说：“散文的体裁，其实是大可以随便的，有破绽也不妨。”（《三闲集·怎么写》）

衍太太是一个什么样的人呢？我估计，她是有了年纪了，四十五岁左右。因为有了年纪，有了顽童一样的使坏；我还觉得她可能是一个寡妇，她的行为多少有变态的成分在；她能干，同时也滑头，应变能力相当强……

俗话说，老人如孩子。试想，她要没有一定的年纪，对小孩子的勾当诸如吃水缸里的结冰、几个孩子的打旋子比赛会有兴趣吗？她不仅有兴趣，还在那里凑热闹，鼓动孩子做大人眼里的坏事。让孩子吃冰，全不管吃了肚子会疼；让孩子使劲打转，也不论是否会跌倒……在体会孩子的乐趣的同时，她也有了恶作剧的快感。之所以说她是寡妇，或者说有寡妇心态，是她竟然把春宫画给孩子看。这近于露阴癖，在孩子莫名的眼神中，她或许可以获得某种满足。周作人说：“拿春画给小孩看，一方面轻侮他的无知，一方面含有来斲伤他天真的意思，在事实上可常碰到，森鸥外在他的自叙小说《性的生活》（Vita Sexualis）中记着同样的事情。”（《鲁迅小说里的人物·S城人》，人民文学出版社1957年版）什么人有周作人说的这样的心态？我以为，只有性变态、至少性方面不健康的人才有这样的心态。另外，她的话是那么多、那么多，也不论孩子是不是听得懂、听得进，可见她内心是很孤独的，寡妇的内心都是孤独的。她的话多是损人不利己的。周作人还谈到她的能干：“衍太太是平水山乡的出身，可是人很能干……”一般说来，一个应变能力强的人总是能干的。你看衍太太，一边还在鼓动孩子“再旋一个”，“但正在旋着的阿祥，忽然跌倒了，阿祥的婶母也恰恰走进来。她便接着说道，‘你看，不是跌了么？不听我的话。我叫你不要旋，不要旋……”。我想，如果衍太太有文化，当了某个行政长官的秘书之类，她一定极擅权变，或许成为一个女强人了，也未可知。如果说“不要旋”之类的善变只是“坏”的话，她的性情中还有“恶”的成分，那就是教唆孩子偷家里的东西。小孩没偷，她却已在外边散布流言，断言某孩子已经偷了家里的东西去变卖了。好在上天把衍太太困在S城，试想当年，她还年轻，也有几分姿色，倘若她也和阿Q一样革命了，倘若她又借着某将军的宠爱，一时成了风云人物，却也难说哩！尼采和叔本华都十分蔑视女人，如果他们读了鲁迅笔下的衍太太，我想，肯定会将其作为他们观点的支持的。

衍太太还有一个行为，让鲁迅不时感到痛苦，那就是《父亲的病》中，父亲临终前“我”的“叫”。父亲喘得厉害，非常痛苦。鲁迅写道：“我的一位教医学的先生却教给我医生的职务道：可医的应该给他医治，不可医的应该给他死得没有痛苦。——但这先生自然是西医。”鲁迅好像竟有了“安乐死”的念头：“我有时竟至于电光一闪似的想道：‘还是快一点喘完了罢……’”按照西方的观点，人之将死，应该创造宁静的气氛，让他尽量平和地离去。鲁迅学的是医学，确实有了安乐死的意识，主张给死者临终前的宁静。可以说鲁迅是重西医而贬中医，欣赏西方的死亡伦理，痛恨中国人的陋俗。

鲁迅是这样记叙他父亲死前的情况的：

> 早晨，住在一门里的衍太太进来了。……
>
> “叫呀，你父亲要断气了。快叫呀!”衍太太说。
>
> “父亲! 父亲!”我就叫起来。
>
> “大声! 他听不见。还不快叫?!”
>
> “父亲!!! 父亲!!!”
>
> 他已经平静下去的脸，忽然紧张了，将眼微微一睁，仿佛有一些苦痛。
>
> “叫呀! 快叫呀!”她催促说。
>
> “父亲!!!”
>
> “什么呢? ……不要嚷。……不……。”他低低地说，又较急地喘着气，好一会，这才复了原状，平静下去了。
>
> “父亲!!!”我还叫他，一直到他咽了气。
>
> 我现在还听到那时的自己的这声音，每听到时，就觉得这却是我对于父亲的最大的错处。

在衍太太的催促下，少年鲁迅屈服于所谓礼节大声叫唤，使他父亲临死也不得安宁。此后，鲁迅“觉得这却是我对于父亲的最大的错处”，这大概是鲁迅始终不能原谅自己的。

鲁迅对衍太太没有好感，甚至有了恶感，所以把一切都摊到了她头上。在周作人看来，这一细节是鲁迅采用了“小说作法”。周作人《父亲的病》则是这样写的：

……未几即入于弥留状态，是时照例有临终前的一套不必要的仪式，如给病人换衣服，烧了经卷把纸灰给他拿着之类，临了也叫了两声，听见他不答应，大家就哭起来了。这里所说都是平凡的事实……没有“衍太太”的登场……因为这是习俗的限制，民间俗言，凡是“送终”的人到“转煞”当夜必须到场，因此凡人临终的时节，只是限于平辈以及后辈的亲人，上辈的人决没有在场的。“衍太太”于伯宜公是同曾祖的叔母，况且又在夜间，自然更无特地光临的道理，《朝花夕拾》里请她出台，鼓励作者大声叫唤，使得病人不得安稳，无非想当她做小说里的恶人，写出她阴险的行为来罢了。

（《知堂回想录》）

《父亲的病》写于厦门，鲁迅事实上已经和许广平开始新的生活。张全之先生结合鲁迅在厦门时期的心境，对鲁迅的忏悔心理进行分析，我认为很有新意：

过去，我们往往将鲁迅在厦门的悲哀，归因于他对黑暗政治的失望。我认为，这种悲哀还源于生活的变迁给他带来的不安和内疚。作为长子，父亲死后，他要代替父亲支撑着渐趋衰弱的家庭。尤其重要的是，他要代替父亲照料母亲的生活，可是如今他要背叛甚至伤害自己年迈的母亲了，那么他内心的愧疚不仅是对母亲的，而且也是对父亲的。对母亲的愧疚可以逃避，可以通过对母亲生活的照顾（比如从经济上）得到补偿和化解，可是对亡父的愧疚却无法补救，也无处可逃。在《父亲的病》中，他说，“我很爱我的父亲”，这是否反映了他面对父亲亡灵时内心的虚弱与紧张？在这篇散文的结尾，他写了父亲亡故时，自己在衍太太的吩咐下大喊大叫的情节。周作人回忆说并无其事。鲁迅为什么要虚拟这样一个情节呢？退一步讲，即使确有其事，对一个孩子来说，也并非什么罪过，更何况是在别人的指使下干的。鲁迅为什么对此大做忏悔文章，并认为是“对于父亲的最大的错处”呢？我想，他对这一情节的强调，只是为了给当时（指写这篇文章的时候）自己内心的愧疚之情寻找一条可以消解的渠道，只是一个借口，一个可以向父亲公开忏悔的理由。其实内疚并非因此而起，但借此可以使自己回避心中真正的隐痛。当他写这篇文章时，他不会意识不到，“对于父亲的最大的错处”，并不是惊扰了父亲临终的安宁，而是自己的再婚。然而他不得不小心翼翼地绕过这一心理上的障碍。可喜的是，鲁迅并没有在内心的动荡中失却前进的勇气。在与许广平频繁的书信往来中，柔情轻诉的调侃和惺惺相惜的关怀，使他意识到“我可以爱”！他终于放弃了心灵的重负，为了他的“朋友”，去重新开辟生路了。

（《鲁迅在厦门时期思想与生活态度的变迁》，《鲁迅研究月刊》一九九四年第十二期）

鲁迅虚拟了一个可值得忏悔的往事，借题发挥，以此抒发此时难以言明的心中的郁积。张全之从鲁迅写作此文时所处的境况，以此推论出这样的见解，我是深感佩服的。

我还想顺便谈一谈散文的虚构问题。不可否认，这里，鲁迅确实以小说的手法写散文。我的问题是：散文也可以像小说那样有所虚构吗？比如，鲁迅这里把在周作人看来不可能在场的衍太太抓来为他父亲送终了。也许读者要说，长辈不能为晚辈送终，这是很多地方都有的风俗，衍太太来送终，这不是不真实了吗？可是，鲁迅并没有写衍太太是他父亲的长辈呀！衍太太的辈分和年龄都是模糊的。衍太太是鲁迅作品中的艺术形象，而不仅仅是“于伯宜公是同曾祖的叔母”。这样一想，就无所谓“不真实”的问题了。

事实上，在真实的基础上作适当的虚构，是散文和其他艺术形式的共同点之一，甚至可以说也是散文自身的要素之一。何为的许多散文，就有着明显的虚构。他的《第二次考试》中的林教授“是虚构的”；《千佛山上的小树》中的情节与原事也有出入；《春夜的沉思和回忆》中那位十五岁女孩向周总理要求的那枚纪念章，也是作者加上的。诸如此类的例子还可以举出许多。

水过碗减少，何况是由真实的人而进入文学的人？我认为，要求创作没有一点“走样”，没有一些虚构，所有形式的文章都无法做到。

闻一多在《冬夜评论》中说：“绝对的写实主义便是艺术的破产。”这当然也包括了散文的破产。问题不在于散文能不能虚构，而在于虚构的内容是否有艺术的真实。没有用心灵体验过的“虚构”的情感，这才是散文写作的大忌。

一些教科书认为，散文，尤其是写真人真事的散文，不可以虚构，应该是真实的——这也是周作人的观点。我对这一点一直心存疑惑，因为自己在写作散文时，每每在真实的基础上加油添醋，深知要做到货真价实，比较困难。

当然，这是题外话了，因为关乎衍太太，这里也稍作发挥。

三、在中国的“洋学堂”

鲁迅毕竟是文章老手。在《琐记》中两件不相干的事，经他撮合，竟然成了一对，仿佛钥匙圈和一件小饰物有了关联，两个也似乎天生就连在一起了。这里起“关联”作用的是鲁迅的这些话：“S城人的脸早经看熟，如此而已，连心肝也似乎有些了然。总得寻别一类人们去，去寻为S城人所诟病的人们，无论其为畜生或魔鬼。”鲁迅在告诉我们，他之所以写衍太太，是为了描绘S城人的脸，换言之，衍太太是S城人脸的代表。鲁迅已经像厌烦衍太太一样厌烦S城了，当然，S城中还有陈莲河这样的“名医”等等，所以他要离开，要寻异路，去找寻别样的人们。

《琐记》的后半部分忆叙鲁迅为了寻找“另一类的人们”而到南京求学的经过。作品描述了当时的江南水师学堂（后改名为雷电学校）和矿务铁路学堂的种种弊端和求知的艰难，批评了洋务派办学的“乌烟瘴气”。作者记述了最初接触进化论的兴奋心情和不顾老辈反对，如饥似渴地阅读《天演论》的情景，表现出探求真理的强烈欲望。

在《呐喊·自序》中，鲁迅写道：

> ……我要到N进K学堂去了，仿佛是想走异路，逃异地，去寻求别样的人们。我的母亲没有法，办了八元的川资，说是由我的自便；然而伊哭了，这正是情理中的事，因为那时读书应试是正路，所谓学洋务，社会上便以为是一种走投无路的人，只得将灵魂卖给鬼子，要加倍的奚落而且排斥的，而况伊又看不见自己的儿子了。然而我也顾不得这些事，终于到N去进了K学堂了……

鲁迅在令人窒息的绍兴与“走异路”之间作出了选择。这个选择，应该说让他看到了新的天地，“在这学堂里，我才知道世上还有所谓格致、算学、地理、历史、绘图和体操”。鲁迅在这里学习了西方现代科学知识，特别是认真阅读了赫胥黎的《天演论》，这些，为鲁迅以后的思想发展抹上了一笔亮色。

然而，南京也是中国，水师学堂也罢，路矿学堂也罢，有中国人的地方，都难免有中国人的积习。可以说，鲁迅笔下的洋学堂，也还是“乌烟瘴气”：“功课简单”；高班学生走在低班学生的前面“肘弯撑开，像一只螃蟹”；桅杆下面张着网怕学生跌下来；游泳池因曾淹死两个学生，早填平了，上面还造起一座关帝庙以镇压淹死鬼，每年七月十五都请和尚来放焰火、念经……试想，淹死人就填了游泳池，水师而没有游泳池，这样的旱鸭子，安能御敌！中国人就是经常做这样因噎废食的事。

鲁迅也下过矿井的，“于是不到一年，就连煤在那里也不甚了然起来，终于是所得的煤，只能供烧那两架抽水机之用，就是抽了水掘煤，掘出煤来抽水，结一笔出入两清的账”。

鲁迅写道：

> 毕业，自然大家都盼望的，但一到毕业，却又有些爽然若失。爬了几次桅，不消说不配做半个水兵；听了几年讲，下了几回矿洞，就能掘出金银铜铁锡来么？实在连自己也茫无把握，没有做《工欲善其事必先利其器论》的那么容易。爬上天空二十丈和钻下地面二十丈，结果还是一无所能，学问是“上穷碧落下黄泉，两处茫茫皆不见”了。

看来，走异路，逃异地，“上穷碧落下黄泉”，依然“两处茫茫皆不见”，还是找寻不到“别样的人们”。中国人的德性不是地域性的，S城的人们如此，南京的人们也大致如此。

是中国人，就只会这样，只能这样。

时代与人的命运

——读鲁迅的《范爱农》

本篇最初发表于一九二六年十二月二十五日《莽原》半月刊第一卷第二十四期。

《范爱农》一文追叙作者在日本留学时和回国后与范爱农接触的几个生活片段，描述了范爱农在辛亥革命前不满黑暗社会、追求革命，革命后又备受打击迫害的遭遇。范爱农革命前是消沉的，革命后复归于消沉，作者表现了对革命的失望和对这位正直倔强的挚友的同情和悼念。

鲁迅写范爱农，从写范爱农的“很可恶”开始。那时的范爱农，看上去似乎已经相当世故了。他的先生徐锡麟因刺杀安徽巡抚被杀，还“被挖了心，给恩铭的亲兵炒食净尽”。在日本的青年学子“吊烈士，骂满洲；此后便有人主张打电报到北京，痛斥满政府的无人道”。当时，分成两派，一派主张要发，一派主张不要发。鲁迅似乎是主张发电的。范爱农则相反，他带着“钝滞的声音”说：“杀的杀掉了，死的死掉了，还发什么屁电报呢。”鲁迅从这声音中听出了“冷”。“我非常愤怒了，觉得他简直不是人，自己的先生被杀了，连打一个电报还害怕，于是便坚执地主张要发电，同他争起来。”事情过了近二十年，鲁迅以颇带调侃的语调说了自己当时对范爱农的观感：“从此我总觉得这范爱农离奇，而且很可恶。天下可恶的人，当初以为是满人，这时才知道还在其次；第一倒是范爱农。中国不革命则已，要革命，首先就必须将范爱农除去。”这几句话，让我想起了鲁迅说阿Q，中国倘不革命，阿Q便不做，既然革命，阿Q便如何如何……在日本时，革命党人也曾叫鲁迅去刺杀清政府高官，遭鲁迅拒绝，因为他说他如果死了，母亲怎么办？在厦门写这篇文章时，鲁迅已经更为“世故”，他是不主张请愿的。因此，我从这段调侃的话中甚至读出了鲁迅自嘲的意味。我的直觉，在周作人那里得到了印证。他说：“鲁迅本来是不到同乡会的，这回特别跑去，所说范爱农的情形正如本文所说，但事实上他似乎不是和爱农有相反的意见，只是说爱农的形状、态度、说话都很是特别罢了。那时激烈派不主张打电报，理由便是如爱农所说，革命失败，只有再举，没有打电报给统治者的道理，痛斥也无用，何况只是抗议呢。其时梁任公一派正在组织政闻社，蒋观云也参与其间，他便主张发电报，要求清廷不乱杀人，大家都反对他，范爱农的话即对此而发的。”

此后，他们在绍兴相遇，一见如故，常来常往，旧事重提，原来，不仅在鲁迅眼里范爱农是“很可恶”的，鲁迅在范爱农眼里也让人“讨厌”。作品追忆了七八年前鲁迅到横滨去接新来留学的同乡的情形，鲁迅正年轻，看见关吏从衣箱中翻出一双绣花的弓鞋来，便很不满，“心里想，这些鸟男人，怎么带这东西来呢”，好一个“鸟”字，既可读出鲁迅心态的年轻，还能看出他的野性。还有，新生们“雍容揖让”，“连火车上的坐位，他们也要分出尊卑来……”鲁迅当年不经意间摇头，被范爱农们认为是“看不起我们”。正因为有此“讨厌”先例，所以，在发电报问题上，范爱农才与鲁迅拧着来？

鲁迅和范爱农是性情相投的朋友，他们经常在一起喝酒，“醉后常谈些愚不可及的疯话，连母亲偶然听到了也发笑”。鲁迅要去南京教育部工作，范爱农虽然“很赞成”，却“颇凄凉”，性情相投的朋友远去了，心里自然凄凉。后来，范爱农穷愁潦倒，时常用孔乙己一样的腔调说：“也许明天就收到一个电报，拆开一看，是鲁迅来叫我的。”可见，范爱农对鲁迅十分牵挂。鲁迅也曾为他在北京谋事，这也是他非常希望的，然而没有机会。一天晚上，在醉酒之后，范爱农失足溺死于河中。文章的末尾，鲁迅写道：“现在不知他唯一的女儿景况如何？倘在上学，中学也该毕业了罢。”有点惆怅，有点伤感，更多的是牵挂。朋友之情，跃然纸上。

鲁迅的文章相对比较“散”，不时地“捎带一枪”。《范爱农》刻画了范爱农的形象，写出了作者与主人公之间无奈和伤感的温情。鲁迅是将范爱农放在特定的时代背景下来描摹的。就是说，范爱农的悲剧，在特定的时代得到了展现，很大程度上也是时代的悲剧。鲁迅写范爱农，同时也为我们保留下了辛亥革命前后的活的历史影像。文中有一个重要的细节，即对光复后的绍兴换汤不换药的描述。这其实已埋下了范爱农悲剧的伏笔。鲁迅其后又用了很多笔墨写光复后绍兴的现实，其实就是在探讨造成他的朋友悲剧命运的原因。革命前的范爱农是消沉的，革命如酒，使他一度兴奋。绍兴“光复”的第二天，范爱农“就上城来，戴着农夫用的毡帽，那笑容是从来没有见过的”。他用从来未曾有过的笑容来表达他对革命的期望。这一天，酒也不喝了，说是“要去看看光复的绍兴”。范爱农心里产生的希望越大，失望也就越大。范爱农希望一革命，便发生翻天覆地的变化，这是知识分子的幼稚病。革命粗浅层面的表现，就是多了一些彩旗和鞭炮，政权机构换了一伙中国人。此外，还能怎样呢？比如戊戌变法，也就一百零三天，要盖一座大楼，也还来不及呢，能有多大变化！推翻一个政权，有时就是一夜之间的事。从某种意义上说，革命是容易的，而革命以后的建设，特别是世道人心的变化，民族灵魂的再造，需要一百年以上。因为怀着不切实际的幼稚的希望，自然是迅速的破灭和更深刻的绝望。鲁迅和范爱农到革命后的大街上一逛，马上有“然而貌虽如此，内骨子是依旧的”的感叹。为什么呢？“因为还是几个旧乡绅所组织的军政府，什么铁路股东是行政司长，钱庄掌柜是军械司长……在衙门里的人物，穿布衣来的，不上十天也大概换上皮袍子了，天气还并不冷”。总之，你方唱罢我登台，绍兴依旧死气沉沉。范爱农自然又成了革命前的范爱农，甚至更消沉、更绝望。一位觉醒的知识分子，却无法在黑暗社会立足，他的内心是痛苦、悲凉的。如铁屋子中睡着的人被弄醒了，他是醒后无路可走的绝望。“他后来便到一个熟人的家里去寄食，也时时给我信，景况愈困穷，言辞也愈凄苦。终于又非走出这熟人的家不可，便在各处飘浮”，如此，他活像一个孔乙己了。范爱农死了。生前，范爱农在给鲁迅的信中有这样的话：“如此世界，实何生为，盖吾辈生成傲骨，未能随波逐流，惟死而已，端无生理。”鲁迅疑心他是自杀，应该说，这是与他的命运逻辑相吻合的合理推测。

文章还为我们留下了《越铎日报》的历史痕迹。军政府出了钱给鲁迅他们办报，报人却要监督军政府。“开首便骂军政府和那里面的人员；此后是骂都督，都督的亲戚，同乡，姨太太……”钱用完了，再去要，王金发也只是“仿佛有些怒意，同时传令道：再来要，没有了”。今天看，王金发还是不错的，你们办报骂我，我还照样给你送去五百元。我们看希特勒，不要讲送五百元，他根本就不让你办报，所有的报纸一律得听他的。戈培尔一会儿安排这样的宣传计划，一会儿安排那样的宣传计划，全国的报纸都得听从他们的招呼，经过书报检查官的检查，不同的声音一律删去。王金发真是比党卫军中办党卫报的人强多了。当然了，报馆最终还是被“捣毁”了。我揣摩，王金发们的心态是，我给你钱办报，是希望你成为我的喉舌，小骂大帮忙也是可以的。可是，你老和我作对，那我的钱连打水漂都不如，结局只能有一个，那就是“捣毁”。

藤野，鲁迅独居仙台的心灵慰藉

——读《藤野先生》

文章名曰《藤野先生》，我们就不能不分析一番藤野先生这个人物了。有人说，这篇文章歌颂了藤野先生的崇高品质，歌颂了中日人民的传统友谊等等，这些都正确，因为文章的内容客观上可以作为这些见解的旁注。这是一篇情感真挚、文字朴实的优美散文。作者突出地记述藤野先生的严谨、正直、热诚和没有民族偏见的高尚品格，说“他的性格，在我的眼里和心里是伟大的，虽然他的姓名并不为许多人所知道”，表达了对藤野先生深深的怀念。

鲁迅是孤独的，生活在中国人的群体中，他感到孤独；逃离了中国人的群体，却有了别样的孤独。我们想象一下吧，一个中国人，生活在日本偏远的小城，周遭多是怀有民族偏见的年轻人，鲁迅备受奚落、排斥和屈辱，鲁迅的孤独肯定会开出痛苦之花的。正是在这样的环境之下，有了对鲁迅关怀备至的藤野先生，鲁迅感受到了异样的温情，体会到了老师的知遇之恩。

藤野先生的外表是朴素的，“黑瘦”“八字须”“戴着眼镜”“穿衣服太模胡了，有时竟会忘记带领结”，甚至有一回“管车的疑心他是扒手，叫车里的客人大家小心些”。这样一个对生活马马虎虎的人，对教学却一丝不苟、严肃认真。

关于藤野对鲁迅的关怀，鲁迅写了四件事。一是添改讲义，二是纠正解剖图，三是关心解剖实习，四是了解中国女人的裹脚。这四件事赞扬了藤野先生的正直诚恳、朴实厚道和没有民族偏见的优秀品质，刻画出一位治学严谨的学者和循循善诱的教师的形象。

鲁迅到日本之时，日本国力正盛，举国上下弥漫着鄙视中国人的风气。然而，藤野先生对“我”却特别热情，特别友好。给“我”添改讲义，是“每一星期要送给他看一回”，而且“连文法的错误，也都一一订正”。这种手把手的扶掖，是超越了种族局限、民族偏见，博大无私的世界情怀的表现。

藤野先生的治学是严谨的，他走进课堂，“挟着一叠大大小小的书”，都是从最初到现今关于解剖学的著作；“我”画解剖图时将血管移了一点儿位置，他和蔼地帮“我”纠正。藤野先生的治学精神是执着的，他从解剖学的角度，对中国女人裹足“怎么裹法，足骨变成怎样的畸形”产生了困惑，认为“总要看一看才知道”。与此形成比照的是，“我”“那时太不用功，有时也很任性”，随意地更改客观对象的本来面目，藤野先生指出了问题后，“我”还不服气。鲁迅在无情地解剖别人的同时，更多的是冷峻地解剖自己身上存在着的“劣根性”。对于女人缠足的学理问题，中国人是不感兴趣的，他们感兴趣的仅仅是对所谓的“三寸金莲”的钟爱和嗜好。鲁迅的“为难”也正源于此。藤野先生严谨的治学原则，科学的求是精神，折射到中国国民灵魂的最深处，国民的弱点一览无余。

早在一九〇七年，鲁迅在日本论及国民性时就说：“当时我们觉得我们民族最缺乏的东西是诚和爱——换句话说，便是深中了诈伪无耻和猜疑相贼的毛病。”在藤野先生身上，鲁迅找到了当时“我们民族最缺乏的东西”。藤野先生的“诚”，就表现在他的处世态度、治学原则；藤野先生的“爱”，就源自他的世界情怀。

从有关藤野的四件事，鲁迅甚至得出了藤野是“伟大的”的结论：

> 有时我常常想：他的对于我的热心的希望，不倦的教诲，小而言之，是为中国，就是希望中国有新的医学；大而言之，是为学术，就是希望新的医学传到中国去。他的性格，在我的眼里和心里是伟大的，虽然他的姓名并不为许多人所知道。

藤野“伟大”在哪里呢？一是他对来自弱国的鲁迅不抱民族偏见；二是，也是更为重要的，他培养了鲁迅的科学精神。鲁迅写到，他对藤野的批评有过不服气。但是，血管的位置是解剖学的基础，如果画得不准确，医学治疗就没有希望。藤野把中国传统的习俗作为研究对象，如果不对裹脚引起的骨骼变形进行详尽的研究，就找不到具有说服力的制止这种陋习的方法。以科学精神面对各种事物，鲁迅是从藤野那里学来的。

在这里，鲁迅把中国称之为“小”，把学术称之为“大”。近代科学精神是超越民族关系的。只有这种超越民族和国家的学术之“大”，才可能建设一个具有现代文明的新中国。鲁迅“我以我血荐轩辕”的情怀是不容置疑的，然而，在藤野的教导下，鲁迅懂得了还有比祖国更“大”的东西。超越民族利害关系的科学精神的重要性，鲁迅是在仙台医专学到的，是在藤野那里学到的，所以说，藤野是“伟大”的。

在仙台一年半的留学生活，对鲁迅的意义实在是太深远了。文末，鲁迅满怀深情地写道：“只有他的照相至今还挂在我北京寓居的东墙上，书桌对面。每当夜间疲倦，正想偷懒时，仰面在灯光中瞥见他黑瘦的面貌，似乎正要说出抑扬顿挫的话来，便使我忽又良心发现，而且增加勇气了，于是点上一枝烟，再继续写些为‘正人君子’之流所深恶痛疾的文字。”藤野或许是鲁迅在仙台唯一的也是最大的慰藉？藤野因了不朽的鲁迅也不朽了。

在踌躇中筑坟，在自剖时埋葬

——关于《坟》的前言后语

《坟》是鲁迅在厦门编就的，是作者收录文章时间跨度最大的一本集子，收一九〇七年至一九二五年所作论文二十三篇。《题记》写于一九二六年十月三十日，《写在〈坟〉后面》（以下简称《后面》）写于十一月十一日，相隔十来天。两篇文章有相近的地方，所以，就放在一起讲述。

《坟》中有鲁迅早年用文言写作的《人之历史》《科学史教篇》《文化偏至论》《摩罗诗力说》等文章。收不收这些旧作，鲁迅的心情是十分矛盾的。在《题记》与《后面》二文中，鲁迅都表达了犹疑、踌躇的心情。

在《题记》中，鲁迅说得很坦白："将这些体式上截然不同的东西，集合了做成一本书样子的缘由，说起来是很没有什么冠冕堂皇的。首先就因为偶尔看见了几篇将近二十年前所做的所谓文章。"在《后面》中鲁迅说："这不过是我的生活中的一点陈迹。……我也曾工作过了。"写文章的人似乎多有这样的感受，虽有恍若隔世之感，但也有如见老朋友一般亲切。"这是我做的么？"鲁迅就有这样的感觉。人总难免恋旧，“看下去，似乎也确是我做的。那是寄给《河南》的稿子……”。但是，鲁迅对自己的这些文章是不满意的，很大程度上是持否认的态度：“因为那编辑先生有一种怪脾气，文章要长，愈长，稿费便愈多。所以如《摩罗诗力说》那样，简直是生凑。倘在这几年，大概不至于那么做了。又喜欢做怪句子和写古字，这是受了当时的《民报》的影响；现在为排印的方便起见，改了一点，其余的便都由他。”鲁迅看到了这些文章的问题：一是太长，有的地方是“生凑”而成的；二是多“做怪句子和写古字”。可见，鲁迅是有自知之明的。但是，同时又难免对自己的文章有偏爱。他说：“这样生涩的东西，倘是别人的，我恐怕不免要劝他‘割爱’，但自己却总还想将这存留下来……”

书已经开印了，鲁迅还在矛盾。他在《后面》中写道：“电灯自然是辉煌着，但不知怎地忽有淡淡的哀愁来袭击我的心，我似乎有些后悔印行我的杂文了。”置身于光明中，心却沉到了黑暗，就像置身于众人之中，灵魂却陷于孤独。这种后悔，这种犹疑，在鲁迅一生中也不多见，“我很奇怪我的后悔；这在我是不大遇到的”。

鲁迅为什么这样犹疑、踌躇呢？以下这两件事实是我们必须注意到的：一是，鲁迅反复教导青年学生，要少读或者竟不读中国书，要多做好事之徒。在厦门大学，还做了相关的演讲。二是，当时，上海开明书店出版的《一般》月刊有关于“做好白话须读好古文”的议论，该刊一九二六年十一月第一卷第三号所载明石（朱光潜）《雨天的书》一文，其中说：“想做好白话文，读若干上品的文言文或且十分必要。现在白话文作者当推胡适之、吴稚晖、周作人、鲁迅诸先生，而这几位先生的白话文都有得力于古文的处所（他们自己也许不承认）。”

《坟》是一部“古文和白话合成的杂集”，鲁迅说：“只是在自己，却还不能毅然决然将他毁灭，还想借此暂时看看逝去的生活的余痕。”鲁迅的《后面》中记述了这样一件事：“还记得三四年前，有一个学生来买我的书，从衣袋里掏出钱来放在我手里，那钱上还带着体温。这体温便烙印了我的心，至今要写文字时，还常使我怕毒害了这类的青年，迟疑不敢下笔。我毫无顾忌地说话的日子，恐怕要未必有了罢。但也偶尔想，其实倒还是毫无顾忌地说话，对得起这样的青年。但至今也还没有决心这样做。”鲁迅记住了青年带体温的钱，怕自己的文章“……于读者有害，因此作文就时常更谨慎，更踌躇”。而现在，自己却把文言文收入《坟》中，所以，鲁迅在《后面》中特别声明，“去年我主张青年少读，或者简直不读中国书，乃是用许多苦痛换来的真话，决不是聊且快意，或什么玩笑、愤激之辞。古人说，不读书便成愚人，那自然也不错的。然而世界却正由愚人造成，聪明人决不能支持世界，尤其是中国的聪明人。现在呢，思想上且不说，便是文辞，许多青年作者又在古文、诗词中摘些好看而难懂的字面，作为变戏法的手巾，来装潢自己的作品了。我不知这和劝读古文说可有相关，但正在复古，也就是新文艺的试行自杀，是显而易见的”。

至于对朱光潜的“做好白话须读好古文”，鲁迅在《后面》中是这样回答的：

> 新近看见一种上海出版的期刊，也说起要做好白话须读好古文，而举例为证的人名中，其一却是我。这实在使我打了一个寒噤。别人我不论，若是自己，则曾经看过许多旧书，是的确的，为了教书，至今也还在看。因此耳濡目染，影响到所做的白话上，常不免流露出它的字句，体格来。但自己却正苦于背了这些古老的鬼魂，摆脱不开，时常感到一种使人气闷的沉

重。就是思想上，也何尝不中些庄周韩非的毒，时而很随便，时而很峻急。

从文字表达到思想情感，古文让鲁迅有了中毒的感觉，感到“使人气闷的沉重”。鲁迅仿佛要说，倘没有古文的羁绊，他的文字表达会更加明快，思想也会更加阳光。时而随便，时而峻急，鲁迅在直面自己，做了心灵的剖白。他的名言“我的确时时解剖别人，然而更多的是更无情面地解剖我自己”，就是出自这篇文章。那么，在这篇文章中，他是怎么解剖自己的呢？

第一，他认为自己的文章只是“小杂感”，并没有刻意要推销的什么主义。鲁迅说：“但我并无喷泉一般的思想，伟大华美的文章，既没有主义要宣传，也不想发起一种什么运动……”鲁迅一有感想，就写成文章，若从总体上把握，有时甚至会觉得不知道自己在做什么——鲁迅极为真诚地面对自己的心灵：“然而我至今终于不明白我一向是在做什么。比方做土工的罢，做着做着，而不明白是在筑台呢还在掘坑。所知道的是即使是筑台，也无非要将自己从那上面跌下来或者显示老死；倘是掘坑，那就当然不过是埋掉自己。总之：逝去，逝去，一切一切，和光阴一同早逝去，在逝去，要逝去了。——不过如此，但也为我所十分甘愿的。”

第二，他认为自己在思想上也中过毒。鲁迅说，“我自然不想太欺骗人，但也未尝将心里的话照样说尽”，就是说，鲁迅的话是有保留的。那么，他保留的是一些什么东西呢？鲁迅认为他的思想中有“鬼气”，他没有发表的真实想法，比已经发表的要消极得多。“发表一点，酷爱温暖的人物已经觉得冷酷了，如果全露出我的血肉来，末路正不知要到怎样”。鲁迅害怕自己的消极影响了接受他影响的人们，“……从此到那的道路。那当然不只一条，我可正不知那一条好，虽然至今有时也还在寻求。在寻求中，我就怕我未熟的果实偏偏毒死了偏爱我的果实的人……”。

所以，鲁迅认为，自己成不了也不愿意成为青年的“前辈”和“导师”。“倘说为别人引路，那就更不容易了，因为连我自己还不明白应当怎么走。中国大概很有些青年的‘前辈’和‘导师’罢，但那不是我，我也不相信他们。我只很确切地知道一个终点，就是：坟。然而这是大家都知道的，无须谁指引。”

虽然犹疑、踌躇，最终，鲁迅还是决定将这些文章收入《坟》。在《题记》中，鲁迅是这样说的：“在我自己，还有一点小意义，就是这总算是生活的一部分的痕迹。所以虽然明知道过去已经过去，神魂是无法追蹑的，但总不能那么决绝，还想将糟粕收敛起来，造成一座小小的新坟，一面是埋藏，一面也是留恋。至于不远的踏成平地，那是不想管，也无从管了。”在《后面》，鲁迅是这样说的：“然而这大约也不过是一句话。当呼吸还在时，只要是自己的，我有时却也喜欢将陈迹收存起来，明知不值一文，总不能绝无眷恋。”敝帚自珍，俗话说，老婆是别人的好，文章是自己的好，也属人之常情。鲁迅是个厚道人，还是说出了自己对陈迹的眷恋。至于文章是不是“不值一文”，读者心中自然有数。以上点到的那几篇文章，用的虽然是让他痛恨的文言，但所承载的思想却是新的。一个时代的新人，偶尔穿一下长袍马褂，也不会就成了复古派了。而很多复古的文章，却用白话文写的，就像清末的遗老遗少，有时也穿西装，终究还是遗老遗少。鲁迅的一张便条，对研究者都有研究价值，何况鲁迅早期的这些文章呢？如果鲁迅真的在矛盾、猜疑时放弃了，让这些文章永远地消失，那将是不可想象的憾事！“集杂文而名之曰《坟》，究竟还是一种取巧的掩饰。刘伶喝得酒气熏天，使人荷锸跟在后面，道：死便埋我。虽然自以为放达，其实是只能骗骗极端老实人的。”我理解，鲁迅的意思是埋葬，但更是纪念。他自己也承认，看似放达，其实却不。

鲁迅还陈述了留下这些文章的理由。归纳起来，第一，其中几个诗人曾经深深地感动过鲁迅，“先前是怎样地使我激昂呵”，然而，现在却被人淡忘了。这是鲁迅不忍抛弃旧稿的一个原因。鲁迅从历史进化观出发，热情介绍了达尔文的进化论，阐明人类社会发展变化的思想；详细叙述西方自然科学发展演变的过程，说明科学对自然和社会的进步作用。他还介绍了西方敢于抗争的“立意在反抗，指归在动作”的“摩罗”诗人，希望中国有一批“精神界之战士”，起来冲破封建统治者的罗网。鲁迅想重新唤起国人的激情。

第二，鲁迅自信自己的文章还有人要看，鲁迅的崇拜者要看，而且要世世代代看下去，这是不言而喻的。不仅鲁迅的崇拜者要看，鲁迅的敌人也要看。鲁迅的骨子里有“恶”的成分，因为有人憎恶他的文章，你愈是憎恶，我就愈要写。鲁迅在《题记》中说：“说话说到有人厌恶，比起毫无动静来，还是一种幸福。”这里，鲁迅具有精神上的优越感，他不以被别人厌恶为痛苦。他的带痛感的文章让那些正人君子有了被暴露的痛感，这正是鲁迅所高兴的。“天下不舒服的人们多着，而有些人却一心一意在造专给自己舒服的世界。这是不能如此便宜的，也给他们放一点可恶的东西在眼前，使他有时小不舒服，知道原来自己的世界也不容易十分美满。苍蝇的飞鸣，是不知道人们在憎恶他的；我却明知道，然而只要能飞鸣就偏要飞鸣。我的可恶有时自己也觉得，即如我的戒酒，吃鱼肝油，以望延长我的生命，倒不尽是为了我的爱人，大大半乃是为了我的敌人，——给他们说得体面一点，就是敌人罢——要在他的好世界上多留一些缺陷。”鲁迅甚至自比苍蝇，在那些专营自己的五星级宾馆，在宾馆中写着雅舍文学的人们眼里，鲁迅的战叫，确如苍蝇嗡营，鲁迅似乎为自己规定了任务，专门让那些专门经营自己舒服的人不舒服，鲁迅是上层社会的破坏者。在《后面》中，鲁迅进一步强化了这一思想，让“憎恶我的文字的东西得到一点呕吐，——我自己知道，我并不大度，那些东西因我的文字而呕吐，我也很高兴的。”又说：“先前也曾屡次声明，就是偏要使所谓正人君子也者之流多不舒服几天……给他们的世界上多有一点缺陷……”

这《题记》，还表现了鲁迅前所未有的奋然前行的勇气，说出了自己的种种，也是为了“我的爱人”。在此前后，鲁迅还说过“我可以爱”。一个中年人，一个社会名流，一个家里还有“母亲送的礼物”的旧生活的承载者，爱一个小自己近二十岁的女学生，鲁迅犹疑、徘徊了许久，甚至可以说他是在历史和未来之间犹疑和徘徊，此时，他终于“战胜”了！——这一层意思，鲁迅在这篇文章中是比较突兀地捎带一句，我也在这里插上一段。

第三，有的文章是血写的。鲁迅在《后面》中，特别强调了一下《论“费厄泼赖”应该缓行》这篇文章：“最末的论‘费厄泼赖’这一篇，也许可供参考罢，因为这虽然不是我的血所写，却是见了我的同辈和比我年幼的青年们的血而写的。”鲁迅的文章，不仅带有痛感，而且还带有血性。

此外，鲁迅还为收录在《坟》里的文章辩护。这里的文章有的是骂正人君子的。《现代评论》第四卷第八十九期（一九二六年八月二十一日）署名涵庐（即高一涵）的一则《闲话》中说：“我二十四分的希望一般文人彼此收起互骂的法宝，做我们应该做的和值得做的事业。万一骂溜了嘴，不能收束，正可以同那实在可骂而又实在不敢骂的人们，斗斗法宝，就是到天桥走走，似乎也还值得些！否则既不敢到天桥去，又不肯不骂人，所以专将法宝在无枪阶级的头上乱祭，那末，骂人诚然是骂人，却是高傲也难乎其为高傲罢。”当时北京的刑场在天桥附近。高一涵的意思似乎是，文人骂文人，那算不上什么本事，你如果真有本事，应该去骂“有枪阶级”。鲁迅将此看作是“诱杀”：“君子之徒曰：你何以不骂杀人不眨眼的军阀呢？斯亦卑怯也已！但我是不想上这些诱杀手段的当的。木皮道人说得好，‘几年家软刀子割头不觉死’，我就要专指斥那些自称‘无枪阶级’而其实是拿着软刀子的妖魔。即如上面所引的君子之徒的话，也就是一把软刀子。假如遭了笔祸了，你以为他就尊你为烈士了么？不，那时另有一番风凉话。倘不信，可看他们怎样评论那死于三一八惨杀的青年。”鲁迅是一向不主张送死，不主张跳出坦克车的，他提倡的是韧性战斗精神。

一部《坟》，鲁迅是在踌躇中筑坟，在自剖时埋葬。他自我感觉埋葬了，至于他《坟》中的文章，或“不远的踏成平地”，或“又当化为烟埃”，鲁迅当然“不想管，也无从管”，可是，它们却在坟中涅槃，得以永生了。

阿Q的“人格”等问题
——读《〈阿Q正传〉的成因》

本篇最初发表于一九二六年十二月十八日上海《北新》周刊第十八期。

我把鲁迅的这篇文章与西谛（郑振铎）的《“呐喊”》对比着读，可以肯定地说，鲁迅的文章就是针对西谛的，是西谛文章引发的联想或读后感。

西谛对鲁迅的《呐喊》，特别是《呐喊》中的《阿Q正传》给予极高的评价，称“《呐喊》是最近数年来中国文坛上少见之作，那样的讥诮而冗挚，那样的描写深刻，似乎一个字一个字都是用刀刻在木上的”。西谛把鲁迅的作品归为讥诮和讽刺一类，他认为，在中国文学史上从来就没有好的讽刺作品，“中国的讽刺作品，自古就没有；所谓《何典》不过是陈腐的传奇，穿上了鬼之衣而已，《捉鬼记》较好，却也不深刻，《儒林外史》更不是一部讽刺的书，《官场现形记》之流却是破口大骂了；求有蕴蓄之情趣的讽刺作品，几乎不见一部”。虽然不尽妥帖，比如《儒林外史》就受到鲁迅的好评，但我理解西谛抑古是为了扬今，是极言鲁迅在讽刺文学上取得了前无古人的成就。西谛云，“自鲁迅先生出来后，才第一次用他的笔锋去写几篇‘自古未有’的讽刺小说。那是一个新辟的天地，那是他独自创出的国土，如果他的作品并不是什么‘不朽’的作品，那么，他的在这一方面的成绩，至少是不朽的”。虽然这话有点酸，似乎是说，或许鲁迅的作品不是那么“不朽”，但他的讽刺作品肯定是不朽的。客观上，在西谛的心目中，把鲁迅的作品与鲁迅的讽刺作品作了区别。或许正是出于这样的“区别”，西谛认为，“《阿Q正传》确是《呐喊》中最出色之作”，“……在中国近代文坛上的地位却是无比的；将来恐也将成为世界最熟知的中国现代的代表作了”。

对于西谛的褒奖，鲁迅未置一词。鲁迅对别人吹捧他的好话，似乎不是特别在意，而是侧重于对问题的探讨。我以为，在这篇文章中，鲁迅肯定了西谛之应该肯定之处，对不同见解，也作了自己的说明。鲁迅文中摘录了西谛文章中的这样一段话：

> 这篇东西值得大家如此的注意，原不是无因的。但也有几点值得商榷的，如最后“大团圆”的一幕，我在《晨报》上初读此作之时，即不以为然，至今也还不以为然，似乎作者对于阿Q之收局太匆促了；他不欲再往下写了，便如此随意的给他以一个“大团圆”。像阿Q那样的一个人，终于要做起革命党来，终于受到那样大团圆的结局，似乎连作者他自己在最初写作时也是料不到的。至少在人格上似乎是两个。

从这段话看，西谛似乎不相信像阿Q这样的人也会参加革命，他不就是一个落后的农民吗？他做革命党应该是不可能的。因为他不可能做革命党，那样的“大团圆”也是于情理不符合的，所以阿Q的人格“似乎是两个”。西谛估计，鲁迅在开始写作时，甚至也“料不到”会是这样的结局。

西谛没有投身革命的实际经验，基本上是一介书生。或许，他对革命党的印象，应该都是像孙中山、宋教仁、黄兴那一派人物，有革命理想，有文化素养，有牺牲精神，像阿Q这样调戏吴妈和小尼姑的小痞子，如何与革命党扯在一起？这不是生生糟蹋了革命党吗？

革命党也是宝塔，有基座，有塔尖。我估计他是用塔尖的革命党人的形象来衡量阿Q，所以对阿Q的革命深感费解。可以说，阿Q是革命的基础，在中国近代史上，无论是孙中山的资产阶级革命，还是毛泽东的无产阶级革命，都离不开阿Q这样的基础分子。这里，没有必要进行革命党的阶级成分分析。孙中山是诉诸暴力的。反革命的军队需要炮灰，革命的军队客观上也需要炮灰，阿Q和阿Q们在革命中的位置，往往就是炮灰。鲁迅是从绍兴这样的小县城走出来的，见过、感受过革命党中的阿Q们，所以，与其说鲁迅让阿Q参加了革命，不如说参加革命的阿Q让鲁迅不得不这么写。从鲁迅的人道主义情怀看，从鲁迅对革命的深切同情看，鲁迅或许主观上想给阿Q更多的美化，然而不行，作为事实的阿Q使得鲁迅只能如此，只能如此！

毛泽东对阿Q的革命性和落后性都有深刻的认识，他在与冯雪峰的谈话中，在《论十大关系》中，都谈到阿Q，认为鲁迅在这篇小说里面，主要是写一个落后的不觉悟的农民。他专门写了“不准革命”一章，说假洋鬼子不准阿Q革命。其实，阿Q当时的所谓革命，不过是想把“秀才娘子的一张宁式床先搬到土谷祠”，想跟别人一样拿点东西而已，当然，还对若干女人想入非非。毛泽东认为，阿Q是个落后的农民，缺点很多，但他要求革命。我们看不到或者不理会这个要求是错误的。鲁迅对群众力量有估计不足的地方，但他看到了农民的要求，毫不留情地批评阿Q身上的弱点，满腔热情地将阿Q的革命要求写了出来。毛泽东之所以会对阿Q有这样的评价，我们可以从他的《湖南农民运动考察报告》中找到答案。“痞子运动”与阿Q的革命有很多相似之处，在“好得很”与“糟得很”的争论中，毛泽东的结论是“好得很”，所以，阿Q的革命性应该得到充分的估计。鲁迅说：“据我的意思，中国倘不革命，阿Q便不做，既然革命，就会做的。我的阿Q的命运，也只能如此，人格也恐怕并不是两个。”革命造就了阿Q，时代造就了人。我们从后来的文学作品看，像阿Q这样的人，不少被杀头了，不少死于战场，但也有若干人在革命队伍中百炼成钢……

至于阿Q的结局，是鲁迅始料不及还是始料已及？是不是如西谛所言，“似乎连作者他自己在最初写作时也是料不到的”？其实，作者料得到还是料不到有什么关系呢？阿Q的命运只能如此，阿Q的命运也不能以作者的意志为转移。作家的意志要顺应生活的逻辑和人物性格的逻辑。福楼拜不忍心让包法利夫人服毒，托尔斯泰不打算叫安娜卧轨……但两位大师都屈从于生活的逻辑，两位夫人不得不死！对于这一问题，《红日》的作者吴强说过一段颇有见地的话：“我以为一个作者没有权利按照自己的意图去随意支配人物，作者的意图必须和人物的内心愿望相一致。我这样觉得，当我的自由权利和人物的性格要求统一的时候，我的笔触和我的心情才顺畅如流。如果与这种情景相反，不是由作者按生活规律赋给人物以性格，而是根据人物性格去表现人物，就是说，让作者的自由限制了、侵犯了人物的自由，随意支配了人物的思想行动，那就必然使客观的存在为作者的主观意念所代替。”有人强调作家的意志自由，并在这种观念指导下臆造了违背生活逻辑和人物性格逻辑的粗劣作品，显然，《阿Q正传》不属于这样的作品。

鲁迅的表白，似有矛盾之处。他说："其实'大团圆'倒不是'随意'给他的……"鲁迅又说："'大团圆'藏在心里……"既是如此，鲁迅对整篇作品的结构和人物命运，应该是了然于胸的。可是，鲁迅接着却说："至于初写时可曾料到，那倒确乎也是一个疑问。我仿佛记得：没有料到。不过这也无法，谁能开首就料到人们的'大团圆'？不但对于阿Q，连我自己将来的'大团圆'，我就料不到究竟是怎样。终于是'学者'，或'教授'乎？还是'学匪'或'学棍'呢？'官僚'乎，还是'刀笔吏'呢？'思想界之权威'乎，抑'思想界先驱者'乎，抑又'世故的老人'乎？'艺术家'？'战士'？抑又是见客不怕麻烦的特别'亚拉籍夫'乎？乎？乎？乎？乎？"这里，鲁迅生发开去，说自己的结局怎样，尚且不清，如何对阿Q了然？我是这样理解的，就像鲁迅就是鲁迅一样，阿Q就是阿Q，只要中国有革命，阿Q是注定要参加革命的。然而，参加革命后的结局却不一定一样，或许阿Q成了将军呢？也未可知。就是说，阿Q参加革命，这一点是确定的，"人格"不可能是两个；阿Q是不是要被稀里糊涂地杀死，或许鲁迅初时也把握不定。所以鲁迅接着说："但阿Q自然还可以有各种别样的结果，不过这不是我所知道的事。"不过，鲁迅还是以当时的社会新闻为例，证明阿Q现在这样的结局，也符合生活的逻辑。

鲁迅在这篇文章中，为我们提供了相当丰富的信息。除了与《阿Q正传》相关的内容外，值得一提的至少还有两点：一是鲁迅的文章是挤出来的还是涌出来的问题；二是周树人与鲁迅的关系问题。

鲁迅说："我常常说，我的文章不是涌出来的，是挤出来的。听的人往往误解为谦逊，其实是真情。"我也一样以为鲁迅的文章是挤出来的。他一生写的文章不算多，鲁迅的"挤"，一是他是在别人的催促之下，才勉强为文，是被别人"挤"出来的，"不过是依了相识者的希望，要我写一点东西就写一点东西”。五四时期，是钱玄同的催促；这回写的《阿Q正传》，虽然“阿Q的影像，在我心目中似乎已有了好几年，但我一向毫无写他出来的意思”，是因了孙伏园的催稿，鲁迅才一章一章地写下去，“伏园虽然还没有现在这样胖，但已经笑嘻嘻，善于催稿了。每星期来一回，一有机会，就是：‘先生，《阿Q正传》……明天要付排了。’于是只得做……”。二是鲁迅对自己的文字格外认真，他的作品负载形象，负载思想，甚至负载历史，十分沉重。从水管里流出来的都是水，从血管里流出来的才是血。鲁迅的作品是从血管里流出来的，是他深沉的生命体验的结果。鲁迅还多次表达过与不是“涌出来”的意思相近的话。在《并非闲话（三）》中，鲁迅谈到自己的作品时说，“至于已经印过的那些，那是被挤出来的。这‘挤’字是挤牛乳之‘挤’……”。这里，也用了一个“挤”字，还强调是“挤牛乳”的“挤”。鲁迅曾对许广平说过，我好像一只牛，吃的是草，挤出的是牛奶，是血。鲁迅还说过，哪里有什么天才，我是把别人喝咖啡的时间也用来工作的……

从这篇文章中，还可看出鲁迅对文章和虚名的淡泊，看出鲁迅的一种情怀。鲁迅说，他写文章从不为了图虚名，“我所用的笔名也不只一个：LS，神飞，唐俟，某生者，雪之，风声；更以前还有：自树，索士，令飞，迅行。鲁迅就是承迅行而来的，因为那时的《新青年》编辑者不愿意有别号一般的署名”。后来，“鲁迅”走俏了，也“不很有人知道鲁迅就是我”，“我就从不曾插了鲁迅的旗去访过一次人”。后来的“鲁迅即周树人”，是别人查出来的。鲁迅说：“这些人有四类：一类是为要研究小说，因而要知道作者的身世；一类单是好奇；一类是因为我也做短评，所以特地揭出来，想我受点祸；一类是以为于他有用处，想要钻进来。”别人知道了“鲁迅即周树人”，那是鲁迅管不了的。这让我想起了另外一件事，鲁迅居沪时，常把草稿纸用作便纸。许广平不同意，将其精心收藏，鲁迅还是不以为然，还是依然故我。可见，鲁迅不是那种特别自恋的人，而那些特别自恋的人应该从鲁迅的风范中得到某种启示。

一千个哈姆雷特

——读《〈绛洞花主〉小引》

这篇文章是鲁迅离开厦门的前一天写的，时间是一九二七年一月十四日，十五日就登上了去广州的“苏州号”轮船，十六日开船。本文载上海北新书局一九二八年出版的《绛洞花主》剧本前，署名鲁迅。一九三八年五月收入由许广平编定的《集外集拾遗补编》。

《绛洞花主》是厦门大学教育系四年级学生陈梦韶根据《红楼梦》改编写成的剧本。“绛洞花主”，贾宝玉的别号，见《红楼梦》第三十七回。《绛洞花主》剧本的目录为：小引；序幕；第一幕：晤聚；第二幕：闹塾；第三幕：缘巧；第四幕：谈谑；第五幕：娇玩；第六幕：埋香；第七幕：问病；第八幕：讨宴；第九幕：归省；第十幕：反抗；第十一幕：诡计；第十二幕：焚稿；第十三幕：闺思；第十四幕：蝉脱。鲁迅临别，还为一个学生留下这样一篇杂感式的“小引”，这是对青年学子的爱护。

在《小引》中，鲁迅首先谈了《红楼梦》的社会价值即“命意”问题：“单是命意，就因读者的眼光而有种种：经学家看见《易》，道学家看见淫，才子看见缠绵，革命家看见排满，流言家看见宫闱秘事……。”这段话成了鲁迅关于《红楼梦》的著名论述。关于《红楼梦》的命意，旧时有各种看法。清代张新之在《石头记读法》中说，《红楼梦》“全书无非《易》道也”。清代梁恭辰在《北东园笔录》中说：“《红楼梦》一书，诲淫之甚者也。”清代花月痴人在《〈红楼幻梦〉序》中说：“《红楼梦》何书也？余答曰：情书也。”蔡元培在《石头记索隐》中说：“作者持民族主义甚挚，书中本事在吊明之亡，揭清之失。”清代“索隐派”的张维屏在《国朝诗人征略二编》中说它写“故相明珠家事”，王梦阮、沈瓶庵在《〈红楼梦〉索隐》中则说它写“清世祖与董小宛事”。便是在今人中，对《红楼梦》命意的理解，也有种种的。桂向明点到，“新索隐派”刘心武提出所谓“秦学”，认定秦可卿是康熙废太子的女儿，贾府则卷进明两个政治集团的宫廷斗争，有点像只看见“宫闱秘事”的流言家。著名红学家蔡义江说“老索隐派所认定的影射对象还实有其人其事，而新索隐派连影射的对象也是虚妄的”，刘心武拒绝批评，我行我素，成为文坛另一景观。道学家尤其可笑，陈其元认为《红楼梦》比《金瓶梅》更淫，他在《庸闲斋笔记》中写道：“淫书以《红楼梦》为最，盖描摹痴男女情性，其字面绝不露一淫字，令人目想神游，而意为之移，所谓大盗不操戈矛也。”《红楼梦》“大旨言情”，检视此书，宝玉最钟爱的女性为黛玉、晴雯，可他们的关系洁白如玉，何淫秽之有？同样的一件事情，或是一个人，在不同的人眼里，就会得到不同的感受，也就是心理学中的认知的差异。这通常与个体的经验、个性、知识以及所处社会环境有关，真是见仁见智，有一千个读者就有一千个哈姆雷特。

那么，鲁迅眼里的《红楼梦》是什么样的呢？接下来，鲁迅谈了贾宝玉：“在我的眼下的宝玉，却看见他看见许多死亡；证成多所爱者，当大苦恼，因为世上，不幸人多。”贾宝玉小小年纪，见多了死亡，这是《红楼梦》描述的客观事实之一。鲁迅眼里，至少此时不在意宫闱秘事或是其他，这体现了鲁迅的生命和死亡意识。因为关注生死问题，又因为怀着“爱”关注，世上不幸人多，所以有了大苦恼。面对现实世界，面对苦难，无计可施。紫鹃获准跟着惜春修行之后，给宝玉磕头；宝玉念了声：“阿弥陀佛！难得难得！不料你倒先好了！”袭人痛哭不止，说“愿意跟了四姑娘去修行”。宝玉笑道：“你也是好心，但是你不能享这个清福的！”这一切说明，宝玉出家的“主意定了”；他认为出家是“好事”，是“小欢喜”。宝玉说的“享这个清福”，与地藏庵的姑子说的修行人“虽说比夫人小姐们苦多着呢，只是没有险难的了”，同是一个意思。出家人“没有险难”，享受“清福”，这是佛家宣扬的“六根清净”的境界。宝玉曾对林妹妹说过：“你死了，我做和尚。”于是，不得不走上“爱人者的败亡的逃路”，求得“小欢喜”而少“罣碍”。

鲁迅文章的最末一段，对《绛洞花主》给予肯定：“百余回的一部大书，一览可尽，而神情依然具在；如果排演，当然会更可观。我不知道剧本的作法，但深佩服作者的熟于情节，妙于剪裁。灯下读完，僭为短引云尔。”鲁迅曾对《绛洞花主》剧本作者说过：“你的剧本可作《红楼梦菁华》读。”这跟《小引》所写，是一致的。

不过，应该说，鲁迅是出于对青年学生的爱护，说的是客气话，我们上面已摆出剧本的目录，大约可见剧情一斑。在我看来，一部《红楼梦》，是不可能通过一部剧本便“一览可尽”的，这是题外话，打住。

无处可逃

作为中国人的鲁迅，自然生活在中国人之中。知识分子如孔乙己，劳苦大众似阿Q，女人不是祥林嫂便如单四嫂子；至于革命者，一腔热血，也只是成了愚者疗病的人血馒头……鲁迅眼里看到的是上层社会的堕落和下层社会的不幸，看到的是中国人的虚伪、自私、冷血，有时甚至是凶残。鲁迅说，我不惮以最坏的恶意来猜度中国人。很大程度上，鲁迅是绝望于中国的遗老遗少和正人君子，绝望于劳苦大众的愚昧和麻木。所以，走异地，寻异路，去寻找别样的人们。

哪怕到了异国他乡，也还是被丑陋的中国人包围着。留学生，应该是社会精英吧，可是，骨子里遗传的还是民族的基因。在《范爱农》中，留学生抵横滨，被关吏翻出一双绣花的弓鞋来，让鲁迅有“这些鸟男人”之叹。在《因太炎先生而想起的二三事》中，吴稚晖唾沫四溅地演讲：“我在这里骂老太婆，老太婆一定也在那里骂吴稚晖……”鲁迅感到没趣，觉得留学生好像也不外乎嬉皮笑脸。“吴稚晖在东京开会骂西太后，是眼前的事实无疑，但要说这时西太后也正在北京开会骂吴稚晖，我可不相信。”在《藤野先生》中，鲁迅所看到的清国留学生是这样的：头顶上盘着大辫子，顶得学生制帽的顶上高高耸起，形成一座富士山的成群结队的“清国留学生”。鲁迅挖苦他们“实在标致极了”；一到傍晚，就有人来中国留学生会馆学跳舞，把地板弄得咚咚咚地震天响；还有的人并不读书，只是租了房子，关起门来炖牛肉吃。“那时我想：炖牛肉吃，在中国就可以，何必路远迢迢，跑到外国来呢？虽然外国讲究畜牧，或者肉里面的寄生虫可以少些，但炖烂了，即使多也就没有关系。……”这些中国人，把国内的腐朽没落、不学无术的风气带到了东京，与许多这样的中国人打交道，这不能不使他厌倦。“到别的地方去看看，如何呢？我就往仙台的医学专门学校去。”

鲁迅要躲避中国人，他似乎要到一个没有中国人的地方去。

周作人有一段话是颇让人沉吟的：“鲁迅在东京看厌了清国留学生，便决计离开那里，到日本东北方向的仙台，进医学专门学校去。……本来在去东京不远的千叶市，也有医学专门学校，是同样的组织，但是里边有些中国留学生，他觉得有戒心，便索性走得远一点，到奥羽地方去吧，虽然天气是冷得很。”（《鲁迅小说里的人物·仙台》）鲁迅也写道：“仙台是一个市镇，并不大；冬天冷得利害；还没有中国的学生。”中国人喜欢群居，特别是到了人生地不熟的地方，所谓“老乡见老乡，两眼泪汪汪”。鲁迅则不然，他实在太讨厌中国人了。这一点，鲁迅甚至是“五十年不变”，到了晚年，他有了“躲进小楼成一统，管他冬夏与春秋”的愤恨。为了躲避中国人，他宁可走得远远的，宁可忍受天寒地冻的每日每夜。

齐寿山是鲁迅的好友，他们在精神气质上有相通之处。鲁迅买房子，有向齐寿山借钱。能开口借钱的朋友，应该是好朋友吧！鲁迅辞去教育部的职务，齐寿山也跟着辞职，这样的朋友应不多见吧！鲁迅曾在齐寿山那里听过类似躲避中国人的故事。齐寿山是留学德国的。齐寿山说，顾孟余从前在德国留学，他独自走到慕尼黑去，因为那里没有中国留学生。但是不久他就失望了，不但来了一个同乡，而且还戴了一顶金色的假发，这模样实在不很好看。

无处可逃！鲁迅和所有的人一样，注定生活在烦恼的人间。没有了清国留学生的身影，看不到他们的嬉皮笑脸，听不到他们的咚咚响，闻不到他们的牛肉味……却有了别的烦恼，有了带痛感的刺激。这就是在鲁迅的一生中起了转折作用的“幻灯片事件”。

这还得从鲁迅选择了医学说起。

在《父亲的病》和《琐记》等文章中，我们知道，因为父亲被庸医所害，鲁迅对中医有了因亲人不幸命运而造成的深刻的偏见。鲁迅“渐渐的悟得中医不过是一种有意的或无意的骗子”。鲁迅先是在《〈呐喊〉自序》中提到他学医的动机，即，学成之后，“救治像我父亲似的被误的病人的疾苦，战争时候便去当军医，一面又促进了国人对于维新的信仰”。在南京求学时，他无法选择专业，这回在日本却可以如愿了。

可是，在没有中国留学生的仙台，鲁迅却体会到了中国是一个弱国，所以中国人只能是低能儿的屈辱。在《藤野先生》一文中，鲁迅通过“漏题事件”和“幻灯片事件”，揭露了日本人的民族偏见。鲁迅写道：“中国是弱国，所以中国人当然是低能儿，分数在六十分以上，便不是自己的能力了……”日本学生认为，鲁迅之所以有相对好的成绩，是因为藤野先生把考试题目“漏”给鲁迅的结果，所以要鲁迅“改悔”。当然，这只是针对鲁迅个人的，鲁迅做了应有的抗争，“终于这流言消灭了”。至于“幻灯片事件”，那是针对中国人的，对鲁迅的刺激自然更大、更深。鲁迅不仅在《藤野先生》中提到此事，在早几年的《〈呐喊〉自序》中就已经提到，事实上，鲁迅对此是耿耿于怀的。

我们来“回放”一下历史的“幻灯片”吧。在《〈呐喊〉自序》中鲁迅写道：

……正当日俄战争的时候，关于战事的画片自然也就比较的多了，我在这一个讲堂中，便须常常随喜我那同学们的拍手和喝采。有一回，我竟在画片上忽然会见我久违的许多中国人了，一个绑在中间，许多站在左右，一样是强壮的体格，而显出麻木的神情。据解说，则绑着的是替俄国做了军事上的侦探，正要被日军砍下头颅来示众，而围着的便是来赏鉴这示众的盛举的人们。

在《藤野先生》中，鲁迅是这样描述的：

……但我接着便有参观枪毙中国人的命运了。第二年添教霉菌学，细菌的形状是全用电影来显示的，一段落已完而还没有到下课的时候，便影几片时事的片子，自然都是日本战胜俄国的情形。但偏有中国人夹在里边：给俄国人做侦探，被日本军捕获，要枪毙了，围着看的也是一群中国人；在讲堂里的还有一个我。

“万岁！”他们都拍掌欢呼起来。

这种欢呼，是每看一片都有的，但在我，这一声却特别听得刺耳。此后回到中国来，我看见那些闲看枪毙犯人的人们，他们也何尝不酒醉似的喝采，——呜呼，无法可想！但在那时那地，我的意见却变化了。

两段文字，小有不同，比如，一说砍头，一说枪毙，但这无关大碍，基本的事实却是一样的。那么，鲁迅的意见有什么变化呢？那就是弃医从文。在《藤野先生》中，鲁迅没有重复《〈呐喊〉自序》里提到的“意见”，我们在此还是应该引用的：“……我便觉得医学并非一件紧要事，凡是愚弱的国民，即使体格如何健全，如何茁壮，也只能做毫无意义的示众的材料和看客，病死多少是不必以为不幸的。”医学关乎肉体，此时，鲁迅从肉体关怀走向了灵魂关怀，他开始关注民族精神或是“国民性”了。“所以我们的第一要著，是在改变他们的精神，而善于改变精神的是，我那时以为当然要推文艺，于是想提倡文艺运动了。”

仙台的屈辱，使得中国少了一个医生，而多了一个大文豪。鲁迅无处可逃，终于又回到了中国人当中。他还是一个医生，拿着解剖刀，从解剖肉体改为解剖灵魂——中国人的灵魂。

终生的反抗者

——《〈华盖集续编〉小引》

这是一篇短序，一开篇就谈了作者在孤岛上的感受，也可以说是牢骚吧：“秋来住在海边，目前只见云水，听到的多是风涛声，几乎和社会隔绝。”本来，这样的环境，是做学问的好处所。然而，鲁迅的战士气质超越了学者气质。我们可以说“思想家鲁迅”“战士鲁迅”，但如果说“学者鲁迅”，虽然因了《中国小说史略》等，他可以是当之无愧的学者，但不免有怪异之感。北京的污浊让他厌恶，于是盛产杂感，而厦门的与社会隔绝，又让他无聊。本来在厦门这样的环境，是可以让他静下心，就像当年在绍兴会馆一样，做一点学问上的事。可是，在远方，许广平的青春像是一束火炬，在心底召唤着他！于是，尽管事实上有种种的不如意，便是一切顺意吧，他也会想出种种的可恶和难以容忍，飞蛾赴火一般地奔向青春。中年人的感情，虽然含蓄，却也沉郁，如地火在运行，终究是要喷发的。

灯下无事，他便编书，编《坟》，编《华盖集续编》等等。书编完了，总要留下一点文字，于是有了这篇《小引》，也还是杂感。他说："这里面所讲的仍然并没有宇宙的奥义和人生的真谛。不过是，将我所遇到的，所想到的，所要说的，一任它怎样浅薄，怎样偏激，有时便都用笔写了下来。说得自夸一点，就如悲喜时节的歌哭一般，那时无非借此来释愤抒情，现在更不想和谁去抢夺所谓公理或正义。你要那样，我偏要这样是有的；偏不遵命，偏不磕头是有的；偏要在庄严高尚的假面上拨它一拨也是有的，此外却毫无什么大举。名副其实，'杂感'而已。"这段话，有点自贬的意味，也有点回应对他"浅薄""偏激"的攻击的意思。此外，有两点是要提出来的，一是，鲁迅指出，言为心声，文章是为了"释愤抒情"的。鲁迅向来不为写文章而写文章，而是心里有感受、有不平……所谓悲喜歌哭，喷薄而出。所以，我常说，鲁迅的文章是有痛感和带血性的。鲁迅说过，从水管里流出来的是水，从血管里流出来的才是血。一套《鲁迅全集》，蒸腾着鲁迅的血气，饱含着鲁迅的心血，这不是墨写的文字，是鲁迅激情和生命的凝聚。二是，鲁迅也有率性而为的时候，那就是那段你要这样，我偏要那样的文字。人生本来有所谓"第一反抗期"和"第二反抗期"之说，而鲁迅，他是终生的反抗者，反抗污浊，反抗无聊，反抗绝望……反抗一切可反抗的。公理和正义，已经为"公理和正义"的垄断家所垄断，掌握宣传工具的，就是"公理和正义"的总批发商，你鲁迅还有什么"公理和正义"可言？既是如此，大家不是一目了然，那是你们的"公理或正义"！所以，"我""更不想"去"抢夺"了。如此，可以想见，被总批发商所垄断的所谓公理正义是什么货色了，不要讲你让我磕头，不要讲你让我遵命，便是"庄严高尚"，我也不相信。我不相信！那肯定是"假面"，所以，"我"自然要"拨它一拨"。

鲁迅在《华盖集》的《题记》中说过，他是交了"华盖运"的，不时地"碰钉子"，正如他后来的诗所写的"运交华盖欲何求，未敢翻身已碰头”，此书取《华盖集续编》固然是文章的衔接，大约也隐含着他“华盖运”的继续吧。

鲁迅，终生的反抗者，也是终生的“华盖运”的承载者。

短命的人

鲁迅是一个悲观主义者，是一个绝望的人，预料自己“活不久”的心态早已有之。留学日本期间，母亲让他回国结婚，他认为“自己死无定期，母亲愿意有个人陪伴，也就随她去”。郁达夫的婚姻是没有爱情的，但他过得依然潇洒，与原配照样生儿育女，还找小老婆。鲁迅在性爱上有洁癖，因为无爱，所以拒绝与朱安圆房。他曾对许广平说过：“我一生的失计，即在向来不为自己的生活打算，一切听人安排，因为那时预料是活不久的。”这里的“听人安排”，就包含着听母亲安排而有了朱安的意思。为了抑制性欲，他甚至大冷天也不穿棉裤，睡的被子也十分单薄。

一九一〇年七月，鲁迅回到绍兴，任绍兴浙江省立第五中学教务长，后任学监，后又任绍兴师范学校校长。这段时间，鲁迅虽然人在绍兴，但却住在学校，很少回家。星期日白天，他有时回去，但主要是为了看望母亲；偶尔星期六晚上回家，也是通宵批改学生的作业或读书、抄书、整理古籍。鲁迅有意不与朱安接触。从日本回国后的这两年，鲁迅的心情十分沉郁，“囚发蓝衫”、不修边幅的形象，使他显得苍老，而他实际上只不过三十岁。他拼命抽烟、喝酒，近于自暴自弃。他在给自己的挚友许寿裳的信中说："仆荒落殆尽。"又说："又翻类书，荟集古逸书数种，此非求学，以代醇酒妇人者也。"鲁迅整理了大量古典小说资料，编成后来的《古小说钩沉》，守着自己的"家"编这样的书，痛苦是双重的，既有鲁迅的，也有朱安的。他是为了逃避，逃避朱安。面对无爱的婚姻，鲁迅选择了自虐，加上精神上的绝望，他清楚自己肯定是不会长寿的。

后来到了北京，"故意拼命的做"，"希望生命从速消磨"，而且大量吸烟，时有酗酒；到了上海，"惯于长夜过春时"，人们沉沉酣睡了，他却在灯下耕耘，直至东方欲晓……这种自虐行为，是一种有意识无意识的慢性自杀。

现在的人生怕别人说自己老了，染了头发，女的还拉皮，为自己"减去十岁"，鲁迅则不然。在厦门时，鲁迅才四十六岁，厦门大学学生陈梦韶问他多大年纪了，他却为自己不止增加了十岁，号称五十九岁。鲁迅去世时，陈梦韶以为鲁迅应是近七十岁的人，不料只有五十六岁。陈梦韶感到奇怪了：我十年前在厦门见到他时，他就五十九岁了，怎么过了十年还少了三岁？他说："我不相信我会听错，也决不相信鲁迅先生会乐于撒谎。我相信，他那蓬蓬松松半年才剪一次棘球似的头发和他那副枯瘦长满髭发的面容，使他踌躇，假使他告诉人们自己是四十六岁，会致招引人们疑他故意将自己年龄编减十岁的。"从这一细节可以看出，四十六岁时，鲁迅就感觉到自己的生理年龄已经是五六十岁了。其实，还不只是生理年龄，鲁迅的心理年龄也要比实际年龄苍老许多。

鲁迅晚年多病，共产党人劝他到苏联治病，史沫特莱希望他去美国，日本朋友动员他往日本，鲁迅一律不去。如上所述，很早的时候，甚至是年轻的时候，他就预感到自己不会长寿，知道自己"活不久"，而对"活不久"的对策是——"赶快做"。

鲁迅不求长寿，“赶快做”是他经常说的话。他把别人喝咖啡的时间都用到了工作上。鲁迅把血吐在高长虹的草稿上，还继续为他修改文章（修改文章的笔通常都是和血一样的颜色，写到这里，我体会到了那是替人做嫁衣裳者的心血）。一九三六年，鲁迅一直被病魔纠缠，身体日渐衰弱。六月五日以后，连坚持了几十年的日记也中断了。一九三六年十月十七日，因胡风代为鹿地亘向鲁迅请教有关鲁迅著作翻译中的疑难问题，鲁迅担心转达不清楚，决定亲自和胡风一起去访鹿地亘，当面为其释难解疑。许广平试图阻止，但她见鲁迅主意已定，很难更改，只匆匆在楼梯口追问：“衣服穿够了吗?”“车钱带上了吗?”鲁迅点点头，义无反顾地去做他要做的事。鲁迅在这次外出的路上着了风寒，且回家以后，天色已晚。到深夜，鲁迅气喘发作，呼吸困难，脸色苍白，冷汗淋漓，下身冰冷。诸位看客，鲁迅死于十九日，就是说，死前的一天多一些时间，他还在一如既往地“赶快做”!

有的人活着，他却已经死了；有的人死了，他却仍然活着。鲁迅是短命的，然而，他却是永恒的。

“托尼”之痛

——鲁迅的“内伤”

孙伏园在《鲁迅先生逝世五周年杂感二则》里说过：从前刘半农先生赠给鲁迅先生一副联语是“托尼学说，魏晋文章”，当时的朋友认为这副联语很恰当，鲁迅先生自己也不反对。换成白话的意思是：思想来自托尼，文章师法魏晋。“托”指列夫·托尔斯泰，“尼”指尼采。

略过“魏晋”，说说“托尼”。

托尔斯泰代表了人道主义，他厌恶农奴制，否认贵族阶级的生活。他对平民有着广泛的同情，自觉站到了农民一边，愿意把自己的农庄分给贫苦的农民，为穷人的孩子办学校……作为人道主义者的鲁迅，与托尔斯泰有一样的情怀，对劳苦大众有着深刻的同情，他笔下多有祥林嫂、孔乙己、阿Q这样受侮辱、被损害者的形象。他对他们是“哀其不幸，痛其不争”。鲁迅和托尔斯泰一样，痛恨上层社会的堕落，同情下层社会的不幸。

尼采代表的是个人主义。尼采将叔本华的生存意志改为“权力意志”，将世界的本质看作是权力意志。权力意志就是个体生命价值的飞扬、放纵。最初，在尼采那里，权力意志是一种酒神精神，酒神精神的本质就是激情、力量，反抗社会理性的压制。后来，酒神精神变成了“精神界战士”“超人”。就尼采而言，存在的目的就在于创造出天才。在我们的时代，高等人就像一具容器，它以无法测度的方式孕育着种族的未来。在这一过程中，不止一个容器被摔破或自行爆炸，但是，人类不会因为某一单独生物的失败而毁灭。人，正像我们所知道的，不过是一座桥梁，一个由动物而达于超人的中转站。对于人来说，猿猴是什么呢？一种可笑的东西。而对于超人来说，人也不过如此。人是超人眼里的猿猴。“超人”是尼采的人性理想，“超人”是权力意志的体现者。因此，权力意志在尼采那里就是对个体生命自我的全面肯定和升华。它指向的是个体生命的独一性和创造性。人的最高价值就是获得纯粹的个人自由。

托尔斯泰与尼采是矛盾的两极。托尔斯泰是人道主义的、平民的，是人民史观，是合于宗法传统的；尼采则是贵族的、精英的、个人主义的，是英雄史观——上帝死了——很大程度上还是叛逆的。托尔斯泰要普施于民众，体现在鲁迅那里，是一种自我的牺牲，自己肩住了黑暗的闸门，因袭着历史的重担，放他们到宽阔光明的地方去，此后幸福地度日，合理地做人。尼采蔑视众生，以超人的权力意志俯视众生。在他眼里，众生是未进化的猿猴，众生是无数个“0”，“0”是没有意义的，只有与超人“1”的结合，才会有实际的意义。尼采之于鲁迅，则在于作为过客的绝望与孤独，在于独战众数的冷傲，在于国民公敌的悲凉，在于对冷漠看客的超冷漠的俯视。在鲁迅看来，凡是愚弱的国民，即使体格如何健全，如何茁壮，也只能做毫无意义的示众的材料和看客，病死多少是不必以为不幸的。在鲁迅笔下，阿Q、祥林嫂基本上也是尼采眼里的“0”；在鲁迅眼里，看客之生死，与尼采眼里猿猴之生死，应该无大区别，生了，活过了，死了，如此而已。尼采的超人之英雄主义，“期许自己要完成的最后一件事是‘改善’人”；在鲁迅那里之“第一要著”，“是在改变他们的精神”，即所谓“国民性”问题。怎么改变国人的精神，当然是精英的居高临下的启蒙。

鲁迅刻骨的痛苦、深刻的绝望就在于他的两面性，在于“托”之人道主义情怀，在于他对劳苦大众的不幸的同情。而同时，因为所谓对国民性的考量，因为看客们的愚昧，还因为堕落的上层社会的巨大的压迫，鲁迅不得不在尼采那里寻找“独战众数”的武器。鲁迅早期的人格理想是尼采描述的“精神界之战士”。在《随感录三十八》中，鲁迅认为，中国社会，无论是传统，还是现实，都是“合群的自大”和“爱国的自大”，却没有个人的自大，因而，提倡个人的自大。个人自大，要反抗庸众的爱国的自大和合群的自大，他甚至强调人的野性、不驯服性。

由人道主义与平民情怀驱使，精英们要救民于倒悬、于水火，国民却用他的血沾馒头做药吃了，心脏大都为官兵炒而分食了，国民还要用唾沫淹死他们。他们注定要被庸众湮没了，“这在现在看去大有吃烈士的意味，但那时候也无非当作普通逆贼看”（周作人语）。这就是说，英烈们的血和心脏与强奸犯、杀人犯的血和心脏是并无区别的，甚而至于，与一味中药、一斤猪心，除了药效与味道稍有不同之外，也无区别。于是，“两间余一卒，荷戟独彷徨”的鲁迅，作为“国民公敌”的鲁迅，只能“横眉冷对千夫指”，不得不张扬个人主义的“权力意志”，不得不用“超人”意志反抗着绝望。鲁迅在“托”“尼”之间摇摆，左右为难，东碰西撞，“托”“尼”或前后或左右或正反或相互地吞噬着、戗害着鲁迅的灵魂。鲁迅的怨敌可谓多矣，右如梁实秋，左如周扬，都让鲁迅厌恶至极，但那只搅乱了鲁迅的情绪，让鲁迅生气，让鲁迅骂人，最多让鲁迅受了一点外伤。外在的东西是不容易让鲁迅致命的。“托尼”仿佛矛盾，鲁迅之矛与鲁迅之盾，在鲁迅的胸间摆开了战场。鲁迅和鲁迅厮杀着，那是彻骨之痛，是灵魂的绝望。鲁迅曾写到，中国书中，字里行间，歪歪扭扭地写着“吃人”二字，中国的传统文化“吃人”，我们看到许多鲜活的生命被“吃人”的文化给“吃”了。可是，今天，此时，我感觉鲁迅也是被文化“吃”了，只不过是另一种文化而已。“托”“尼”在鲁迅心灵深处无休止地厮杀，其造成的内伤是永远无法愈合的痛，那生生地要了鲁迅的性命。

“托尼学说”集鲁迅一身，那真是“吃人”的学说！真是要命的学说！加上鲁迅固有的魏晋风骨，鲁迅视无声的旧中国为坟场，举目茫茫，无处可逃。鲁迅早早地辞世了，把自己融入旧中国这大坟场，融入这地母的怀抱。

鲁迅死时，正当盛年，年方五十有六。

肩着黑暗闸门的牺牲者

鲁迅在新文化运动中，是一个英勇无畏的斗士。他在《狂人日记》里，把写满“仁义道德”“三纲五常”的中国历史，痛斥为“吃人”的历史，认为“所谓中国的文明者，其实不过是安排给阔人享用的人肉的筵宴的厨房”（《坟·灯下漫笔》）。具体到“父为子纲”，鲁迅指出“他们以为父对于子，有绝对的权力和威严；若是老子说话，当然无所不可，儿子有话，却在未说之前早已错了”（《坟·我们现在怎样做父亲》）。这样的父亲，也就是传统礼教的具体附丽者、实行者，因而也是吃人者。继而，鲁迅担心，“现在的子，便是将来的父”，他们为父之后，是不是也要“吃人”呢？于是，鲁迅发出了“天问”：“没有吃过人的孩子，或者还有？”鲁迅向着旷野的黑夜呼喊：“救救孩子……”怎么救呢？办法之一，就是变父母本位为孩子本位，变单一方面孩子无条件地对父母的“孝”为彼此的“爱”。

父母本位论者，认为父母生了儿女，他是儿女的债主、恩人，所以儿女尽孝、不违，是天经地义的。鲁迅则指出：“饮食的结果，养活了自己，对于自己没有恩；性交的结果，生出子女，对于子女当然也算不了恩。——前前后后，都向生命的长途走去，仅有先后的不同，分不出谁受谁的恩典。”（《坟·我们现在怎样做父亲》）任何儿女，都不是他要求父母生出他的。他们是父母寻欢作乐的结果，父母自然要尽抚养的责任；任何父母，也都不是自己长大的，自己被别人抚养大，现在轮到你抚养别人了，你就成了别人的债主？成了施恩于儿女的人？所以鲁迅说：“‘父子之间没有恩’这一个断语，实是招致‘圣人之徒’面红耳赤的一大原因。他们的误点，便在长者本位与利己思想，权利思想很重，义务思想和责任心都很轻。”鲁迅甚至把人与动物作了对比，认为中国的那种“施恩”与“尽孝”的思想，甚至连动物都不如。他说：“自然界的安排，虽不免也有缺点，但结合长幼的方法，却并无错误。他并不用‘恩’，却给与生物以一种天性，我们称他为‘爱’。动物界中除了生子数目太多——爱不周到的如鱼类之外，总是挚爱他的幼子，不但绝无利益心情，甚或至于牺牲了自己，让他的将来的生命，去上那发展的长途。”（《坟·我们现在怎样做父亲》）鲁迅是主张牺牲自己的，“自己背着因袭的重担，肩住了黑暗的闸门，放他们到宽阔光明的地方去；此后幸福的度日，合理的做人。”（《坟·我们现在怎样做父亲》）

这样看来，鲁迅在反对“吃人”的旧文化、旧传统中，也否认了对父母“无违”的孝道。鲁迅是矛盾的。由于鲁迅激烈地反传统，而被某些国粹家所痛恨，他们以传统美德维护者、爱国者自居，说鲁迅是“汉奸”，请鲁迅“搬出中国去”。

可是，鲁迅对孝道等的抨击，只是观念上的解放。具体到行动上，他却是一个地道的贤孙孝子。他说，一说到批孝，想到的就是“孙子理应终日痛打他的祖父，女儿必须时时咒骂他的亲娘”，这是某些国粹家的故意歪曲和中伤。鲁迅的行为绝对不是这样的。我们考察鲁迅的生平事迹，却发现鲁迅是个“言行不一”之人。

据周建人在《鲁迅故家的败落》中介绍，鲁迅的祖母、父亲去世时，鲁迅都披麻戴孝，又跪又叩，甚至饭前还要烧香，“我的大哥代替我的父亲成为一家之主了。他在火锅上来以后，就拿起香来点着，开始上香，我们就跟他跪拜行礼了”。这样一个鲁迅，与以上所介绍的激烈反传统的鲁迅，相去何止霄壤！

鲁迅的尽孝，也到了“无违”的程度。最能体现这一点的，是鲁迅接受了母亲的“礼物”——他和朱安的婚姻。他到日本不久，就接到母亲来信，说已为他定了亲，女方名叫朱安，是按旧式规矩教育养大的，不识字。这是典型的包办婚姻。鲁迅要求退婚，母亲不允。一九〇六年夏天，母亲的信又来了，说自己病重，要他速归。他匆忙赶回，可是母亲并没有病，是诓他回来完婚的。无奈，鲁迅接受了，他如期出席婚礼，头上还装上了一根假辫子；婚后第二天，也按着习俗随朱安去娘家“回门”。可是，鲁迅一生中与朱安并没有同房，始终是名义夫妻。鲁迅曾作过解释，他为什么承受了这种荒唐的婚姻呢？一是不愿违背母亲的意愿，为了尽孝道，他甘愿放弃了个人的幸福；一是不忍让朱安作牺牲。在绍兴，订了婚又被退回娘家的女人，一辈子要受耻辱。鲁迅在《我要骗人》一文中写道：“倘使我那八十岁的母亲，问我天国是否真有？我大约是会毫不踌躕，答道真有的罢。”为什么呢？他说：“我不爱看人们失望的样子。”鲁迅克己奉母，不愿拂逆母亲，不愿看到母亲失望的样子，可谓至孝。然而，代价是付出了一生的幸福。鲁迅在婚后的绝望中对挚友倾诉说：“这是母亲给我的一件礼物，我只能好好地供养它，爱情是我所不知道的。”母亲包办了鲁迅的婚姻，给他带来了长久的痛苦，他也没有责怪母亲的意思。周建人说，鲁迅“对婚姻虽然失望，但他丝毫也没有责备母亲，对她的态度还是和以前一样，既亲切又尊重，有什么事情总愿意和母亲说说”（《鲁迅故家的败落》）。

所有这一切，若是把鲁迅仅仅理解成一个分裂的人、矛盾的人，一个言行不一的人，那就不免失之于浅薄。其实，鲁迅是一个男子汉，是一个负重前行的勇敢的挑夫，是一个忘我的对老人采用老办法、对新人采用新办法的牺牲者。鲁迅自己肩住了黑暗的闸门，因袭着历史的重担。这是一个什么样的重担呢？鲁迅后来苦叹道：“一个担子，挑的是一老一少，怎么办呢?”（《书信·350313·致萧军、萧红》）这一老一少，老的是母亲，象征过去，象征传统的旧生活；这少的，是孩子，象征未来，象征新的生活。鲁迅深知，母亲送给他的礼物，害了他，害了朱安一生的幸福，但他“无违”，因为他知道母亲是无法改变的，他不想伤害母亲的心。这不能简单地理解为与他激烈的反传统的思想是矛盾的，而只能成为他在观念上之所以痛恨旧传统的根据。这足以证明鲁迅的爱心是多么博大！他只是想着别人。他不仅为孩子牺牲，也为老人牺牲。他“一面清结旧账，一面开辟新路”，改革，从自己开始!

写到这儿，我的眼前分明看到了一个伟大的肩着黑暗闸门者的形象。他的背后，是无垠的黑暗；他的前面，是万道金光——

这是一个不逊色于开天劈地之盘古的悲剧形象。

“前不见古人，后不见来者”

首先，我要声明的是，这篇文章的观点来自我的朋友沈用大，我只想宣传他的观点，并加以我的诠释。

沈用大与我有同好，对现代文学情有独钟。一次，他对我说：“五四这一代人，是前不见古人，后不见来者的。”虽然我也极喜欢鲁迅、胡适他们，但没有想到用这两句话，没有上升到他的高度，所以，我愿闻其详。

沈用大说了大意这样的话：前不见古人，古人可能与鲁迅、胡适他们一样有旧学根底（古人的旧学根底肯定要比鲁、胡他们强。旁注），但是，先秦诸子没有像鲁迅和胡适他们那样，不是留学东洋，就是留学西洋，总之，没有西学背景；后不见来者，未来的人们可能对西学非常之精通，甚至可以不会说国语但却会讲英语，但他们不像鲁迅和胡适他们那样，是从私塾中走出来的，他们没有旧学根底。结论是，古人有旧学，后人有西学，但绝对没有五四一代人那样，是学贯中西的。

就像“但丁是中世纪最后一位诗人，同时又是新时代的最初一位诗人”（恩格斯语）一样，鲁迅与胡适是传统中国走向现代中国的中间物，他们客观上成了社会转型的坐标，他们因袭着沉重的传统，同时又高举着从西方“盗取”的现代文明之火。

由“前不见古人，后不见来者”生发开去，我觉得鲁迅和胡适这一代人之“学贯中西”有这样几种具体的要素：

第一，他们首先是学者，鲁迅著有《中国小说史略》《汉文学史纲要》等；胡适著有《白话文学史》《中国哲学史大纲》等。

第二，他们同时是作家或诗人，鲁迅就不用说了，胡适亦有《尝试集》以及数量颇巨的散文行世。

第三，他们都有过硬或过得去的外语，有翻译作品泽世。

第四，他们不刻意练字，但客观上还都是书法家。

与他们同时代的诸如陈独秀、蔡元培、郭沫若、林语堂、梁实秋等人，也和他们一样，都有几套本领。

五四先贤们因为有几套本领，所以他们有历史的深度，同时有世界的眼光。他们站在了历史与时代的高度，所以他们自然成为传统中国向现代中国转型的文化巨人。

巨人也是人，就如同伟人也是人一样，这已经是一点也不新鲜的话题了。歌德也是德国历史上的文化巨人，早在一八四七年，恩格斯就直言：“歌德有时非常伟大，有时极为渺小，有时是叛逆的、爱嘲笑的鄙视世界的天才，有时则是谨小慎微、事事知足、胸襟狭隘的庸人。”恩格斯还说，歌德没有战胜鄙俗气，而是鄙俗气战胜了他。然而，在德国，没有人因为歌德的鄙俗气等等鄙视他，他的文化巨人的地位，不因为他客观存在的庸人的鄙俗气而受到颠覆。

不要说什么“前不见古人，后不见来者”，不要说境界之高低，不要说研究、创作、翻译，也不要抬出鲁迅，哪怕郭沫若吧，不说他的诗，他的剧作，他的历史研究，他的考古建树……只是他的那一手好字，就足以让鄙夷郭沫若的那些人自惭形秽。

鲁迅这座山

鲁迅是一个伟大的存在，是中国文化史上的一个奇观。有一百个读者，就有一百个哈姆雷特，有一百个读者就有一百个鲁迅。苏东坡诗云："横看成岭侧成峰，远近高低各不同。不识庐山真面目，只缘身在此山中。"和庐山、泰山、武夷山等等名山一样，鲁迅也是一座山，是一座"文化山"。中国文化史上有许许多多争奇斗艳的"文化山"，有"苏东坡山"，有"曹雪芹山"等等。"鲁迅山"和其他许多山的面目一样，也是"横看成岭侧成峰，远近高低各不同"，站的角度和高度不一样，看到的景色肯定不一样。然而，看到的不一样，不等于说"鲁迅山"没有一个本来的、根本的面目。古时候，我们要画一张世界地图或中国地图，都不是一件轻而易举的事，为什么呢？因为身在地球、身在中国，难以看清地球和中国的真面目。现在就不一样了，人类站在了新的高度，从卫星上看中国，从月球上看地球，其真实的面目还是可以让人一目了然的。

鲁迅这座"文化山"是伟大的山，和泰山、黄山一样，将永远耸立在中华大地上。有朋友到过英国，他说英国人从首相到平民，都因为有了莎士比亚而骄傲。他们说，就是拿东印度来换莎士比亚，他们也不换。我要说的是，我们也有鲁迅，就是拿东印度与我们换鲁迅，我们也一样不换。可是，面对鲁迅这样一座雄伟的高山，现在有的人没有“高山仰止”的敬畏之心，没有民族的自豪感。他们不习惯于远距离地欣赏鲁迅这一“文化山”，而是钻进深山老林，抓到一些腐枝败叶，捡到还是别人扔下的一些垃圾，便把伟大拉扯到凡庸，仿佛鲁迅这座“文化山”和别的小山小坡也并无两样。可不是吗，鲁迅的山上也有败叶，也有垃圾，所以鲁迅也是庸凡之人嘛。

一个时期以来，中国文坛在不断地反对神化鲁迅，这在刚刚粉碎“四人帮”的早期那么几年，应该说是有积极意义的。但这种积极意义也是十分有限的，它仅局限在对某些外在的政治集团利用鲁迅的批判和揭露上。可是，另外一种倾向出现了，有的人打着反对神化鲁迅的名义，专门在“鲁迅山”上捡垃圾，然后，把鲁迅世俗化，把鲁迅“还原为人”。他们要把鲁迅变成什么样的人呢？如果是一个真实的人倒也还罢了，他们要把鲁迅还原为一个庸俗的人，一个有着低级趣味的人。

不久前，我在福建的一张小报上看到据说是厦门大学老工友的某老人对记者的谈话。他说，鲁迅住在厦大时，晚上起来撒尿，是从二楼直接往土墙上尿下来的。这位老人对鲁迅说，你不能这样干。鲁迅说没关系的，这土墙很快就会把尿吸收并蒸发了。还说，鲁迅不卫生，衣领是黑黑的，等等。这位老人当时是不是学校的工友，他与鲁迅有没有交往，总之，他所说是不是真实的，这都是问题。我们现在的某些人挖掘鲁迅的这一类“史料”，是什么意思呢？退一百步说，即使是真实的，可是，这又有什么意义呢？这又有什么了不起呢？如果这一类“史实”也有意义，那鲁迅怎么屙屎，大约也可以作一篇洋洋洒洒的大文章了。

“老工友”的这类“史实”不是个别现象，我在报刊上就见到好几回了。当然，这“档次”比较低，比较无聊。此外，还有一些比较雅、相对“高档”的。这里，我要说的比较有代表性的人物是董桥。

董桥“欣赏”的鲁迅，是与众不同的。

他的《甲寅日记一叶》一文提到鲁迅：“午后进城，寄信数通，搭巴士赴伦大亚非图书馆还书。上二楼翻中文书，见《鲁迅日记》三大函，织锦函套，每册线装布面。……此版本只印一千零五十部……恐目前私人虽出重金亦不可得也。”（《董桥文录》，四川文艺出版社一九九六年版）他借出了《鲁迅日记》第一函，翻了翻，感叹曰：“全套日记以毛笔书写，字迹秀雅得体，加之宣纸印上乌丝栏，更显古意盎然。”董桥毕竟和鲁迅不一样，鲁迅从“采菊东篱下”的陶渊明身上，却看到了“刑天舞干戚”的金刚怒目状。董桥不见先生的“心事浩茫连广宇”，只看到鲁老夫子的“古意盎然”。“心事浩茫”给人“沉重”之感，“古意盎然”自然是轻松洒脱了。这不得不让我想起鲁迅的那么一段名言，他说：“这‘猛志固常在’和‘悠然见南山’的是一个人，倘有取舍，即非全人，再加抑扬，更离真实。”（《且介亭杂文二集·“题未定”草》）这“古意盎然”的鲁迅，会是真实的鲁迅吗？

一九九七年八月，文汇出版社出版了董桥的小品集《文字是肉做的》，其中《叫鲁迅太沉重》一文对鲁迅多有议论，这些议论为我们勾勒出了董桥心目中的鲁迅。董桥说：“鲁迅其实不只是什么新文化斗士，他的传统文化修养深厚，手抄古籍，搜罗笺谱，推动美术，不一而足。”先要指出的是，他的“不只”二字，仿佛有“两点论”，因为这意味着他承认鲁迅是“新文化的斗士”；可是，他又在“新文化斗士”前面加了“什么”二字，这二字则完全暴露了他对作为"新文化斗士"的鲁迅的不以为然。他举了周作人为鲁迅手抄的《游仙窟》写过一段跋的事，说"鲁迅笔下文字向来'周鼎'，手抄的这部《游仙窟》竟成了'康瓠'，实在好玩"。"好玩"在哪里呢？董桥说："《游仙窟》是唐人传奇小说；仙窟者，妓馆也，全书描述士大夫文人狎妓享乐的腐朽生活。"

董桥的意思是，对于《游仙窟》这样一部描述士大夫文人狎妓享乐的唐人传奇小说，鲁迅都爱不释手，竟然手抄！这哪里像一个新文化的斗士呢？

有人抄写《游仙窟》抄出妓女的血泪，有人捧读《游仙窟》却读出嫖客的淫乐。许多道德家说及"仙窟"中人，多谴责妓女的伤风败俗，而鲁迅却透过妓女的存在，看到了作践妓女的"嫖男"。没有"嫖男"又何来妓女呢？鲁迅对"嫖男"的痛斥，不也包含着对妓女的深广的同情吗？从中，我们不也可以看到鲁迅抄《游仙窟》的用心一二吗？

董桥突出《游仙窟》是"描述士大夫文人狎妓享乐的腐朽生活"，是不是暗示人们，鲁迅在心理层次上也想过这样的"腐朽生活"呢？

董桥把伟大拉扯到凡庸，把神圣变成世俗，世无巨人，大家半斤八两的论人方式，也不是只针对鲁迅一人，对马克思等人，他也是这样干的。他有一本书的书名叫《在马克思的胡须丛中和胡须丛外》，什么是马克思的"胡须丛中"，什么又是马克思的"胡须丛外"呢？原来，这是董桥的一个带有"幽默"色彩的发明，据他在该书的《自序》一文中说，马克思的胡须很浓，"人在胡须中，看到的一切自然不很清楚"，所以，要"写些马克思学说以外的文章"。董桥的集子"借他的胡须分成'丛中''丛外'"。在下是一个不领风情、不谙幽默的人，折腾来折腾去，折腾了半天我才弄明白，原来“胡须内”是马克思的学说，“胡须外”是马克思的非马克思学说。何以见得？董桥接着说道：“幸好马克思这个人实在不那么‘马克思’，一生相当善感，既不一味沉迷磅礴的革命风情，倒很懂得体贴小资产阶级的趣味，旅行、藏书、念诗等等比较清淡的事情他都喜欢……”马克思一生“最受诬蔑”的经历他淡去了，马克思一生战斗的业绩他淡去了，留下的只是“小资产阶级”的趣味。

可不，董桥有另一文章叫《马克思博士到海边度假》，说是一八八〇年夏天，马克思带一家人到肯特郡海边避暑胜地拉姆斯盖特度假的事。董桥的知识面是宽广的，他说，拉姆斯盖特“韵味十足”，《傲慢与偏见》里的威克姆跟莉迪亚私奔一节的背景正是拉姆斯盖特；珍·奥斯汀一八〇三年也到过那儿；诗人柯罗律兹每年夏天都去游泳……马克思也去了，而且还边散步边喝酒。在这篇文章里，他也不管马克思是在度假，仍然煞有介事地为在海边休闲的马克思戴上那顶“博士”的帽子，为什么呢？为了与私奔者、作家、诗人并列，博士和诗人之类放在一起，当然是很合适的了。

看了他对马克思的评价，是不是有益于理解他对鲁迅的态度呢？

由此，我想到关于希特勒的一个片断的回忆。据希特勒的秘书说，希特勒仿佛还是一个爱兵的人，一个不失幽默的人。他到部队去，和普通士兵交谈，关心他们的疾苦。当希特勒看见士兵在打蚊子时，便开玩笑说：“哎，这不是你们步兵干的事嘛，这是空军的事。”这不乏风趣的语言，逗得士兵开怀大笑。希特勒的秘书的讲述当然只能突出希特勒的这一方面。可是，这“可亲”的细节是不是希特勒的本质呢？显然不是。希特勒无论怎样幽默、“可亲”，都抹不去他手上的血痕，都去不掉他身上的血腥味。倘若我们根据一两个细节，就宣扬希特勒所谓的“人格魅力”，那我们不是要犯极大的错误吗？

再反过来看问题，鲁迅认为章太炎主要是因为革命业绩而闻名遐迩、青史留名的。鲁迅说："我以为先生的业绩，留在革命史上的，实在比在学术史上还要大。回忆三十余年之前，木板的《訄书》已经出版了，我读不断，当然也看不懂，恐怕那时的青年，这样的多得很。我的知道中国有太炎先生，并非因为他的经学和小学，是为了他驳斥康有为和作邹容的《革命军》序，竟被监禁于上海的西牢。"（《且介亭杂文末编·关于太炎先生二三事》）那么，章太炎留在革命史上有些什么业绩呢？鲁迅说："考其生平，以大勋章作扇坠，临总统府之门，大诟袁世凯的包藏祸心者，并世无第二人；七被追捕，三入牢狱，而革命之志，终不屈挠者，并世亦无第二人：这才是先哲的精神，后生的楷范。"（出处同上）尽管王晓明不同意鲁迅的观点，认为这是鲁迅晚年病态的一种表现，但客观的事实是，假如章太炎只是研究"经学和小学"的章太炎，那他至多只能在他所涉学科留下踪影，而不会在中国社会史、革命史上留下光彩的一笔。他所研究的专业是那么偏冷，若是因此而成为被大众周知的历史人物，似乎有点不可思议。道理也是一样的，我们不能为了自己的需要、自己的喜好，只突出学者的章太炎而淡去了革命者的章太炎，倘若这样，我也不说是章太炎的丧失，至少是变形的章太炎了。

鲁迅一生都反对只抓住一点便大做文章的。许广平在《关于鲁迅的生活·片断的回忆》中说及鲁迅同C先生谈起中国人的极端性时，说过这样的话："中国人对于某人的观察，因其偶有错误、缺点，就把他的一切言语行动全盘推翻，譬如有人找出高尔基一点'坏处'，就连他的全部著作都不看。又如吴稚晖不坐人力车，走路，于是崇拜他，反而把他的另外行为，比损害一个人体力更不止的一切，都可宽待。又如孙传芳晚年吃素，人们就把他的杀人凶暴，都给以原谅了。”希特勒有时有“人格魅力”，但改变不了他作为恶魔的客观存在；章太炎有学者的一面，但他同时是一个革命者，甚至可以说他更重要的是作为革命者的历史存在。这才是他们的真实，这才是他们的本质。

抓住一点，不及其余，董桥抓住了鲁迅的抄《游仙窟》，而不论鲁迅根本上作为战士的存在。每一个人都是复杂的存在，尤其像鲁迅这样生前死后多有争议的人物。我们肯定鲁迅的什么，否定鲁迅的什么，这都是问题，都可能给人一个不同的鲁迅。甚而至于，突出鲁迅的什么，淡化鲁迅的什么，也能给人一个不同的鲁迅。

那么，什么是鲁迅的真实，什么是鲁迅的本质呢？

我以为，鲁迅与现代作家、学者的不同之处，或者说，鲁迅存在的伟大意义，在于他首先是一个战斗的作家。鲁迅是热的，而我们的一些作家、学者却是冷的。在中国，作家、学者有许许多多，但像鲁迅这样一生不妥协地战斗，直到生命的终结，却没有第二个。鲁迅与茨威格、罗曼·罗兰、凡·高等艺术家有相通的地方，他们的血液是燃烧的，他们的生命充满着激情。这激情在鲁迅身上表现为神圣的愤怒。此外，鲁迅真诚，反对一切的虚伪，对劳苦大众有着强烈的爱心、深刻的同情。这便是鲁迅的最大真实，这便是鲁迅的本质。如果鲁迅如董桥所说，只是“手抄古籍，搜罗笺谱”，只是“士大夫文人”之类，那鲁迅与那些洋绅士、土绅士又有什么区别呢？那不是等于说，鲁迅一生所痛恨、所抨击的对象，竟是他自己所默认、所喜好的？

鲁迅是非人间的。鲁迅与金庸相比，金庸是世俗的，金庸是有价的，金庸是人间的游乐园，进去了，快活一阵，甚至可以让你整夜难眠。可鲁迅是无价的。鲁迅是“鬼的精灵”，是天上的星星，是我们精神生活中的空气。没有星星，我们的天空将非常暗淡；没有或缺少空气，我们将很难生存或是只能低质量地生活。星星和空气是最不值钱的，但却是最不世俗、最形而上的，是最宝贵的。鲁迅不是神，但注定是我们民族天空中灿烂的星，是我们精神生活中一天也不能缺少的空气——鲁迅是人，但绝不是平凡的人，更不是世俗的、庸俗的人。世俗化的鲁迅不是本质的鲁迅，因而，也不是真实的鲁迅。

从狩猎到播种

——《鲁迅与他“骂”过的人》后记

当我为本书画上最后一个句号时，真的，我有一种解脱了的感觉。

我是一个典型的杂家。这之前的十来年，我在省内外发表的文章，有大几十万字，有杂文，有散文，有小说，有报告文学，有文学评论，有出版学术论文，等等。那写作的过程，多是自我感觉良好的经历，有的甚至可以说是愉快的享受。不写作的人不知道写作的妙处。往事追思的温馨，思想发现的冲动，总之，可供作文的灵感来时的震颤，那足以让人云里雾中，忘乎所以，非一吐为快，不足以清心静气。写作是一种高尚的精神活动，写作的过程是幸福的——我常常觉得抄稿比写作要苦，抄时虽然也要动脑筋，但近乎一种简单寡味的劳动——我搞不懂了，一些门外人瞧不上几块钱的稿费也就罢了，一些文人常常抱怨稿费低，等等，把创作贬得不值一钱了。我们为什么而写作呢？比如去歌厅唱歌是一种享受，但那是要花钱的享受；而写作这种精神的享受却是不花钱的，比起工人、农民的劳动收入，也还有颇为可观的报酬。那么，我们为什么要厌倦呢？写作不是为了赚钱，要赚钱为什么要去写作呢？我不懂。一切没有把写作当作精神享受而是当作谋生手段的文人，终究是一个匠人，终究是可怜的；甚至比木匠、鞋匠还要可怜，因为木匠、鞋匠绝没有文人那样多愁善感，死要面子。发了这么多的杂感，我是想说，我先前的写作经历总的来说是愉快的。我把自己比作猎人，游荡在人生的大森林，捉到野猪吃野猪，打到山羊吃山羊。我决不强求自己写什么，我爱写什么，就写什么。我是自由的，因为自由，所以写作之于我，是一种快活。

而这回写这部《鲁迅与他“骂”过的人》，我感到少有快活，却有着失去自由的不自在。考证的烦琐，整理读书笔记的单调等等，这些具体而实在的工作是如此之多！它占去了我三年左右几乎所有的业余时间——这当然不包括过去相当长一段时间对鲁迅的兴趣——想拜访朋友吗？鲁迅冷冷地看着我；想去玩耍玩耍吗？鲁迅冷冷地看着我；想早一点睡觉吗？鲁迅冷冷地看着我……鲁迅是冷峻的，他的冷眼，让我不敢稍有懈怠。而这三年，外界又有多大的变化呀！海地政变、索马里的难民潮、波黑战乱，还有什么下海，以及七炒八炒的这个那个，在我的眼际都成了过眼云烟，不太了解其所以然。虽不能说与世隔绝，但说我业余时间主要是生活在鲁迅的世界里，却不过分。如果说过去那种守株待兔似的等待灵感的自由写作是一种“狩猎文明”的话，这回的这三十万言，则是“农耕文明”了。我感觉自己由猎人变成了农民，我被捆到鲁迅这块土地上了，有计划，有播种，还有种种牵挂，许多压力。其间，有天灾人祸，有田地以外世界的种种诱惑。当然，我也有对丰收的憧憬，也多了实现美好计划的自我约束力，也还要考虑丰收以后，把果实“卖”给谁……背朝青天面朝土，我面朝的“土”就是鲁迅的世界和笔下这打好方格的“秧田”。

动了写作这部书的心思，现在想来，大约有这样几条原因：我不止一回，听到名牌和非名牌大学的大学生们在我面前谈到鲁迅，他们在轻松地刻意地表现自己潇洒的同时——他们不愿与沉重的没有“可读性”的鲁迅为伍——用不屑的口吻说：“鲁迅，无非就是骂人。”说得轻飘飘的。这类无聊的妄语，让我激愤！当时，年长我十来岁的“老”朋友宋志坚写了一本《鲁迅与绍兴历代名贤》，他的选题启发了我。于是，我就开始了现在这部书的“设计”与“备料”了。这就是这部书的缘起。

我还应该谈一谈这部书的书名。虽然，鲁迅在反驳他的论客的时候，也常用“骂”字。然而，将这个“骂”字放进书名，来描述当时对种种文明的批评和社会的批评，少了一点严肃，多了一点广告诱惑的色彩。我几次和朋友谈到，我想把这个书名改为《鲁迅与他批评过的人》。但，较之于批判，“批评”显然是言轻了，而鲁迅又确实以批判的态度抨击过不少正人君子之流。倘若改成《鲁迅与他批判过的人》呢？较之于批评，自然是言重了，而鲁迅又确实以批评的态度批评过同一阵营中的种种人。出于这样的两难，我最后还是选择了“骂”字，它在模糊的同时有特定的两重性：对正人君子，它是抨击批判；对同一阵营中人，是规劝批评。

写作这部书，一个重要的工作是查找、核实、选择资料。不少历史问题，有种种说法，我当然要有自己的判断。我每天晚上九点左右开始工作，深夜一两点睡觉。顺利时，一个晚上可得一两千字；不顺利时，仅得两三百字。此中甘苦，如鱼饮水，冷暖自知。现在的社会环境和学术环境都是比较好的，对鲁迅“骂”人这一现象可以进行相对从容的研究。我在总体上是维护鲁迅的，但在一些具体问题上，本着鲁迅提倡的“好处说好，坏处说坏”的原则，不为尊者讳。这本书所表达的，只是我和我所倾向的观点，不可能都是对的。因此，我在阐述我的观点时，用的都是“我以为……”这样的字眼，而不是“我们认为……”。

现在，这三十万言终于画上句号了。我深深地吁了一口气，总算完了。面对这一大堆的原稿，我甚至要表扬自己了，多不容易呀，我这样自我称赞。现在的愉悦，老实说，比起先前狩猎所获，要深刻得多。我没有了先前写了一篇好文章那样的得意忘形，而只是对自己淡淡地一笑，淡淡的。

我还要谈一谈这部书的序言。我与何满子先生素昧平生，未谋一面。平时，我爱读他的文章，认为他是当今文坛真知鲁迅、真心维护鲁迅的人之一，说他是鲁迅的“信徒”也不为过。书稿完成后，我复印一份给何满子先生，希望他能为拙作作序。何满子先生回信说，他很忙，不可能看完全部书稿，只能抽看其中一部分，他想结合平时对鲁迅研究问题的看法，谈一些见解。因为与何先生并无交往，我不好言明我希望什么样的序。于今，先生的长文，与我的“意中文”正相契合。我觉得，序应该与书稿的内容相关，或者至少有间接相关的内容。现在场面上的一些序，言不及义，有的甚至与原著无涉，说的无非是“今天天气哈哈哈……”之类的废话。求序者是借名，作序者是卖名，无非是一则稍有个性的广告而已。何先生的序，非应付之作，倾向鲜明，笔调生情，且在章士钊后人的奇谈、胡风冤案、周氏兄弟的冲突等问题上，多有直言与新见。我诚惶诚恐，拙作与大序似难匹配，有掠美之忧。客气话也难说，我向何满子先生再表谢忱。

钱理群先生也是我不相识的，但我喜欢读他的书，他和何满子先生的作品，都是我“跟踪”的对象。他们的作品在书店、在报刊上，凡有见到我是必买必读的。钱先生出差方回，于百忙中为我作了这一颇有见地的序，我亦十分感激。尤其让我感动的是，钱先生还写了一封不短的信，对拙著的宏观把握和某些具体章节都提了至为宝贵的意见。在此，我也向钱先生再表谢忱！

我还要感谢上海书店出版社和陆坚心同志，在当前出书难的情况下，他们没有任何附加条件地接纳了这本书，这让我尤为感动！客气话还是难说，也只能深表谢忱了。

一九九五年七月十八日夜

关于《鲁迅：最受诬蔑的人》的一封信

陆坚心先生：

您好！

我们从农历二十八，也就是新历二月十三日就不怎么上班了。我立即着手研究倪墨炎先生的审读意见，对书稿进行补写、修改，我整个春节基本上没有外出，现在就要上班了，也终于脱稿了，还望兄多关照、多费神，使其能早日面世。

倪墨炎先生是我敬重的当代学者之一。我在请他作序的信中说："……先生的文章我是常读的。先生做学问态度之严谨，考证之精细，都是我望尘莫及的。先生与一些学院派的先生们也还有区别，他们多是有学术而少思想，有史而少识……"你们社请他审读书稿，他提了许多宝贵的意见，对我来说，真是获益匪浅。

遵照倪先生的意见，我在一些地方作了修改。比如，最近新出版了徐铸成的《报人六十年》一书，根据这本书提供的材料，我增加了不少新内容。关于千家驹一节，也增加了一两段话。补充两篇，一是关于董桥的，一是关于朱健国的。董桥一篇，是倪先生在给我的信中提示的，借此修改的机会，正好补上。

这些我就不赘述了。但有一些问题，我与倪先生有不同见解，在这里我想作一些说明。

一、关于李长之的“鲁迅不是思想家”问题。一方面，确实不好说是一种“诬蔑”，这我在《导论》中已说得很明白：“一些人对鲁迅的批评，似乎不好说是‘诬蔑’，比如，李长之的关于鲁迅不是思想家的观点，曹聚仁的关于鲁迅的成就与陈西滢们也不差上下的观点，还有柯灵、徐铸成等人对鲁迅的见解，应该说，不失为是对鲁迅的一种批评，不是诬蔑和谩骂。这只是一种批评，但这种批评在我看来未必正确，因而我有话要说，如此而已。……这里，我把这种情况突出出来，我想特别说明的是，他们不是如书名所示，是诬蔑鲁迅的人，不是的。”另一方面，正如倪先生所说，这种观点比较有代表性，就是到了今天，也还有人持这样的看法。这就客观上要求我们弄清鲁迅研究上这一大是大非问题。是的，李长之持的是一种学术观点，学术观点可以自由存在，但不等于说对学术观点不能进行正常的学术批评。

“鲁迅不是思想家”，这是明显站不住脚的观点。倪先生的意思要对鲁迅是思想家进行理论上的论述，如此才会深刻。在我看来，在今天，“鲁迅是思想家”的命题，就像“毛泽东是政治家”一样，不仅为学界所熟知，甚至可以说是家喻户晓的了。这不是问题。关于“鲁迅是思想家”的理论著作可以说是汗牛充栋。我若是再从理论上阐述“鲁迅是思想家”，一很难出新，二这不是这样一篇文章就能解决得了的问题。尽管如此，为了尊重倪先生的意见，我还是简明扼要地补充了一段关于鲁迅是思想家的议论。

二、关于郑学稼所言“鲁迅不是革命家”问题。我以为，倪先生的见解是不错的，他说：“如果‘革命的作家都必然是革命家’，或‘他的作品具有革命的意义因而是革命家’，实际上也等于只承认

‘鲁迅是革命作家’，而不存在‘鲁迅是伟大的革命家’的命题。”他的意思是，革命的作家或作品、具有革命意义的作家与革命家是有区别的。没错，我不否认这种区别。问题是，我的文章本身并不违背倪先生的见解。我认为，我的文章的层次还是十分明了的：鲁迅不仅有具有革命意义的作品和思想，还有革命的切实行动。他不仅是革命的作家，也是切实投身革命活动的革命家。若是详细读了文章本身，大约不会说我只把鲁迅看成“革命的作家”。

至于对郑学稼的批判，我认为，他最为要害的观点，或者说，他与众不同的观点，就在于他否认鲁迅作为革命家的存在。倪先生认为这不是郑学稼问题的要害，那也只能说是见仁见智了。

我已经在文章中解决了鲁迅是革命家的问题，还怎么进行“理论上的分析”呢？鲁迅是不是革命家，这是历史事实问题而不是所谓的理论问题。鲁迅在思想上对革命有哪些贡献等等，这才是理论问题。

三、关于“大批判的味道”问题。我以为，1. 这是个人行文的特色问题，有的文章温柔敦厚，有的文章怒发冲冠，我们不能要求天下文章一样规范。2. 比起郑学稼之流对鲁迅的谩骂，我在文章中用了几句不够客气的话，这也算不得什么大过。他们骂鲁迅可以，我“大批判”他们几句就不行？何况，我的文章也不是不讲理。倪先生若是指出我不讲理的地方，我是要改的，至于“味道”问题，是不是不必强求一律呢？林黛玉身上的“味道”与鲁智深身上的味道肯定是不一样的，有什么办法呢？3. 同样是我的文章，何满子先生却有不同的见解，他倒认为，我太过于客气，骂得还不够淋漓尽致。他在一九九七年十一月四日给我的信中说：“至于郑学稼，曾被当年《文摘》（复旦教授们所办的进步刊物）主编孙寒冰斥为‘文痞’，本是宵小之徒，对此类人的讨伐还可严厉些。……这类人其实都是不值一嗤的。……以不屑之态对之，等于议论一只蟑螂之态就可以了。”何先生又说：“兄主张‘不以骂对骂’甚是，但对象不同，如对流氓恶棍，怎么能说理呢？鲁迅也有‘五讲三嘘’，‘嘘’法是可用的，不能自碍手脚。总之，要有对象。气甚于理固不好，但理直则气壮，也不能太君子之风。”您通读稿件，从中不难看到骂鲁迅的人是怎样对鲁迅实行“大批判”的，比起他们，我的文章应该算是客气得很了，不知您以为然否？

四、关于“对骂鲁迅的人物要有区别”的问题。这观点无疑是对的。每一个人都是一个“个案”，我在每一篇的行文中根据各个不同的情况，就已经有所区别。但是，如果硬要把他们“区别”为几种类型的人，是不是有让人为难之处呢？有一万个人就有一万个哈姆雷特，一样的，有一万个人就有一万个鲁迅。我只能针对每一个人的观点进行批驳，似乎没有必要把某几个人归于一种类型，把另几个人归于另一种类型。

五、关于书名。目前的书名，唯一的问题就是怕得罪某些不是诬蔑鲁迅而又被列入本书的人。这一点，我前面已强调过，我在《导言》中已对这个问题作过区别，想必不会有大问题。何满子先生认为《鲁迅：最受诬蔑的人》要比《不能还嘴的鲁迅》好。他在给我的信中说：“新书名好得多。老实说，原名略见伧俗，口语化有时用得恰当是可取的，但多数情况下，以用鲁迅所说的‘炼话’为好。实不相瞒，我至今乃觉得《鲁迅与他‘骂’过的人》这一书名也不能令人满意。”当然，你们若是认为《不能还嘴的鲁迅》要好、要省事，那么，就用这个书名，也是可以的。

六、关于时间“下限”问题。有必要定个“下限”吗？我是针对我所见到的一切骂鲁迅的观点进行批驳，而不管他在什么时候骂。上面说了，这回我又补充了一篇抨击朱健国的。朱的文章发在一九九八年十月份的《文学自由谈》，这可能是最新的了。倪先生一方面认为没有把王元化、王晓明比较新的内容写进书中，一方面又建议把时间限定在新中国成立前，这是不是反映了他对某些问题的矛盾呢？

七、关于王元化和王晓明问题。王元化对鲁迅研究是有贡献的。他认为鲁迅在《二心集》以后，除少数作品外，已不再保持他原有的文风、风格。这是学术问题。我觉得，鲁迅前后期的“文风、风格”，确实有不一样之处，以小说而言，《故事新编》的风格就与《呐喊》等不一样；《华盖集》与《热风》也不一样。不仅风格不一样，有的甚至思想观点也不一样。王元化不是像某些人那样，肯定鲁迅的前期否定鲁迅的后期，如果是这样，那就值得书上一笔了。他只是说鲁迅前后的“文风、风格”不一样。“不一样”未必就是否定，也可以是肯定，也可能既不肯定也不否定，只是道出了一个事实。

一个作家的风格为什么都要前后一样呢？为什么要始终如一呢？丁玲“文风、风格”也是前后不一的，但时人写的文学史多是肯定她的后期。何其芳的前后期也是判若两人的。因此，我目前还不打算把王元化也当作我的抨击对象。

王晓明的《鲁迅传》，我也粗粗地翻了一遍，我似乎不见有关于鲁迅没有得到性欲的满足，所以骂人的议论。关于鲁迅晚年多病，所以烦躁，爱发脾气的议论是有的。这几天，我又翻了王晓明的《鲁迅传》，我的印象是，书中王晓明本人的感受多于客观的研究，作者注重对鲁迅内心世界的探索，对鲁迅并无恶意。说鲁迅晚年多病也是一个事实，病中的人容易发脾气，这也是常见的事。

关于鲁迅性欲没有得到满足所以骂人，这是梁实秋说过的话；关于鲁迅身体不好所以爱骂人，这是林语堂对他女儿林太乙说过的话。本来，我是要把这些内容写进《鲁迅与他“骂”过的人》一书中去的，当时考虑这些从生理和性格的角度谈问题，一是不能说是全无道理；二是对这些问题的议论，可能会冲淡了主要问题的阐述，所以略去了。以后若有机会修订，我将采纳倪先生的意见，把这些内容补进《鲁迅与他“骂”过的人》一书中。

八、关于《导言》的写法问题。不少同类书有类似的写法，比如，《现代文学三十年》等。导言是总结，各章节是展开。自然，文字应尽可能简约。我已作删改，似乎删去了两万字左右。

写书确实是一件会有遗憾的事。《鲁迅与他“骂”过的人》出来后，我不断接触到新材料，很多地方需要作补充。但是，一本书不能到了尽善尽美以后再出版，何况现在也确实有一个谁先占领图书市场的问题。倪先生也认为，此书没有政治问题，作了一些修改后，还是可以出版。

我有一个打算，《鲁迅：最受诬蔑的人》出来后，过一两年，我将根据新收集到的资料，作一次修订，同时，把《鲁迅与他“骂”过的人》也再作一次修订，然后将两本书合为一本，用《鲁迅：最受诬蔑的人》作书名。这样，两本书的一些内容可以合并，如关于周作人的、关于施蛰存的，等等。《鲁迅与他“骂”过的人》下篇的某些人物还可以扩大为独立的一篇。如果你们能接受，同时又有读者的话，我希望修订本也在贵社出版。这是后话了，只能以后再说。

九、关于附录问题。我非常希望能将附录留下。在《导论》中，我已把这个问题交代清楚：“我选了几篇文章作为附录。选聂绀弩的文章，是因为我认为他对沈从文、向培良的批驳，已经把道理说透，我再去说，也不可能比他说得更完整、更深刻。王朔对鲁迅的攻击，其主要的观点，比如鲁迅与内山完造的关系等，我在关于郑学稼等的文章中都已提及。我觉得王朔的谈话除了表明了他和王蒙一样也加入了‘骂鲁’阵营外，所骂内容都是陈词滥调。我没有必要再去重复理睬这些无聊的恶意的诽谤。此外，陈漱渝先生已经写了一篇十分有力的文章，有了它，就足以让读者明白王朔是怎么自作聪明的了。至于杜浙的文章，我要说的是，与以上所选各篇一样，它们所表达的，都是我所认同的观点。我的书稿交给出版社时，我选出其中几篇或某篇的某段给一些读书类报刊发表。其中，从有关王蒙的那篇选出一段，取名为《嵇康为何而死》，发表在《中华读书报》一九九八年六月十七日。同年九月十六日，《中华读书报》发表了蔡仲德先生的《关于嵇康的死因及其他》和张峰屹先生的《也谈嵇康为何而死》两篇争鸣文章。对此，我又写了一篇《再谈嵇康为何而死》，蔡、张文章与我的《再谈》，与书中内容有关，因此，我也将它们附录其后。我还选了我的另外一篇关于郭沫若的文章，郭沫若与鲁迅在人格上有大不一样之处，但我之所以也将其摆在书中，是要说明骂鲁迅的人和骂郭沫若的人，其秉性是有很多相同之处的。”总之，“附录”是为了让读者对“骂鲁迅”这一现象有更为完整、全面的了解。

另外，附上倪先生的两封信的复印件，只要您看看就行。以上意见，肯定有不妥之处，请陆兄多多指教。过几天，我会电话与您联系。

祝

新春快乐！

房向东

一九九九年二月二十二日

鲁迅最为温情的岁月

——《孤岛过客》自序

有的人，活了数十年，也没有多少日子有特别的意义；有的人，活得很短很短，在历史上，在别人的心中，却刻得很深很深。一样的，就某个具体的人而言，一生中有的岁月虽长，却相对平淡，比如，鲁迅住在绍兴会馆时期；有的阶段虽短，却特别精彩，甚至有了标志性的意义。鲁迅在厦门的一百三十五天，应该说是鲁迅一生中很短暂的一个时期，也没有大起大落那样的精彩，然而，在我看来，却是有着相当的标志性的意义。

鲁迅到厦门，是"女师大风潮"的必然结果，是与许广平相识、相爱的必然结果。"女师大风潮"之前，鲁迅基本上是一个安分的政府官员，一个相对纯粹的具有思想家气质的作家，一个为贴补家用而去兼职的教师……此后，鲁迅开始了战士的历程。厦门只是一个过渡，广州也只是这种过渡的继续。鲁迅的后半生，从"京派"变成了"海派"。鲁迅的上海十年，是战斗的十年，战斗的主要工具，就是他的杂文。

北京时期的鲁迅，在教育部工作，虽然有欠薪现象发生，但总体生活是稳定的。写作就是写作，没有什么太过功利的目的。鲁迅为《新青年》等写稿，是没有稿费的。到了上海以后，他成了“职业写手”，虽然蔡元培为他谋了一个“研究员”的闲差，但他主要是靠稿费养家。杂文除了最具战斗性以外，我们也不得不承认，因为它的时间性要求，所以它是能以最快的速度面世并对作者产生具体的效益的。北京时期，鲁迅只顾一个家，鲁迅的后半生，却要兼顾京、沪两个家……

我要说明的是，京、沪两地，可以区分作为作家（不只是生理上的人）的鲁迅的前半生和后半生。如果说，这是生命的两环的话，链接着两环的，则是厦门和广州——广州时期的鲁迅，不是本书要描述的。

我要说的是，鲁迅在厦门虽然只待了一百三十五天，但这却是有特殊意义的一百三十五天。

为了便于读者的阅读，我要描述一番本书思路“流变”的脉络。鲁迅南下厦门，主要是为了许广平，为了他们的爱情。而许广平之前，大家都知道，鲁迅家中有原配夫人朱安（朱安之前，有人介绍表妹琴姑，虽然鲁迅与表妹也可说“两情相悦”，但被鲁迅的保姆长妈妈“拆散”，说他们是“犯冲的”。这些，此书略去不谈）。鲁迅与朱安没有感情，而且，与他的精神世界一样，鲁迅在爱情上是有洁癖的。许许多多的人都没有爱情，不要讲普通老百姓，就是大学者也能苟且或是凑合，比如胡适和江冬秀。然而鲁迅不，他一生就没有和朱安“圆房”，头一天晚上，他在枯坐中迎来天明，据说，早晨脸上还留下泪痕。接着，他住到母亲的房间，很快就回到日本去了。鲁迅在厦门，离不开许广平这一话题，要讲清鲁迅的爱情，就回避不了鲁迅的婚姻，回避不了朱安。那么，鲁迅为什么会或者说不得不接受了“母亲的礼物”朱安呢？巴金笔下的人物，冲出了

“家”。鲁迅已经在日本了，完全有可能“反抗”到底的。如果没有家庭的变故，如果不是长子，如果鲁迅对母亲没有那么孝顺，就是说，要不是“因袭着历史的重担”，鲁迅没有必要作自我牺牲。如果没有朱安而在北京有了许广平，那大约就没有南下之说了。出于这样的考虑，有了一章“前言”，专门介绍“鲁迅命运的历史远景”，这可以让读者感受到鲁迅只能这样而不能那样，从而，让我们更接近这颗伟大的心灵，去聆听鲁迅的心跳。

鲁迅与许广平的爱情是破土于北京的，如果没有他们相识、相爱，共同战斗的简单介绍，那么，厦门时期的爱情就难以把握。他们相约分头工作两年，结果只待了一百三十五天，这也不好理解了，所以，有了“北京时期的爱情”这一节。

应该说，前面这两章，都是铺垫、探究，是为后面的厦门生活、工作的展示提供脉络发展的根据。

我理解，鲁迅在厦门，这样几个方面是不能被忽略的：

一是鲁迅与学生的关系。这主要体现在支持学生办《鼓浪》和《波艇》。鲁迅有个基本的观念，小的要比老的好，年轻的要比年迈的有更多的活气。中国的希望在青年。他对青年的要求，总是尽量予以满足。面对当时的中国，他恳切地希望青年“遇见深林，可以辟成平地的，遇见旷野，可以栽种树木的，遇见沙漠，可以开掘井泉的。问什么荆棘塞途的老路，寻什么乌烟瘴气的鸟导师”!（《华盖集·导师》）他“愿中国青年都摆脱冷气，只是向上走，不必听自暴自弃者的话。能做事的做事，能发声的发声。有一分热，发一分光”。然而，青年又怎能一概而论呢？有的青年，虽做事，却小有毛病的，比如孙伏园；有的青年，也做事，却大有毛病的，比如高长虹……就是在本书中，读者也可以看到，鲁迅也经常被青年利用，被青年伤害。鲁迅在私下通信中，也感叹为青年耗费了许多宝贵的生命。从鲁迅的文字看，他支持青年，很大程度上是出于对青年的鼓励，因为他们的文章，特别是厦门青年的文章，还真的只配给予一点鼓励，仅此而已。

二是鲁迅在厦门的几场演讲。鲁迅在厦门的演讲，是鲁迅一贯思想的宣示，然而，客观上，对封闭的甚至也可说死气沉沉的孤岛而言，鲁迅的言论具有“捣乱”的性质，就是说煽动，也不为过。鲁迅在厦门引起轩然大波，也与这几场演讲有关。所以，我对这几场演讲作了较为详尽的介绍。

三是厦门时期的爱情。《两地书》的最重要部分，是厦门时期的通信。在北京时，鲁迅和许广平也通过不少信，那时，他们的爱情方才开始，又同处一城，上课时还能见上面。厦门时期，他们已经确定了关系，又是第一次的分别，感情已不是那么婉转，而更多的是热烈。鲁迅在许广平面前，谈到文章时，有点像长者，像许广平的老师；谈日常生活时，则像一个自理能力很差的小弟弟；谈到思念时，虽然特别含蓄，还真流露出了他们感情的深度。比如，鲁迅甚至谈到了他在厦门如何尿尿问题，感情没有达到一定的深度，是不会有这样的话题的。还有，鲁迅在许广平面前，有时像一个孩子，他对班上的女生目不斜视的自我表白，他的与猪作战等，都有孩子一样的顽皮……一个伟大人物，必定有率真、孩子气的一面。因了许广平，鲁迅最人性化的一面展现到了读者面前。我深深地感到，在经历了兄弟反目的沉重打击之后，是许广平把鲁迅从深刻的绝望当中拽了出来。一株枯干的树，有了爱情的滋润，又绽出了嫩芽儿。鲁迅在厦门时生活是无聊的，但因为心在远方，又是欢愉的，愈是念着远方，愈是憧憬着欢愉，就愈感到厦门的无聊。所以，不要说两年，一百三十五天就已经太长、太长！

四是鲁迅在厦门时期的写作。虽然鲁迅当了教授，但他首先是一个作家，一个有激情的、有坚守的战斗的作家。较之于北京，厦门的生活是平静的。鲁迅在海边散步，平静的状态，最容易让人回想往事。因而，他把始于北京的“旧事重提”继续下去，为我们留下了逝去的记忆，留下了生命的轨迹和珍贵的史料，那就是《朝花夕拾》的内容。此外，还有许多诸如《〈阿Q正传〉的成因》等堪称重要的文章。因为文章不多，我对鲁迅厦门时期的文章一一讲述，应该说真是我的“心得体会”了，讲得时尚一些，就是我的“心解”。当然，也有几篇鲁迅自拟的书刊广告等，就略去不说了。

五是鲁迅与厦门人物的往来。林文庆是厦门大学的校长，鲁迅与他有观念上、气质上的冲突，也有工作往来，这是不得不写的。鲁迅是林语堂介绍到厦门来的，书中多处提到了他们的关系。这一节捎带介绍一下他们一生的恩怨，应该更有助于读者了解他们的关系，也会增加文章的可读性。孙伏园是鲁迅的学生、晚辈，在厦门，很大程度上是鲁迅的“跟班”，然而，孙伏园的圆滑与四面讨好等，也给鲁迅的内心留下难以言说的“隐痛”。至于银行家马寅初和太虚和尚，他们都是名家，也成了历史人物，他们与鲁迅在厦门的过从，可以展现鲁迅的精神风貌或是精神气质。高长虹虽然没有到厦门，但因为“太阳、月亮和夜”的关系，以及其他琐碎纠纷，也是不得不写的一个人物。鲁迅与厦门人物的往来，有一些内容是与厦门时期无涉的，但摆出来的这几人都是名人，既然写了，就把他们与鲁迅的关系作一下梳理，读者应该不会没有兴趣。

六是关于鲁迅与许广平结合后最后十年的生活状况。这一章，应该说与“鲁迅在厦门”这一命题有比较大的外在距离，但我认为，却有着内在的联系。鲁迅和许广平的爱情成熟于厦门，他们结合以后的境况怎样呢？这应该是本书读者有兴趣了解的。为了书稿相对的完整性，我对他们最后十年的有爱的婚姻作了简略的介绍。

七是鲁迅离开厦门后，厦门对鲁迅的纪念。鲁迅对厦门并没有太多的好感，就像他对故乡绍兴并没有太多的好感一样。但是，后来的人们管不了这许多，绍兴是鲁迅的故乡，这不会因为鲁迅的没有好感而改变。鲁迅到过厦门，这就是最大的事实。鲁迅在厦门的时间虽短，但对厦门的意义是重大的。所以，鲁迅去世后，厦门多次组织各种活动缅怀鲁迅、纪念鲁迅。厦门大学因了鲁迅的到来，其学术品位得到了极大的提升，因了鲁迅而闻名遐迩。

最后要讲一下日志。好在鲁迅在厦门的时间很短，我参考了多本《鲁迅年谱》，结合鲁迅的日记及书信等，编写了鲁迅在厦门期间的“日志”，让读者能清楚鲁迅每一天都做了些什么。当然，这个“日志”中，有不少我的感悟，夹叙夹议，应该说是颇有个人色彩的。我在编写的过程中，仿佛在做一件有滋有味的事，不知读者读后，是不是可以感受到其中的滋味？

鲁迅在厦门时期，做了一些编辑工作，这包含两方面的内容：一是编辑自己的旧文章，主要是《坟》和《华盖集续编》等；一是遥控北京的《莽原》等。他的往来书信，有很多这方面的记录。因为这方面专业性、技术性太强，作为出版人，我正计划写一部《鲁迅与出版》。到那时，自然会把鲁迅厦门时期所做的这方面的工作一并考虑进去，并进行一定的思辨。再有，关于鲁迅的教学，我的印象是，在所有回忆鲁迅在厦门的文章中，牵涉他演讲的多，牵涉他上课的少，甚至可以这么说，鲁迅在厦门上的中国小说史等课，远不如鲁迅的演讲在其生命史上的影响。上小说史的学生也就二十来个，加上旁听的，人数也有限。小说史，也毕竟专业性太强。所以，与鲁迅的演讲比较，他上的课相对的“冷”也是可想而知的，因此，书中对他上的课也只是作了简单的介绍。

以上，我把全书的脉络展现在读者面前了，这仿佛是一张“导游图”。带了这张“导游图”，请读者进入到“展览馆”，参观鲁迅这一百三十五天的生命历程，看看“孤岛过客”这一时间段的日日夜夜，他做些什么？想些什么？

琐碎和无聊中挤出的快乐
——《孤岛过客》后记

这本书写得相当艰难，主要是没有完整的时间，还因为心总也静不下来，思虑太杂。

此前作专著，是二十世纪九十年代的事了，那时我是一个儿童文学的编辑，每天上班编编童话、科幻和孩子的作文等，工作是比较愉快的，碰到好稿的时候，感觉是一种享受，比如，我曾责编魏滨海的《阿铁林奇遇记》、葛冰的《小糊涂神》，以及洪汛涛主编的《中国孩子写的童话》等，工作仿佛和童话一样单纯。今天想来，还是亲切、温暖的回忆。这些作品让时光倒转，把我带回到了童年，甚至可以说，让我发现了自己的童年。

后来，工作变动，有了行政事务，牵涉范围还不小，一天里常常要扮演若干种角色。比如，上午一上班，可能是与一个作者谈一个政治方面的书稿选题；刚刚谈完，又要探讨一个经济方面的选题；不一会儿，要与一个同事谈他的评职称论文以及申报职称的若干“窍门”；再接着，是关于科幻稿件的探讨，还没探讨完，又要对素质教育的某一具体问题与责编对话；然后是读者这样那样的反馈，有时候这个读者说要这样办刊，那个读者的意见正好相反，于是，在那里沉思，到底哪些意见是可操作的，又应该怎样给读者回复呢？上午快要下班了，也许会来一个老朋友，或是老朋友介绍的新朋友，出版单位仿佛成了菜市场！下午，要与发行商谈刊物的发行，与广告商谈折扣；晚上也许有应酬，或许在你面前摆上五杯白酒，说喝上一杯多发一千册杂志，喝不喝？皱皱眉，硬着头皮灌下去，虽然知道，如此率性而为，痛风也许又要发作了。似醉非醉，朦朦胧胧中回家，写朦胧诗则可，还能做学问吗？业余时间，想写一点东西了，满脑子就是以上所言的乱七八糟。从生理上讲，人也累了。就是在这样的风光和热闹、无聊和琐碎的折磨下，一天挤一点时间，把节假日都用上了，断断续续，挤出了这本新作。

前些天，睡前读周作人的散文，他说了大意这样的话：现在，对生活没有太多的奢求，自己感觉最好的时候，就是泡一杯好茶，读一本好书，有什么感想了，写一点文字，没有感想，就什么都不写。我觉得，这与我此时的心境非常契合。出版中人，文坛中人，有的喜欢热闹，像我以上所描述的工作状态，是某些人所孜孜以求的，仿佛风风火火，似乎热热闹闹，看上去好像轰轰烈烈，在芸芸众生眼里人模人样。而我呢，说真的，最热闹的时候，就是感觉最孤独的时候；最风光的时候，就是感觉最无聊的时候。如果要减轻生活的痛苦，就是少跟无聊的人说言不由衷的话，少做场面上没有意义的事。生活的快乐是实实在在、平平常常的，就是有好茶、好书。

当然，我比周作人要多一些人间烟火的趣味，那就是我有狗。

我与鲁迅最大的矛盾，就是他要痛打落水狗，我却是“狗奴才”。鲁迅笔下的狗，实际上都是人，他老先生对狗极尽诬蔑、谩骂之能事，让狗为人受过。写完这本书，我首先想的就是要写一篇关于鲁迅与狗的文章。

有好书、好茶、狗，然后敲一点诸如此类关于狗的礼赞的文字，这就是生活的快乐，生活的快乐就是这么实实在在。

乱扯了，打住！

我要感谢李尔钢先生！与李尔钢尚未谋面。之前去武汉时，极想见他一面，因为日程紧，也只是打个电话致意。我曾写了一本《鲁迅生前身后事》，把选题报告同时寄给两三家出版社。其中一份辗转到了湖北人民出版社的李尔钢先生手中。可是，另一家出版社早一步要了我的书，签了合同。我把情况对李尔钢说了，并表达了我的遗憾。同时，我对他说，我另有一部书稿正在进行中，是关于鲁迅在厦门的，当时书名叫《135天》。李先生看了我的写作提纲，当即与我签了合同，并表示要当我这本书的责编。合同规定，二〇〇七年六月三十日交稿。因为种种原因，稿件一拖再拖，拖了整整一年。是我违约，那合同自然是作废了。李尔钢也已经调到了崇文书局。他却问我，把书稿移到崇文书局出可否？如今出书难，一般图书多是赔钱。对我的拖拉，他不责怪，换了单位，还要兑现对这部书稿的承诺，我除了感激，还能说什么呢?！朋友不少，好友不多，李尔钢和我都忙，我们甚至来不及把朋友变成好友。

书写好了，我不是女人，没有生过孩子，就觉得浑身无力，脱水一般，累极；同时，又有了一种从头到脚——用福州方言说，叫“透脚”——的轻松快感。我要问女人了，生了一个孩子，是不是有这样的感觉？无论是否，总之，我又有了一个“孩子”。

这是在琐碎和无聊中挤出的快乐。

今晚，我该沉沉入睡了。

做“做鲁迅”的人们

——《著名作家的胡言乱语》后记

韩石山认为“鲁研界里无高手”，他瞧不上那些“吃鲁迅饭”的。可是，一不小心，这些年，他也成了“吃鲁迅饭”的。也就是那些“少不读鲁迅，老不读胡适”的货色，跑到十几二十所大学演讲。据我所知，到大学演讲的报酬是不会太低的。罢了，还出了一本又一本的书，他把鲁迅这块硬骨头，可以说是啃得干干净净，最后还敲骨吸髓，一点儿也不浪费。韩石山的演讲神采飞扬，没有唾沫四溅，他那油亮的双唇，大约还带着“吃鲁迅饭”酒足饭饱后的油垢?

当代的大学生，是有读过一些鲁迅的作品的。我用鲁迅的表达方式，替韩石山归纳出他的观点：要少读或者竟不读鲁迅的书，多读胡适的书。看他的关于鲁迅的种种言论，我想，这么归纳，是不会冤枉他的。不论大学生们是多读还是少读，一般的大学生，对鲁迅的了解不会比韩石山更多。对鲁迅有深刻理解的大学生，恐怕是凤毛麟角。绝大多数当代大学生头脑中关于鲁迅的印象应该说是相对空白的。一张白纸好画最新、最美的图画。韩石山像传教士一样，到这所大学演讲，又到那所大学演讲，如此，客观的效果是，听众接受的鲁迅是韩石山的鲁迅，即“穷凶极恶”的，“阴暗、狠毒、偏执”的，等等。如果这个听众或读者后来走近鲁迅了，他肯定会看出韩石山的种种荒谬；倘若他以后不再读鲁迅了（在信息爆炸的今天，相信这样的听众或读者是大多数），那么，可能就带着“韩石山牌鲁迅”走未来的路。

在《德译本〈鲁迅选集〉出版所感》一文中，何满子说，“英国有莎士比亚，德国有歌德，中国有鲁迅，都是世界级的高峰，民族文化的骄傲”。他认为，“谁读懂了鲁迅，他就懂得了中国。鲁迅作为民族精神的首席代表和中国文化的第一伟人，他身上最耀眼的特点，恐怕就在于没有任何人能像他那样全面而深刻地理解中国，把握中国文化的底细了。不仅他的揭示现实中国底蕴的作品唤醒了不止一代的中国人，更因为就在揭示现实中挖出了中国历史的老根，将中国的灵魂穷源究本地和盘托出在他的笔墨之中，历史上没有人能够企及”。何满子又说：“千言万语并成一句，只有说，要理解中国就必须读鲁迅的书。”鲁迅，是理解中国、打开中国大门的一把钥匙。一个中国人不了解鲁迅，那就不能从根本意义上了解中国。作为中国人，这是多大的悲哀啊！因此，面对韩石山的胡言乱语，我真是如鲠在喉，不吐不快。

在这部书稿中我说了，写着写着，我切实感受到了无聊，因为韩石山的胡言乱语往往是不值一驳、不值一嘘的。我曾与贺雄飞等先生谈起这本书的选题问题，贺雄飞劝我说：“韩石山没有什么东西，都是胡扯，你犯不着为他费这么多心血。”人民文学出版社的王培元先生本是愿意接受这本书的，后来，他的同事指出，我们这样的出版社犯不着出这样一本书去清算韩石山这样一个人。可是，韩石山的这些观点，确实有碍青年人的正确判断。所以，我遵照韩石山的教诲，“既然想到了，就要写。你得珍惜自己的思考。要说就说个痛快，那种扭扭捏捏、欲言又止的文章，我是不写的”。我自以为这本书写得酣畅淋漓。书稿完成后，在修改的过程中发现，韩石山的观点虽然无聊，但毕竟达到了当代作家“骂鲁”文章的最高的境界，事实上也牵涉到鲁迅研究的许多问题。在对韩石山的批驳过程中，也澄清了有关鲁迅的若干重大问题，这大约也正是我这本书存在的客观价值吧。

我曾经说过，骂鲁迅，是中国文坛的周期性感冒。当下，骂鲁迅简直就成了学界的时尚了。白领碰到白领往往要问：“嗨，你买车了吗？我买了车，感觉没车的日子实在没法过的呀！”人文学者碰到人文学者则难免要说：“老兄，你骂鲁迅了吗？不骂鲁迅不知道怎么才叫思想解放哩，骂了鲁迅，我的道德形象得到极大的提高喔！”虽然夸张，虽然荒诞，但你细想一下，应该不无道理。这些年，也许由于一些人对鲁迅的狂轰滥炸，人们已经产生了某种心理疲劳，觉得鲁迅就是这么回事，予以回应的人越来越少了。没人回应，有时候，在有的人眼里、心中，鲁迅就是他们诬蔑的那种鲁迅了。

我自认为是“鲁迅坟前走狗”，应该说在这方面做了一些工作。林贤治等在通信中都提示我，对关于鲁迅的那些奇谈怪论，应该有人回应，应该有人多做一些这方面的工作。袁良骏、林贤治、王彬彬、高旭东等，也都在做着这方面的工作。有骂鲁迅的人把自己的言论称为“做鲁迅”，好一个“做鲁迅”！为了自己的“出气”，为了鲁迅，也为了受了“韩毒”的人们，虽然面对的对象是多么无聊，我还是要继续战斗，与无聊战斗，我也是要“做”，做那些“做鲁迅”的人！

韩石山先生是我的朋友。他刚刚主办《山西文学》时曾经给我寄过他们的杂志。我往他们刊物投过两三次稿，散文《绿色的佛影》在他的关照下在《山西文学》刊出。二〇〇四年四月十日，我到太原参加“全国中学生报刊与出版社合作洽谈会”，十一日晚上，谢泳、韩石山请喝茶，我们仨还合影一张。我在日记中写到“交谈甚欢，深夜方归”。二〇〇六年年底，我再次到太原，由我做东，请了谢泳、韩石山、员荣亮、介子平诸先生吃饭。目前为止，我与韩石山就见了这两次面。韩石山在给我的电子邮件中说，有闽中文人到山西，他都会提到我这个远方的朋友。是的，我们是朋友。

二〇〇七年以前，韩石山关于鲁迅的演讲等已经沸沸扬扬，十分热闹。因为工作繁忙，我都还没有认真拜读。二〇〇七年下半年开始，相对清闲了，我把韩石山的书搬出来读了，当然，主要是读他关于鲁迅的部分。没读韩石山的书以前，我对韩石山是有好感的。这一读，可不得了，韩书有这样一种魅力，那就是让我越读越生气，生气到不提笔批驳就吃不饱、睡不香的程度。如果不批驳他，我的气郁积于心中，那会生病。整整半年时间，我被韩石山困扰，读啊写啊，于是，有了以上文字。写完这本书，我还真有吐出了胸中块垒的感觉，浑身轻松，十分惬意，刚脱稿那三五天，竟是吃也香，睡也香了。

然而，烦恼也来了，我还能和韩石山做朋友吗？

我给韩石山写了一封信，书稿同时用电子邮件发给了他，他是这本书的第一个读者。我的信是这样写的：

韩石山先生：

您好！

我把新著《著名作家的胡言乱语》发给您，真诚地希望能听到您的批评、意见，只要您说得对的，我一定虚心接受。

这本书用了半年时间，是一气呵成。写完此书，老实说，有出了一口恶气的感觉，换言之，我是怀着一腔激情来写这本书的。可以这么说，在我为鲁迅辩护的几本书中，此书是在最为生气的状态下写成的，也是最有激情的一本书。

您在《且化浓墨写春山》一文中说到，贾平凹虽是您的朋友，您还是批评了他：“我与人交往，平素可虚与委蛇，惟做文章，但求直抒胸臆，既不愧于自己的谫陋，也不敢念及朋友的情分。若有冲撞之处，想来平凹是不会见怪的。”诚哉斯言。我两次出差太原，一次承蒙您和谢泳先生相约喝茶；一次我请太原作者吃饭，您和谢泳等赏光来了。交谈虽少，印象颇深。您长我十余岁，我敬重您如老师。您抨击王蒙、刘心武等，让我有大快人心之感。但是，在鲁迅的问题上，我也不敢念及其他，多有冲撞，也不怕您见怪了。

我把这未经编辑处理的书稿发给您，请您指教。不过，我想，一般情况下，您是不会有回应的，您说过：“这些人批评我，我很少理睬。最大的蔑视就是不吭声，连眼珠子都不转过去。这也是跟上鲁迅学下的。”如此，于我而言，不免无奈，不免遗憾。不管怎样，我总是要发给您的。

鲁迅是我灵魂的憩所，是我的宗教，我自以为是鲁迅坟前一只守墓的狗，为了鲁迅，我不得不开罪您。如有冒犯，还请谅宥。

春夏之交，季节转换，时冷时热，盼多珍重。

顺颂时绥。

房向东

二〇〇九年四月二十七日

我是以小人之心度君子之腹了。我本以为韩石山是不会理睬的，沉默有时也不失为一种办法。出乎我意料的是，韩石山先是给我回了电子邮件，过了一些日子，用毛笔在宣纸上给我写了一封与电子邮件的内容大致相同的信。信中有客气话，有批评。（他说，我的书中有骂人的话，虽然他也应该骂。）我最后一次修改本书时，把“鸟人”之类都删掉了，虽然鲁迅和胡适都用“鸟人”骂过人。韩石山的信中表达了这样一种意见，他之所以对鲁迅如此，似乎不只是针对鲁迅。他是“文化大革命”过来的人，对过去的一切记忆犹新。“项庄舞剑，意在沛公”，他似乎针对的是鲁迅之外的不便言明的一切，不知道我有没有理解错了？如果是这样，他的剑锋所向，也是我所深恶痛绝的。当然，这仅仅是我的猜测。此外，他还告诉我，他曾经非常喜欢鲁迅，曾经手抄许寿裳先生的《亡友鲁迅印象记》等等。最让我感动的是，他认为我们是好朋友，随着时间的推移，将来会成为很好的朋友。

我一块石头落地！我们还是朋友，而且将成为很好的朋友！什么是风范？这就是风范。韩石山在批评面前表现出的大度，是值得我效法的，他的形象在我面前高大起来，我在心里仰视他！

我给他回了一封邮件，表示感谢，但没有收到他的回复。此后，我们暂时没有来往了。我一直疑心，会不会网络出了问题？不得而知。

我对韩石山曾经怀有敬意，他对当代不少作家的“酷评”，虽然有很多可商榷之处，但有更多的可取之点。最让我敬服的是，他指名道姓地批评王蒙、刘心武、谢冕等这些场面上曾经的“潮人”。这在这里一团，那里一帮，互相恭维、彼此吹捧的当今文坛，不失为振聋发聩之声！我一贯的观点是，爱是爱，憎是憎，对是对，错是错，了然分明。要骂人，就指名道姓地骂，不要吞吞吐吐，用那些

“有的人”“某先生”之类的含含糊糊的指代，仿佛委婉了，但实在也是一种猥琐。如果说，我的文章对抨击对象不太留情面的话，我以为，这第一是受了鲁迅的影响，第二则是受了韩石山的濡染——我用了韩石山的办法来对付韩石山了。

在山东大学文学院演讲时，有同学递条子：“鲁迅和胡适，您认为您自己更像谁？我觉得您的风格更像鲁迅，您同意吗？”韩石山认为这个同学聪明，并向他敬礼。韩石山虽然不那么明确地表示，但从他夸赞这个同学的聪明和“敬礼”看，显然是默认了“您的风格更像鲁迅”这一点。他是不是在说，他和鲁迅是属于同一种类型的人？韩石山的文笔有鲁迅遗风，但他经常用鲁迅笔调骂鲁迅、贬鲁迅。韩石山与鲁迅是不是同一种类型的人，读者心中比我有数。在下与韩石山有没有相似之处？读者也应该可以明了。朋友归朋友，但在鲁迅问题上我该说的话还是要说的。君子群而不党，我珍惜朋友，但不能背叛自以为是的真理。我在致韩石山的信中说了，鲁迅是我灵魂的憩所，为了鲁迅，我不得不开罪我的朋友韩石山。

如果朋友因此弃我而去，那我也无话可说。我从韩石山身上学到“酷评”精神之一二。此书出版后，我也将第一本呈送给韩先生，敬请他的指教。我衷心希望有生之年，我们成为很好的朋友。

此书完成后，我请我的朋友宋志坚先生于百忙中通读一遍，指出许多错讹之处，一一改过，让老宋劳心费神了。

我写了一份选题报告并书稿发给上海书店出版社的资深编辑完颜绍元先生。（我有两三本关于鲁迅的书在他们出版社出版。）完颜兄很快回复了，他们的观点与贺雄飞等人一样，认为犯不着专门出一本批驳韩石山的书，虽然韩石山的观点是当下骂鲁迅观点的集大成，但似乎还是不值得。不过，完颜兄毕竟是图书策划的高手，并没有一锤子将此书给打死了，他出了一招，即再写几篇批驳当代著名作家攻击鲁迅的文章，把作家对鲁迅的攻击集中展示，不亦热闹？我以为，这是对的。我在写此书时，也曾私下嘀咕，如此对付韩石山，值得吗？然而，在生气状态下，在非功利的状态下，我还是将此书写完了。在写作过程中，我完全不在乎能不能出版。遵完颜先生嘱，我做了若干补充，分成上下编，“审判”韩石山的同时，捎带几个作家“陪审”，热闹肯定是热闹了，韩石山也免了寂寞。完颜之举，确实是救活了拙著。我认为，这应该是图书策划的一个值得一说的案子，可概括为“内容扩大法”。

袁良骏先生是我尊敬的前辈，他与何满子先生一样，一身硬骨头，有独战众数之气派。他们都是喝过鲁迅这头荒原野狼的奶，从而补充了钙质的人。袁先生七十有加，岁数不能说是年轻，但却为拙著写了长序。他说，“有这么长的序吗”？他对我的教诲，是多么语重心长，愿我们的“忘年交”——我们的友谊——源远流长。

以上所提诸位，我表示最诚挚的谢忱！谢谢！

写完后记，正是子夜时分，天寒地冻，然在万籁俱寂中，我分明听到春的脚步声，匆匆的。哦，时光如水，又是一年！

房向东

二〇一〇年二月六日于钓雪斋

宏观反思　微观透视

——介绍张梦阳的《中国鲁迅学通史》

张梦阳先生是属于那种写文章而文章不太多的人。他是中国社科院专业的研究者，按照现在的行情看，他也应该跻身“著作等身”者的行列，然而，市面上看到他的书，仿佛就是那本《静斋梦录》（也许还有些影响不太大的研究性论著）。书有含金量，我一听说某个作者一年当中出了两三本书，这样的书我是要打问号的。如果说有金子一样的书的话，那么，匆忙写成的书就只是“铜书”（因为是“铜书”，不可避免地带有铜臭）。写作是创造性劳动，而不是流水作业。成就一部书是要花费写作者巨大的心血的。先前，有“一本书主义”的说法，这既说明一本书可以给作者带来名声，也说明一本书的诞生是多么艰难！我不知道张梦阳的这部一百二十多万字的《中国鲁迅学通史》（以下简称《通史》）写了多少时间。黄树森先生说张梦阳是“抽血敲髓，化精吐哺，几乎耗尽一生打造‘鲁学’这一品牌”，这话我是相信的。我认为，这是一部含金量颇高的书。

我知道，为写这部书，张梦阳做了大量的基础工作。我有一套他用了九年时间主编的《鲁迅研究学术论著资料汇编》（十六开、五大本又一分册，共一千万字），这套书惠及所有的鲁迅研究者。他做过如此实在的资料工作，由他来写《通史》是最合适不过的了。可以想见，他的《通史》是厚积而厚发。林非先生说：“他在自己深深挚爱的鲁迅研究这项工程中间，竟前后掷下了二十余年的工夫，不住地摩挲玩味，沉思冥想，真是达到了如痴如醉的境界……”人生有涯，他竟与鲁迅这样的孤老头相守二十余年！这二十余年是改革开放的二十余年，外界有多少的诱惑啊！这二十余年，文坛、学界出了多少立竿见影的成就啊，可人们几乎不知道有一个张梦阳——比起时髦学人的喧嚣，他真是寂寞又孤独。这并不是太多的人所能做到的。

这部书分上下两卷，上卷是宏观反思，主要界定鲁迅学和鲁迅学史的概念和内涵，阐明研究鲁迅学史的意义以及该书的框架与要义；从宏观上描述作为二十世纪中国一种精神文化现象的鲁迅学的发展史。下卷是微观透视，对《野草》学史、阿Q学史、狂人学史、《故事新编》学史、杂文学史等主要专题学史进行学术梳理；对鲁迅学中鲁迅本体与鲁迅映象的关系、学术哲学问题，以及鲁迅与二十世纪中国精神解放、思维变革的双向互动进行理性反思。

鲁迅研究是一条曲曲折折但没有尽头的路，我们可能在路的这一头或那一头、这一段或那一段看过这样那样的风景；我们可能喜欢路边的野草，从而用更多的时间驻足；我们也许不喜欢那朵新开的花儿，便匆匆而过，忽略不计，仿佛这一路上并没有这朵花儿的存在……张梦阳却不同了，他带着我们，一路上逶迤而来，让我们看尽了将近一百年来鲁迅研究的风光。他的《通史》真是像一幅历史长卷，逐页翻检，他将中国鲁迅研究的历史向我们款款展示。展示的同时，他也向我们论述着。看完这部书，我的感觉是，我穿越了历史隧道，在鲁迅研究的历史长廊进行精神的、思想的旅游。张梦阳的展示是这次旅游的各种风景。张梦阳的论述，却似一份绝佳的导游词，是他对各种鲁迅研究景点的个性化理解与诠释。

可以说，几乎所有鲁迅研究的著作都进入了他的眼帘。但他的宏观描述，也不是流水账，他有所突出，就像中国现代史有鸦片战争到五四运动等几个点和几个代表人物一样，他在描述的过程中也抓住了几个关键人物的关键著作。比如，他认为，张定璜的《鲁迅先生》是中国鲁迅学史上最早对鲁迅进行科学阐释的论文，虽然有其偏颇，但却把鲁迅初登文坛后中国精神文化界所产生的焕然一新的感觉真切地表现出来了。他又认为，茅盾的《鲁迅论》，则是把已经取得权威地位的一九二七年以前的鲁迅及其作品给以中国人的总体感受全面勾勒、概括尽了。再有，瞿秋白的《〈鲁迅杂感选集〉序言》，至今在中国鲁迅学史上仍然保持着里程碑式的历史地位，对鲁迅二十世纪在中国政治思想史和文艺斗争史上的价值作了高度的理论总结。此外，他还点出了毛泽东在三四十年代之交的鲁迅论，以及王瑶、王得后、王富仁、钱理群、汪晖、王乾坤等人在鲁迅研究史上某个特定方面所取得的特殊成就和产生的特有影响。他突出了这些特定人物的特别贡献，也就在宏观的描述当中有了坐标，有了具有代表性的标志物。

以上只是从宏观的结构上看，到了具体的内容，书中处处有真知灼见在闪烁，从中我们不难看出张梦阳的学术勇气。

关于反对神化鲁迅，已经有很多文章面世。其实，所谓神化鲁迅，从根本上说是利用鲁迅，就像鲁迅写的《在现代中国的孔夫子》中所指出的那样，中国某些人的尊孔，是把孔子当作敲门砖；某些人的神化鲁迅，是通过鲁迅达到自己或某一利益集团的目的。然而，反对神化鲁迅的直接后果，可能会不可避免地造成俗化鲁迅的现象发生。张梦阳的可贵之处在于他提出了反对俗化鲁迅的问题。他认为，“这实际上是以小市民的庸俗心理揣度鲁迅，把鲁迅拉入庸俗化境地的一种恶劣倾向”。张梦阳举了三十年代《我来劝劝鲁迅这老头子》等文章俗化鲁迅的例子。这说明，俗化鲁迅由来已久。

我要说的是，粉碎“四人帮”后，对神化鲁迅的矫枉过正，便是有意无意地俗化鲁迅。俗化鲁迅的人打着把鲁迅“还原为人”的旗号，把鲁迅世俗化甚至庸俗化。他们要把鲁迅变成什么样的人呢？如果是一个真实的人倒也还罢了，他们要把鲁迅还原为一个有着低级趣味的人。我所见到的当代的某些例子，可以作为张梦阳观点的注释。我曾在福建的一张小报上看到据说是厦门大学老工友的某老人对记者的谈话。这位老人说，鲁迅住在厦大时，晚上起来撒尿，是从二楼直接往土墙上尿下来的。他说，你不能这样干。鲁迅说没关系的，这土墙很快就会把尿吸收并蒸发了。还说，鲁迅不卫生，衣领是黑黑的等等。这位老人当时是不是学校的工友，他与鲁迅有没有交往，总之，他所说是不是真实的，这都是问题。我们现在的某些人挖掘鲁迅的这一类“史料”，是什么意思呢？退一百步说，即使是真实的，可是，这又有什么意义呢？这又有什么了不起呢？“老工友”的这类“史实”不是个别现象，我在报刊上就见到好几回了。

正如张梦阳所言，以小市民之“心”度鲁迅先生之“腹”，用世俗庸碌的浅薄心理揣摩一位深刻思想家的终极关怀，以贪图财色的阴暗欲望和苟且偷安的自私之心嘲笑一位“精神界之战士”的拔俗之举和献身精神，结果只能是荒谬之极。

对于“文化大革命”中出现的“石一歌”的半部《鲁迅传》，张梦阳采取了实事求是的态度，指出了它违背历史事实的地方，指出了它为“四人帮”所利用、无根据地突出了所谓阶级斗争的内容……同时，张梦阳认为，对此书不能简单否定，要肯定它的可肯定之处。他认为这半部《鲁迅传》皆出于专业人员之手，还是有可取之处的。“突出之点是文笔通畅、圆润、简洁、易读，较少隐晦、臃肿、含混之态，这正是它在当时产生广泛影响的原因之一，也是今后新版《鲁迅传》可资借鉴的地方。其次，从大体上看，该书对鲁迅生平、著作的叙述基本属实，可见作者有相当素养。”不能说张梦阳所言完全正确，但应该说相对接近客观，也表现了他直面事实的勇气。

张梦阳在“理性反思”部分，充满着深刻的忧患。他担心在目前的文化环境下，可能会出现“颠覆”。他说：“就在这种‘沉湎于构造一种世俗的、物质的安全感’当中，人们会不知不觉地忘记鲁迅，甚至于对鲁迅的世界感到迷惑不解，感到抵牾，讨厌他对中国人的种种哀其不幸、怒其不争的尖锐批评，群起而攻之。随着为什么活着这类终极性的精神问题被搁置起来，鲁迅和鲁迅学最终会被消解掉，化为乌有。”张梦阳带着无可奈何的声调说：“要不了多少年，连熟读《鲁迅全集》的人都会变得异常稀少了，哪里还会有什么鲁迅学家，会有什么鲁迅学的新发展，会有什么新世纪的前景可以展望?”我以为，张梦阳的担心是多余的，有黄河、长江在，有李白、杜甫在，就会有鲁迅在。不过，就当下而言，他作如此“盛世危言”应有实际的意义，他希望人们从偏执的物欲追求中觉醒，希望人们更多地关注精神世界、关注内心、关注灵魂。总之，关注自己是不是一个健全的人——也就是鲁迅的“立人”问题。

还值得一提的是，张梦阳在表述时，也偶尔忘记了自己还是一位教授、一名研究员，丢开了学者的煞有介事，说出了若干十分随意的话。比如，他说：“我宁听伟江的一句考证，也不愿听有些‘才子’唾沫横飞的连篇大话和空话。”书中这种带有个人色彩、吐露个人喜好的言论比比皆是。诸如此类的话肯定得罪了某些“才子”，但却可见他的赤子之心。他的文章有了杂文的爽快，在精神气质上更接近鲁迅。他不愧是一个一生陪着鲁迅的人。

这部书也还有一些不够完善的地方，作者对《野草》学史等主要专题学史进行学术梳理，但鲁迅的其他作品被忽略了，《祝福》《孔乙己》《孤独者》等的研究情况几乎没有被提及；对鲁迅的《中国小说史略》等学术研究的研究也少有介绍；也还有一些应该享有一定历史地位的著作没有进入作者的视野——这大约是难以避免的；另外，有几本对鲁迅研究作出重大贡献的期刊，也应该在鲁迅研究史上占有一席之地，比如《鲁迅研究月刊》等，我以为要有专门一节介绍；再有，北京、上海、广州、绍兴等地，在鲁迅研究上形成了特殊的群体，有过特殊的贡献，是不是也应该有所提及？

鲁迅与“闽客”

一九九九年八月，中国鲁迅研究会在昆明主持召开了“中国鲁迅研究五十年学术研讨会”。会上，日本的鲁迅研究专家、东洋大学文学部教授阿部兼也先生向我提了一个比较“生冷”的问题。他说：“你是来自福建的，我想问鲁迅研究中一个与福建有关的问题。鲁迅离开南京的水师学堂到陆师学堂学习，其中有一个原因，是因为同住的福建人让他反感，是这样的吗？”当时，我是这样回答他的：对这一史实，我并不了解。但鲁迅之所以离开水师学堂，主要是因为学堂的腐败。鲁迅大约不会因为讨厌福建人就离开水师学堂吧。至于说到鲁迅反感福建人，那是有的，但不是在水师学堂，而是在北京的绍兴会馆了。

阿部兼也先生让我回闽后再查查资料。我对他的较真精神怀有敬意。现在，学界像他这样认真地对待一件事的学者，大约不会太多吧。于是，我找了一堆书，为了这“无关紧要”的事，折腾了三五天。

鲁迅是于一八九八年五月十八岁的时候到南京报考江南水师学堂的，同年十一月就离开水师学堂。一八九九年一月下旬改入江南陆师学堂附设的矿务铁路学堂。

鲁迅为什么要离开江南水师学堂呢？这有主客观两方面的原因。

主观的原因是，鲁迅对所分的班不满。周启明在《鲁迅的青年时代》一书中说，鲁迅因对江南水师学堂不满，并且觉得“分在管轮班”，“那就上不了舱面了”，故从该校退学。鲁迅在《集外集·俄文译本〈阿Q正传〉序及著者自叙传略》一文中，也有相同的说法。

此外，鲁迅对学校的功课也有看法，认为过于简单，一星期中有四天读英文，一天读《左传》，一天作汉文，题目陈腐。

客观的原因是什么呢？那就是水师学堂的腐败风气。用鲁迅的话说，这是一所“乌烟瘴气”的学校。鲁迅在《朝花夕拾·琐记》中提到，校中原有一个给学生学游泳的池子，因曾淹死过两个学生，早被填平，在上面造了一座关帝庙“镇压”着那两个“淹死鬼”。每年农历七月十五还要请一群和尚来“放焰口”。水师学堂而无学游泳的池子，那水师都成了旱鸭子了，这样的水师能做什么呢？大家便可想而知了。这样的学校有什么好待的呢？大家一样可想而知了。

鲁迅还提到过一件表明该校腐败的事：有一次，“一个新的职员到校了，势派非常之大，学者似的，很傲然”，但他却把一个同学“沈钊”叫作“沈钧”，表明他并不识字。“于是我们一见面就讥笑他……并且由讥笑而至于相骂。”为此，“两天之内，我和十多个同学就迭记了两小过两大过，再记一小过，就要开除了。但开除在我们那个学校里并不算什么大事，大堂上还有军令，可以将学生杀头的”。如此“洋务学堂”，鲁迅“总觉得不大合适”，认为它办得“乌烟瘴气”。

不仅学校当局和有的教员“乌烟瘴气”，而且，有的学生也“乌烟瘴气”。周启明在《鲁迅的青年时代》中说：“水师学堂系用英文教授，所以需要九年才得毕业，前后分作三段，初步称曰三班，每三年升一级，由二班以至头班。到了头班，便是老学生、老资格，架子很大，对于后辈便是螃蟹式的走路，挡住去路，绝不客气了。学生如此封建，总办和监督自然更甚……”高低班学生，不但待遇优劣不同，而且高班学生还要欺侮低班学生。

鲁迅在江南水师学堂时，是不是与福建人同住，从我掌握的史料中，找不到根据。周作人在《学堂生活·宿舍的格式》一文中说到江南水师学堂的宿舍：“新生入堂……不但人情不免要欺生，而且性情习惯全不了解……虽然在待遇上要吃些亏。日久有朋友，再来请求移居别号，或者与居停主人意气相合，也会协议移动床位。”这段话说明，如果与鲁迅同住的果真是福建人，而这福建人又真的让鲁迅反感的话，也犯不着因为反感同住的人而离开学堂，完全可以“请求移居别号”，或是“协议移动床位”。

不过，鲁迅日记中还是有讨厌“闽客”——福建人——的记录，但那不是在南京，而是在北京的绍兴会馆。一九一二年八月十二日，鲁迅在日记中记道：“半夜后邻客以闽音高谈，狺狺如犬相啮，不得安睡。”同年九月十八日，日记记道：“夜邻室有闽客大哗。”过了两天，九月二十日的日记记道：“夜雨不已。邻室又来闽客，至夜半犹大嗥如野犬，出而叱之，少戢。”从这三则日记看，是住在鲁迅隔壁的福建人吵得鲁迅不得安睡。鲁迅心底有气，但还是一再忍耐，到了第三回，才“出而叱之”。至于其中“骂人”的话，也仅仅是记在日记中而已。我觉得，从这几则日记看，仿佛并不足以证明鲁迅讨厌福建人，假设住在鲁迅边上的不是福建人而是别的什么人，半夜三更，如此吵闹，鲁迅不也一样讨厌吗？讨厌一种不文明的行为，不等于讨厌有这种行为的所有这一地域的人。

杂感

鲁迅有其本质的东西，这个本质的东西是客观的存在，不因为研究者的不同，就得出不同的结论。

一个民族可以无神，但不能一天没有灵魂。鲁迅就是我们民族的灵魂。

王国维政治上极端保守，学术上极端激进；章太炎政治上极端激进，学术上极端保守。鲁迅居中。

鲁迅痛恨故乡，但写得最多的是故乡，写得最动人的也是故乡，他魂牵梦绕的还是故乡。鲁迅是生命意识最复杂也最现代化的一个作家。

从鲁迅出生写到鲁迅死去，不能算是好的鲁迅传记。重要的是要写出鲁迅的性格、鲁迅的精神。《罗曼·罗兰传》《贝多芬传》，只两万多字，但写出了他们的精神品质，就应该算是成功的。

现在是教授、学者、博士在吃鲁迅饭。鲁迅研究的学院化是一种趋势，这种研究太静了，静而生冷。不能让鲁迅静下去、静下去，冷下来、冷下来，不能让鲁迅研究冷静到冷漠的程度。鲁迅是一个战士。假如我们说“学者鲁迅”“教授鲁迅”，我们本身都会感到滑稽。

与其他作家、学者对比，鲁迅是热的，他们是冷的；鲁迅是战斗的、充满激情的，他们是温和的、冷淡的乃至冷漠的……鲁迅的激情表现为神圣的愤怒，对黑暗中国的愤怒，对虚伪人生的愤怒；还表现在对劳苦大众的深刻同情。在鲁迅那里，有着深刻的绝望和热烈的爱心。

鲁迅与茨威格、罗曼·罗兰、凡·高等有相通的地方，鲁迅和他们一样充满了激情。

鲁迅的作品是诗，虽然它们有的没有诗的形式。

鲁迅是孤独的，不能用世俗的眼光看鲁迅。老虎和狮子都是独来独往的，世俗的却是成群结队的。

鲁迅门下走狗

回想起来，早些时候我并不是很喜欢鲁迅，更没有打算研究鲁迅。我觉得鲁迅的作品太难懂，有一股苦味，还有一股涩味，读起来累人。鲁迅就像一枚我当时并不爱吃的青橄榄。读书应该是愉快的，谁愿意自找苦吃呢？

后来，让我下决心研究鲁迅并对鲁迅产生了深深情愫的，是因了一些无知妄人的妄语。一些场面上的人轻飘飘地说："鲁迅，无非就是骂人。"而且，在文坛上，轻薄鲁迅，几乎成了周期性的感冒。这让我生气！于是，我带着问题开始研究鲁迅，我要搞清楚鲁迅的所谓"骂人"问题。从一九九二年到一九九五年，经过三年的努力，我写成了三十多万字的《鲁迅与他"骂"过的人》（上海书店出版社出版）一书。这是一本"宣战书"，我要向一切骂鲁迅和轻薄鲁迅的人宣战。在写作这本书的过程中，我读了很多有关鲁迅的文章，当然，也读了很多鲁迅作品。我原来对鲁迅的粗浅的、片面的认识深刻化、全面化了。我从《鲁迅全集》的苦涩中读出甘味，这种清甜的甘味，不绝于舌，不绝于心，魂牵梦绕，似乎已经融入了生命。或者这么说吧，对我而言，这时的鲁迅已不是什么青橄榄，而是精神鸦片——我离不开它了!

写《鲁迅与他“骂”过的人》，我觉得自己还是比较理性的。我像一个战士，与鲁迅的“怨敌”战斗。既是战士，当然还是人。我有点像鲁迅坟前的守墓人。谁来冒犯鲁迅了，我与他说理、与他争论，甚而至于，我把他赶走。同时，我又觉得自己像个审判长，我要对历史旧案逐个审理，让现在的人看清事实真相。不过，应该说我是一个非法律意义上的审判长。我当然是有感情倾向的，我当然是要维护鲁迅而抨击鲁迅的论敌的。

写完《鲁迅与他“骂”过的人》——这本是针对鲁迅生前论敌的——仍觉得意犹未尽。鲁迅死后，还有很多作家、学者以诬蔑鲁迅为勋业。这些人诬蔑起鲁迅来，比鲁迅生前的论敌更有过之而无不及。在某些人眼里鲁迅是洪水猛兽，将引发地震。当时我想，鲁迅已经死了，我是在与鞭尸者战斗。面对那些蛮横不讲理的人，比如苏雪林，她骂鲁迅“褊狭阴险，多疑善妒”，“是一个刻毒残酷的刀笔吏，阴险无比，人格卑污又无耻的小人”，诬蔑鲁迅是“玷辱士林之衣冠败类，二十四史儒林传所无之奸恶小人”。(《胡适来往书信选》中册) 对于苏雪林这样的人，又有什么道理可讲呢？就好像一只狗在狂吠，你却对它逐层分析、批驳，这不是对狗弹琴吗？对于这些狂吠者，我觉得我的文章比他们更凶猛。于是，我又花了两年多时间写了另一本三十万字的书《鲁迅：最受诬蔑的人》(上海书店出版社出版)。这本书是针对鲁迅死后对鲁迅的种种诬蔑的。在写批驳苏雪林们的文章时，我常感到青筋暴出，血流加快，心中充满了愤怒的激情。我想象着他们是狂吠着的狗，写着写着，仿佛自己也变成了狗。我冲上去了，我咬他们了。这时，我感觉我真成了鲁迅坟前的一只狗，一只守墓的狗。

齐白石刻了一枚私章，谓“青藤门下走狗”，以示对明代徐渭的尊崇。在一次学术研讨会上，我说了以上由人而成为狗的感受，与会的不少鲁迅研究专家大为感动，说我与一些学院派学者的不同，就在于我有愤怒的激情，是战士。还有的学者对我说，由人而成为非人，这是有一种宗教感情的。是的，我对鲁迅怀有神圣的宗教感情。其实，何止是我呢，我觉得，很多鲁迅研究者，很多鲁迅的喜爱者，对鲁迅都是怀有一种神圣的宗教感情的。前年的一天，我再次到上海鲁迅纪念馆参观，纪念馆馆长王锡荣先生请我吃饭。那天，下着大雨，虹口公园内几乎空无一人。饭前，王锡荣说，我们到鲁迅墓前走一走吧。于是，他和我，还有李浩和赵敬立先生，我们打着伞，站在鲁迅坟前，大家不说一句话，就这么立了三五分钟。鲁迅墓，我来过多少次了？而纪念馆的"王锡荣们"更是天天与先生相伴，我为风雨中的我们感动了！我们这样的举动，完全出乎自然，甚至是出乎本能，我们是不是成了"鲁教"的信徒？不过，不论是不是信徒，有一点是肯定的，我们全非非理性的动物，我们对于鲁迅的爱，完全出于我们的火热而又冰冷的理性。

我愿做鲁迅坟前的一只狗。这是一只孤独的狗。哪怕下着大雨，哪怕烈日曝晒，哪怕鲁迅坟前竟无一人光顾，我都要日日夜夜守着我心中的鲁迅，守着我心灵的家园。如果有谁对鲁迅狂吠，我当然还要冲上去与之撕咬！一座孤坟，一只野狗，餐风又宿露，荷戟独彷徨！

我又想起鲁迅曾说过的话，他说，他是一只受伤的野狼，独自跑到荒野，用舌头舔干自己身上的血迹，然后又继续战斗。狼是孤独的。在电影中，我们可以看见雪地里孤独的野狼，对着长天嚎叫，那就是鲁迅。由人而成为狼，也正是因为他怀有愤怒的激情和神圣的感情吧。

哦，非人，与其说非人，不如说是"忘我"。我丢失了，丢失在鲁迅的荒野里，我成了鲁迅坟前的一只狗。